徳間文庫

剣豪将軍義輝 中

孤雲ノ太刀

宮本昌孝

徳間書店

目次

孤雲《こうん》ノ太刀《たち》

第一章　海へ

一

無数の光の粒の煌《きらめ》く湖上を、白帆をあげた荷船や、艪走《ろそう》の漁舟《いさりぶね》が行き交《いか》い、船上の見知らぬ者同士が笑顔で手を振り合っている。手足のかじかむ日々より解放された嬉《うれ》しさが、人々の表情に溢《あふ》れていた。

水辺《みずべ》に群れていた白鳥が、一斉に蒼穹《そうきゅう》へ飛び立った。かれらにとっては、北へ帰る時季である。

湊《みなと》の町を彩《いろど》る梅も、雪解けの比良《ひら》山地から吹き下ろす風に、花びらを微《かす》かに揺らせて、早春の香りを振り撒《ま》いている。

商船、漁舟のひしめく湊は、喧騒《けんそう》に満ちていた。荷を上げ下ろす男たちの掛け声、獲《と》れたての魚のにおい、売買のやりとりもかまびすしい市、そこいらじゅうに立ち昇る炊《かし》ぎの煙……。

この今津の湊は、九里半越で若狭小浜《わかさおばま》に通じ、北国の物産を京畿《けいき》へ運ぶ琵琶湖《びわこ》舟運の中継点として、古くから栄えてきた。叡山《えいざん》の膝元《ひざもと》の坂本ほどの規模はないが、当時は、海津、塩津と並ぶ湖北三津のひとつであった。

「坂本行きの乗合船が出るぞお」

船着場から掛け声があがると、乗り遅れまいとする人々が、小走りに駆け出す。行商人やら、僧侶《そうりょ》やら、牢人者《ろうにんもの》やら、様々である。

「さて、東へ渡る船はないものか」

「甚内《じんない》。船はよそう」

「新十郎さま。船の揺れも、慣れれば心地よきもの。何事もご修行、ご修行」

寔《まこと》に対照的な主従であった。主のほうは、引き緊《し》まった六尺余の体軀《たいく》をもち、わずかに持ち上げた笠《かさ》の下の面差《おもざ》しに気品溢れる若者。従者はといえば、布袋《ほてい》さまそっくりの顔に、腹は満月、双の短脚は饅頭《まんじゅう》を二つ踏み潰《つぶ》したような具合で、年齢の見当もつかぬ、なんとも滑稽《こっけい》きわまる容貌《ようぼう》の持ち主である。

義輝《よしてる》と浮橋《うきはし》であった。十三代将軍足利義藤《あしかがよしふじ》は、十九歳を迎えたこの年、期するところあって、義輝と改名した。

だが、今は隠密裡《おんみつり》の廻国《かいこく》の旅の途次ゆえ、義輝は霞《かすみ》新十郎と偽名を用い、浮橋のほうは忍びの修行時代の呼び名、甚内を名乗ることにしている。

長年月にわたって、陰に陽に継続されてきた細川六郎晴元《はるもと》と三好《みよし》筑前守《ちくぜんのかみ》長慶《ながよし》との戦いに、事実上の最終結着をつけた江口《えぐち》ノ合戦より、五年を経《へ》ていた。

大敗北を喫した六郎晴元軍に擁されていた義輝は、京都から近江《おうみ》へ落ちたが、合戦の翌年、穴太《あのお》（滋賀県大津市）において父義晴《よしはる》を喪《うしな》った。義晴の死は、狂気の昂《こう》じた果てのものだったが、記録では「宿痾《しゅくあ》」とされた。尊貴の身のことで、真実を記すのを憚《はばか》ったのである。

その後も、六郎晴元自身は、執拗《しつよう》に京都奪回を狙《ねら》って洛外《らくがい》や畿内各地でゲリラ戦を展開しつづけたが、協力者は日毎《ひごと》に遠ざかり、連戦連敗という体《てい》たらくであった。そのぶん、三好長慶の威望と軍事力が、益々、熾《さか》んになっていく。

そういう時期に、伊勢貞孝が、六郎晴元を見限って、長慶方へ寝返った。貞孝は、政所《まんどころ》執事《しつじ》として幕府財政の管理者であるだけに、これは六郎晴元にとって少なからぬ痛手となる。

貞孝の裏切りに、上野信孝ら奉公衆の一部の者が怒り狂い、暴走した。奉公衆は、将軍の旗本・馬廻衆《うままわりしゅう》というべき存在だが、応仁《おうにん》ノ乱後、その組織は形骸化《けいがいか》している。上野らは、三好長慶と伊勢貞孝を同時に亡《な》き者にせんと、京へ暗殺団を放ったのである。これは失敗に終わったが、それでも長慶に手傷を負わせるところまでいった。

つづいて、長慶の岳父で河内《かわち》随一の実力者遊佐長教《ゆさながのり》が時宗僧《じしゅうそう》に殺害され、長慶とは相婿だった大和の筒井順昭《つついじゅんしょう》も二十八歳の若さで不審死を遂げる。

風説では、これら一連の暗殺劇は、すべて義輝の指令によるものといわれた。無論、事実ではない。義輝の関与は全くなかった。要するに、長慶対義輝という単純な図式にあてはめておくのが、多くの者にとって都合がよかったというに過ぎぬ。

この間、南近江守護六角江雲《ろっかくこううん》・義賢《よしかた》父子が、和議に向けて奔走《ほんそう》していたが、結果的に江雲の死がそれを成立させるに到った。六郎晴元は、岳父で軍事的後ろ楯《うしろだて》でもあった江雲を喪ったことで、弱気になったのである。

だが、この和議はすぐに破れた。謀殺《ぼうさつ》されるのを怖《おそ》れた六郎晴元が、隠居するという誓約を破棄して、逃亡したためである。

義輝は、六郎晴元の思惑に関係なく、長慶軍の出迎えをうけて、帰洛《きらく》した。義輝にはもともと、長慶に対して何ら含むところはない。長慶のほうは、相次いだ暗殺事件以来、義輝の心事を疑っており、その身柄を京へ迎えて、却《かえ》って警戒心を強める。

長慶方の旗頭だった典厩《てんきゅう》二郎（細川氏綱《うじつな》）は、将軍を上に戴《いただ》いたことで、正式に右京大夫《うきょうのだいぶ》に叙任され、念願の管領《かんれい》職に就《つ》いた。

これに対して六郎晴元は、丹波勢《たんばぜい》を主力として、洛外に小戦闘を継続しつつ、密使をもって頻《しき》りに義輝へ出京を促す。

市中に戦火の移ることを憂えた義輝は、東山の一峰、霊山《りょうぜん》に城を築き、ここに入った。この行動が、結果的には、義輝に対する長慶の不信感を拭《ぬぐ》い難《がた》いものにしてしまう。即ち、霊山入城は六郎晴元と呼応するため、ときめつけられたのである。

義輝は、心ならずも、またしても六郎晴元に担《かつ》がれる身となった。

長慶が主力を率いて摂津芥川《あくたがわ》へ出陣中に、六郎晴元は三、四千の兵をもって、いったんは入京に成功する。が、直《ただ》ちに引き返してきた長慶軍二万五千の前に、六郎晴元軍は総崩れとなり敗走。再び近江へ落ちた義輝は、朽木《くつき》谷へ移徙《いし》し、朽木《くつき》氏の館《やかた》の一郭《いっかく》を仮御所として、しばらく穏やかな日々を送ることになる。

義輝が、廻国修行の旅を思い立ち、浮橋ひとりを供に、山深い朽木谷を出発したのは、その半年後のことであった。即ち、天文二十三年（一五五四）の春まだ浅き頃《ころ》である。

（まず美濃《みの》へ……）

と義輝は思っている。今は亡きお玉《たま》の生まれ故郷ゆえであった。

幼少時の義輝が愛した侍女のお玉は、美濃守護代として、機略縦横を謳《うた》われた名将斎藤妙椿《さいとうみょうちん》の曾孫《そうそん》であり、父を梟雄《きょうゆう》斎藤道三《どうさん》に討たれると、仇討《あだう》ちを決意し、小太刀《こだち》の名手となって、数年後に道三を待ち伏せて尋常の立ち合いを強《し》いた。ところが、これを快く受けた道三の器量の巨《おお》きさに、お玉は竟《つい》に刃を打ち込むことがかなわず、復《ふっ》仇《きゅう》を断念する。

そのお玉の故国の土を踏み、またお玉が恨みつつも矛《ほこ》をおさめざるをえなかったほどの斎藤道三の人物に触れたい。これは、お玉の生い立ちを知ったときから思い描き始めた、義輝のひとつの夢であった。

しかし、この隠密旅の最大の目的地は、常陸《ひたち》国鹿島《かしま》である。鹿島には、新当流を創始し、世に「剣聖」と称賛される塚原卜伝翁《つかはらぼくでんおう》が住む。自分にはもう義輝に教えることは何もないという武芸師範の朽木鯉九郎《こいくろう》が、

「この広い天下で、剣において大樹《たいじゅ》を凌《しの》ぐ者がいるとすれば、塚原卜伝どののほかにはおりますまい」

そう確言したからである。義輝は、卜伝に教えを乞《こ》うつもりであった。

ところで、美濃の国府は、井ノ口（岐阜《ぎふ》）である。この今津から井ノ口へ行くには、琵琶湖を横断して、湖東の朝妻《あさつま》あたりへ上陸し、そこから東山道《とうさんどう》を辿《たど》るのが早い。だから、浮橋は船に乗ろうというのだが、義輝のほうは、西近江路から北国街道へ入って関ケ原へ出るという、湖北をぐるりと回り込む陸の迂回路《うかいろ》をとりたがっている。

義輝が船を避けたいのは、酔うからであった。だが、浮橋はかまわずに、義輝の背中を押して船着場のほうへ連れていきながら、

「おうい、朝妻舟はおらぬか」

などと、声を張り上げる。すると、あたりの人々から、笑い声があがった。

物売り女や、漁師の女房連などは、寄ってきて、無遠慮に笠の下の義輝の顔をのぞきこみ、あけすけな誘いの言葉を投げてくる。

浮橋は、暢気《のんき》に、歌なぞ詠んでいる。

恋《こ》ひ恋ひて　夜は近江の　朝妻に
君も渚《なぎさ》と　いふはまことか

湖東の朝妻は、古代より栄えた湊で、木曾義仲《きそよしなか》上洛の出航地ともいわれ、琵琶湖の船客相手の遊女の町として有名であった。一夜妻が朝になると別れるので、朝妻の名が付いたという。朝妻舟は遊女を乗せて、湖上を往来した。

「もし」

湖のほうから呼び止める声があった。義輝主従がそちらへ振り向くと、舟入《ふないり》に浮かぶ小舟の中から、中年の男が微笑《ほほえ》みかけているではないか。人の好《よ》さそうな顔をしている。

「よろしければ、手前どもの船にお乗りになりませぬか」

男は、沖のほうを手で示しながら云《い》った。岸から五十間《けん》ほど離れた湖上に、屋倉《やぐら》をもつ三百石《こく》積ほどの船が投錨《とうびょう》している。男は、琵琶湖を往来する商人らしい。

「湖東へ渡るので」

浮橋が訊《たず》ねると、男は頷《うなず》いてみせ、

「朝妻へ」

と云うではないか。

「渡りに船とは、このことでございますな、新十郎さま」

「気がすすまぬ」

尚《なお》も渋る義輝を、浮橋は何故か浮き浮きしたようすで引っ張っていく。朝妻で一夜を過ごそうとでも思っているものか。

「やっておくれ」

男が船頭に声をかけ、小舟は岸を離れた。途端に、義輝の顔が蒼褪《あおざ》める。

義輝が、生まれて初めて船に乗ったのは、六歳のとき。場所も、同じこの琵琶湖である。亡父義晴とともに京から落ちてきて、湖上へ逃れたのだが、折から木枯らしの季節で、湖面が荒れ、船は木の葉のように翻弄《ほんろう》された。幼かった義輝は、ひどい船酔いで、陸に上がってからも、数日間、寝込んだ。以来、船に乗るのを好まぬ。

ただ、五年前に一度、鯉九郎ひとりを供として、淀川《よどがわ》を下ったときは、酔わなかった。というより、酔うのも忘れていた。それは、三好宗三《そうさん》を密《ひそ》かに討つという目的に気持ちを集中させていたせいだったかもしれぬ。

なればこそ、浮橋は、ご修行ご修行と云う。

「馴《な》れでございまするて、新十郎さま。船に強くなるには、幾度も酔うてみること。水夫《かこ》は皆、そうですぞ」

「わしは水夫になるつもりはない」

「しびえるどのがことを思い召され。将軍家に会うために、遠き南蛮《なんばん》の国より、何年も船に乗ってまいったというではございませぬか」

浮橋は、フランシスコ・ザヴィエルのことを云っている。ザヴィエルが鹿児島《かごしま》に上陸したのは、天文十八年八月のことで、その翌年末、将軍家に謁見《えっけん》するため入京したが、目的を果たせず、虚《むな》しく離日した。ザヴィエル上洛は、義輝が何度目かの都落ちをした直後のことだったのである。

義輝は苦笑した。船酔いのことで、何も異国の僧侶《そうりょ》まで持ち出すことはない。

浮橋の軽口同様に、小舟は湖面を軽快に滑っていき、早くも商船に横付けされた。

お先にどうぞ、と男に促されて、義輝と浮橋は小舟から商船へ乗り移る。

「お待ち申し上げておりました」

義輝主従を出迎えたのは、濡《ぬ》れたように黒々とした瞳《ひとみ》をもつ美しい女人であった。

男装に近いような奇異な出《い》で立ちだが、その着衣の生地や柄に異国の香りがある。

髪形も、頭頂に二つの団子をくっつけたようで、日本では見かけぬ。

(明人《みん》か……)

こういう姿の女人を、明との交易品の画《え》の中に、義輝は見たことがあった。

浮橋が、素早く、義輝と女の間に入っている。お待ち申し上げておりました、という言葉は、最初から義輝が何者か知っていて、その身柄をこの船に連れてくるのが目的だったことを明かしたようなものだ。

（周到な罠《わな》よな）

浮橋は、懐に手を入れ、いつでも得意の飛苦無《とびくない》を投げうてる体勢をとった。

「おやめなされませ、うき……いえ、甚内どの」

女は、穏やかな語調で咎《とが》め、小さく頭《かぶり》を振った。浮橋の名まで知っているからには、いよいよ計画的な仕業《しわざ》ではないか。

艫《とも》の屋倉の中から、似たような服装の女が、さらに四人も出てきた。女たちは皆、種子島《たねがしま》をもち、浮橋へ一斉に狙《ねら》いをつけた。すでに火縄には、火が点じられている。

「云うことをきいたほうがよさそうだ」

義輝は落ち着き払っていた。船酔いはしても、生死のかかった場に到ると、不思議に度胸が座ってくる。鯉九郎の教えを受けて剣に天稟《てんぴん》を顕《あらわ》すようになってからの義輝は、いつもこうである。

「そのようでございますな」

浮橋も、あっさり引き下がった。勝ち目がないと判断したからではない。忍びにしては陽気すぎるこの男は、女を殺さずに済んだことに、ほっとしたのである。

「霞新十郎さま。私どもにご同道願いとう存じます」

「どこまで」

「ちと遠うございますが、同道すると仰せ下さらねば、何も申し上げるわけにはまいりませぬ」

「いやだと申せば」

義輝は今や、女に害意のないことを看破している。

「諦《あきら》めまする」

実にあっさりとしたものだ。それが却って、義輝の気を引いた。

「同道しよう」

これには浮橋がうろたえて、大樹と叫びそうになったが、辛《かろ》うじて呑《の》み込み、

「新十郎さま」

と口をぱくぱくさせる。だが、義輝は一度云い出したら肯《き》くものではない。

女がはじめて、にっこり微笑《わら》った。義輝も皓《しろ》い歯を向けると、女は微《かす》かに羞《は》じらうように頰《ほお》を染める。

「甚内。船もいいものだな」

二

絶好の風が吹いていた。

その風を陽《ひ》に輝く白帆に孕《はら》んで、一隻の船が海面を滑っていく。艫屋形《ともやかた》に二層の望楼を設けた、千二百石積の大きな船で、帆柱も三本立っている。船名を七郎丸という。

上層の望楼に立って、細かい水飛沫《みずしぶき》をなかば気持ち良さそうに顔に浴びながら、流れゆく景色を堪能《たんのう》しているのは義輝であった。

右手に見える山並みは、中国山地の東端のそれで、左手に迫る島は淡路島。海岸寄りの畑で働く島人の姿がはっきりと確認できるほど、この水道は狭隘《きょうあい》である。琵琶湖を帆走しているのではない。瀬戸内海を西へ航行している。今は明石の瀬戸を通過中であった。

「船も、これくらい大きいと、酔わぬものらしいな」

義輝は、かたわらに控える女へ、笑顔を向けた。

「向こうへ着きましたら、これより幾層倍も大きい船にお乗せして差し上げます」

女の声も弾んでいる。義輝の無邪気さを愉《たの》しんでいるようであった。

二人のようすを、下層の望楼から見上げる浮橋だけが、冴《さ》えない表情である。

(何を企《たくら》んでいるものやら……)

女は明国人で、

「梅花《メイファ》」

と名乗った。九州の平戸を拠点として、海上交易にたずさわる富商に傭《やと》われており、扱う品物は多岐にわたるという。

「平戸までご同道願います。新十郎さまには、私どもの主《あるじ》に会《お》うていただきます」

主が何者であるかまでは、梅花は明かさなかった。

平戸は、東国行きを計画していた義輝主従にすれば、まったくの逆方向になる。が、義輝は、塚原卜伝翁にまみえる愉しみは先に延ばそう、と浮橋に微笑ってみせた。

浮橋はむろん、気に入らなかった。梅花という女は、あまりに得体が知れぬ。いちばん気にかかったのは、梅花がどうやって、義輝が隠密《おんみつ》裡《り》の旅へ出ることを知り得たか、という点であった。

あれほど早く今津で網を張るには、義輝が廻国修行旅を準備中の段階で、その情報を得ていなければならぬ。だが朽木館では、朽木稙綱《たねつな》・鯉九郎父子以下、宛然《さながら》、乱世の武家が当主の喪を秘す如き万全の結界を張っている。義輝行旅の秘事が洩《も》れる筈《はず》はなかった。

それについては、梅花は謎《なぞ》めいた笑みを浮かべつつ、

「私どもは、八年前から、新十郎さまを見つづけております」

とぞっとするようなことを云った。八年前といえば、浮橋が義輝の家来になる以前であり、義輝将軍職襲封の年ではないか。当時の義輝は、十一歳の無垢《むく》な少年に過ぎなかった。そのときから見つづけているとは、一体どういう意味であろう。目的は何なのか。

だが、梅花はそれ以上を語らなかった。或《ある》いは、何もかもでたらめなのか。いずれにもせよ、ただの商人ではない。

琵琶湖では、坂本へ船を着けた。そこから淀へ出て、一泊。翌日には淀川を下り、難波《なにわ》の海へ出て、堺湊《さかいみなと》へ入った。そこで七郎丸に乗り換えたのである。

堺では、梅花は陸に上がったが、義輝と浮橋は海上で船から船へと移ったにすぎなかった。なんといっても堺は、三好氏の一大兵站《へいたん》基地である。義輝が上陸するには危険すぎた。

浮橋の心配をよそに、当の義輝には、身の危険を感じている容子《ようす》は、微塵《みじん》もみられ

なかった。それどころか、船上から殷賑《いんしん》をきわめる堺湊を眺めるだけで、好奇心に眼《め》を輝かせていた。生まれて初めての、孤身にも等しい旅を、義輝は満喫しているようであった。

（まこと胆《きも》の太いお方よ……）

なかば嬉《うれ》しくもあったが、些《いささ》か呆《あき》れる思いをもった。

それで浮橋も、あれこれ考えるのをやめた。すべては、平戸へ着けば分かることであろう。そこでいかなる窮地に立たされようとも、義輝に指一本触れさせぬくらいの自信がある。義輝のために命を棄《す》てる覚悟は疾《と》うにできている浮橋であった。

そう肚《はら》を括《くく》ると、生来、陽気な性質だけに、堺湊を出帆した後は、義輝同様に次第に船旅を愉しみ始めた。

それでも浮橋には、気が気でないことが、ひとつだけある。梅花の義輝へ注ぐ視線の妖《あや》しさであった。

梅花の美しさは尋常ではないが、浮橋のみたところ、年齢は義輝より十歳近くも上ではないか。もし二人の間に何か起こったら、女が男を手玉にとる関係になることは、眼に見えている。或いは、梅花はそうなることをもくろんでいるやもしれぬ。

だから今も、上層の望楼に並んで立つ義輝と梅花を見上げる浮橋の表情は、不安げで冴《さ》えないのである。

（平戸まで眠れそうにないわい……）

浮橋がそう思った途端、上層の望楼の欄干《らんかん》越しに、梅花がひょいと首を伸ばして、にっこり笑いかけてきた。浮橋は、慌《あわ》てて、下層の望楼内へ引っ込んだ。

「面白き忍びにございますね」

浮橋の慌てぶりがおかしかったのか、梅花は、笑いを含んだまま、義輝へ云った。

「あれは、わしの宝だ」

義輝は、行く手の景色から眼を離さずに、温かみの籠《こ》もった声で応じた。

梅花は、眼を瞠《みは》った。武家貴族の最高位にある義輝が、いかに家来とはいえ、忍びの者をそんなふうに思っていることに驚いたのである。

西陽《にしび》を正面から浴びた義輝の相貌《そうぼう》は、きらきら輝いている。そこには、陽光のせいばかりでない、義輝自身の伸びやかな心のきらめきが混在しているように見えた。

「梅花。今宵は何処《いずこ》の湊へ着ける」

「このまま走りつづけます」

「夜の海を走るのか」

当時の航海術の常識では、船は陽のあるうちだけ航行するものと決まっている。別して瀬戸内海のように大小の島々の無数に散在する海峡では、明るいうちでさえ、暗礁に乗り上げる危険性が極めて高い。それくらいのことは、義輝も知っていた。

「水夫たちは、この海を知り尽くしております」

「そうか。たいしたものだな。では、平戸へは明日にも着くのかな」

梅花は笑って、頭《かぶり》を振った。

「空と海の機嫌次第でございますが、十日の余はかかりましょう」

「ふうん……」

通常でも京と九州を連絡するのに一ケ月を要した時代だが、旅慣れない義輝には、平戸まで十日余りというのが、早いのか遅いのか、よく分からぬ。ただ、十日も海上で過ごすのかと思った途端に、些か憂鬱《ゆううつ》になった。

そんな義輝の気持ちを察したのであろう、梅花が、ご案じ召されますな、と意味ありげに微笑する。

「平戸まで無聊《ぶりょう》を託《かこ》つようなことはございますまい」

梅花の言葉の意味を義輝が理解するのは、堺出帆後、三日目の夜のことであった。

その夜の義輝は、艫屋形の寝間へ入った後、横になっても灯《ひ》を消さずにいて、ほどもなく床に半身を起こした。この寝間は、梅花が義輝のために特別に設《しつら》えさせたもので、畳敷であった。

星々の微光が跳ねる黒い海を、船は、軋《きし》み音をたて、船体を微かに揺らせながら、ゆっくり走っている。波音は規則的で、ふつうなら眠気を誘う筈《はず》であった。

「仕方のないやつだな」

誰《たれ》に語りかけたものか、義輝の声には苦笑が混じっている。

すると、火明かりの届かない部屋の隅から、音もなく、ぼうっと滲《にじ》み出てきた影が、ちらっと皓《しろ》いものを見せた。頭を掻《か》き掻き、照れたように笑ったのは、浮橋である。

義輝は、昨夜も一昨夜も、浮橋がこの寝間を見張っていたのを気づいていた。

「案ずるな、浮橋。梅花はわしの命を狙う者ではない」

実は浮橋の心配は、梅花の色香にある。義輝を誘惑されては、堪《たま》らぬ。

「大樹の御供は、若《わか》のときよりも骨が折れますな」

浮橋の云う若とは、義輝の武芸師範の朽木鯉九郎のことである。鯉九郎は、義輝の祖父義澄《よしずみ》以来、将軍家の信頼の厚い朽木稙綱の庶子で、十六の歳《とし》に、今の義輝のように廻国修行の旅へ出た。そのとき、稙綱の命により、鯉九郎のたった一人の従者となったのが、やはり浮橋であった。

「旅に出れば、思わぬことに出くわす。そう申したのは、浮橋、そちではないか」

「思わぬことと申しましても、限りがございます。いくら何でも、明の女子《おなご》に鉄炮《てっぽう》を突きつけられ、船で平戸まで連れて行かれるとは、度外れておりますわい」

不意に義輝が、くすくす笑い出した。

「弥五爺《やごじい》と鯉九郎がこのことを知ったら、どんな顔をするだろうな」

弥五爺とは朽木稙綱のことである。

「とんでもないことにございますぞ」

未《いま》だ矍鑠《かくしゃく》たる総身から湯気を昇らせ、口をきわめて諫《いさ》めてくれた稙綱の一徹者らしい老顔を、義輝は思い出す。

義輝は、去年の秋、長慶軍から逃れて、近江へ落ち、朽木館を仮御所としてすぐに、春になったら独りで旅に出るつもりだ、と稙綱・鯉九郎父子に打ち明けた。反対されるのは、覚悟の上であった。

征夷大将軍《せいいたいしょうぐん》ともある者が孤身で気儘《きまま》の旅に出るなど、前代未聞のことである。生命に関わる事故に遇わぬとも限らないし、或いは、各地の群雄が義輝の身柄を奪って切り札とし、天下に号令せんとの野望を抱く、という事態も起こりかねない。そうなれば、

「世が更なる動乱を迎えますは必定」

と案の定、稙綱の猛反対にあった。

義輝は、しかし、それほど深刻に考えていなかった。何故なら、足利将軍というものが、真実、稙綱の云うように、世に影響を及ぼす存在であるならば、応仁ノ乱以来およそ九十年の長きにわたる戦乱は、疾《と》うにおさまっている筈ではないか。足利将軍の無力は、三歳の童子でも知っている。

義輝は、広く世の中を見たかった。一介の武人として、諸国を旅し、見聞を広め、そして更に剣を磨きたい。将軍として出来ることの何ひとつない身の、それは渇望といってよかった。だから、

「世の中をご覧になるには、ちょうどよき時機《とき》にございましょう」

という鯉九郎の賛成の言葉には、義輝は小躍《こおど》りしたものである。

鯉九郎は、義輝が江口で密かに三好宗三を討って以来、廻国の旅を夢見つづけてきたことを、薄々感じていたらしかった。

「半年でも一年でも、いや、一年が二年になりましても、心ゆくまで旅をなされませ。その間、大樹のご不在を余人に気取《けど》られぬよう、この鯉九郎が工夫いたしてみましょう」

今回の六郎晴元と三好長慶との決裂は、裏切りや暗殺を散々に繰り返した挙げ句、

最後は六郎晴元の一方的な和談破棄という形で終わっている。これは、以前の両者間の戦いに比べて、恨みつらみも、不信感も互いにかなり根深い、と鯉九郎はみていた。恐らく、一年や二年で繕《つくろ》えるものではあるまい。

となれば、義輝の還京も何年先のことになるか見当もつかぬ。その間、鳳凰《ほうおう》の雛《ひな》を山深い朽木谷に逼塞《ひっそく》させておくだけでは、いずれ飛翔《ひしょう》することを忘れてしまう。

「大器に黴《かび》が生えますぞ」

と鯉九郎は、義輝の旅に反対する稙綱に向かって云ったものだ。その一言で、義輝の隠密裡の廻国修行が決まった。

それから、朽木父子と浮橋によって、義輝の旅立ちに向け、冬の間、密《ひそ》かに着々と準備がすすめられた。六郎晴元や、義輝の輔佐《ほさ》を自認する奉公衆筆頭の上野信孝らにも、この大事を秘した。事前に発覚すれば、阻止されるに決まっている。渠《かれ》らには、義輝の出発後、稙綱から打ち明けることにした。ひと騒動持ち上がるのは必至だが、若年より戦場往来を日常としてきた稙綱が、一歩も退《ひ》かぬ構えをみせれば、六郎晴元らも事後承諾せざるをえないであろう。

鯉九郎が朽木に残ったのは、義輝の朽木逼塞《ひっそく》を、世人に疑わせぬためであった。というのも、鯉九郎は、義輝の武芸師範というだけでなく、常に側近《そば》くに仕えて相談役を兼ねている。そのことが、この数年で京畿の諸侯の間によく知られるところとなったからである。鯉九郎の姿が朽木にある以上は、まさか義輝が旅に出たなどと誰も夢にも思うまい。

だからといって、義輝行旅のことが絶対に余所《よそ》へ洩れぬという保証はない。現実に、梅花は義輝の出発の日まで知っていた。あれやこれや思えば、義輝不在中の朽木父子の心労は、並大抵《なみたいてい》のものではなかろう。

それでも、わがままを肯き容《い》れてくれた朽木父子に、義輝は心より感謝していた。二人の忠義に報いるには、この廻国修行の旅で、みずからを鍛えて、真に武門の棟《とう》梁《りょう》たるに相応《ふさわ》しい人間に成長し、胸を張って朽木へ帰ることであろう。

「こう船旅ばかりでは、躰《からだ》が鈍《なま》るな」

義輝は、寝床の上に胡座《あぐら》をかいたまま、双腕を高く上げて、伸びをした。稽古《けいこ》を怠ってはなりませぬ、という鯉九郎の声が聞こえたような気がした。

「明日より、二人して水夫《かこ》の見習いでも致しますか」

と浮橋が軽口を返したときである。外に人の気配がした。

「梅花か」

義輝が、すかさず察する。はい、と梅花は声だけ返して、中へは入ってこない。

「少々、騒がしゅうなりますが、ご見物あそばしますか」

「何が起こった」

「海賊にございます。船荷を狙って、ほどなく仕掛けてまいります」

危険が迫っているわりには、梅花の声は落ちついていた。

「船戦《ふないくさ》か」

義輝は眼を輝かせた。海戦《かいせん》などというものは、話に聞くだけで、実見したことがない。

「大樹。危のうございます」

浮橋が慌てて、小声で諫める。が、遅かった。手早く着替えをすませた義輝は、刀《とう》架《か》から大小を執《と》った。

三

義輝は、梅花に従《つ》いて望楼へ出た。

「あの灯《あか》りがそうだな」

七郎丸の左右と後方に、霞《かす》んだような黄色い灯《ひ》が、点々と見える。ざっと四、五十はありそうだが、義輝のような慣れない者には、海上での距離感が摑《つか》めぬ。

「近いのか」

「今のところ、半里の間を保って、即《つ》かず離れずというところにございます」

半里（約二キロ）といえば、海上では指呼《しこ》の間《かん》も同然の近さである。

「このあたりを通るときは、海賊衆と一戦交えるのがならいのようなもの」

と梅花は微笑した。現在、船は塩飽《しあく》の島嶼《とうしょ》の間を縫うようにして、航行している。

この備讃《びさん》の瀬戸に散在する約三十の島々を拠点とする塩飽海賊衆は、旧《ふる》くは平家水軍の雄として勇名を馳《は》せ、その後は有力守護と結んで海上輸送に携わりつつ、一方で掠奪《りゃくだつ》も行ってきた。むしろ後者のほうが本業である。

「先般、この船で堺へまいる折りにも、塩飽衆は襲ってまいりました。それで、些か威《おど》しをかけてから、関銭を払うてやり、帰りは道をあける約束をさせましたのに、あして暮れ方よりしつこく尾《つ》けております」

「気づかなんだな」

義輝は苦笑した。四、五十艘《そう》もの船団の尾行に気づかなかったとは、武芸者としては未熟というほかはない。尤《もっと》も、海の上では、何もかも勝手が違う。

「やつら、どうやってこの船を襲う」

「ほどなく灯を消しましょう。それから、闇《やみ》の中をこっそりと、なれど疾風《はやて》のように近づいてまいります」

「海賊船はそんなに迅《はや》いのか」

「海賊衆は、こうした荷船とは作りの違う関船《せきぶね》を用いております」

積載能力よりも、堅牢さと速度に重点をおいた関船は、ふつう艪《ろ》数をもって大小が決まるが、石数でいっても七百石が限度であった。未知の海路を航行したり、或いは川を上下して掠奪を働く場合など、それ以上の大船になると、船底をこする恐れがある。

関船の中で、十挺《ちょう》艪立てから三十数挺艪立ての小型のものは、小早《こばや》と称《よ》ばれ、快速で小回りが利いた。まずは、その小早の一隊でもって接近してきて、

「気の利いた海賊衆ならば、鉄炮を射放《いはな》ってまいりましょう」

と梅花は付け加えた。

「海賊が種子島を……」

義輝には驚きであった。この天文年間末期の段階では、武士同士の合戦においてさえ、種子島銃は本格使用されていない。四年前、義輝の父義晴が歿《ぼっ》した直後に、六郎晴元軍と長慶軍の京都市街戦において、長慶方の与力がたったひとり、銃弾により

落命しているが、珍しいことなので、公卿《くぎょう》の山科言継《やましなときつぐ》が日記に書きつけたほどであった。

織田信長《おだのぶなが》の活躍の始まる永禄《えいろく》年間以前の鉄炮については、武将たちが贈答品にしたくらい珍奇なものであった一方、寺院の建物などに向かって射撃して面白がるといったふうで、いわば高級な玩具という認識が、武士の間では一般的であった。

実際、肝心の火薬の主原料である硝石が、輸入にたよらねばならぬ高価なもので、それに、操作の手間という問題もあって、弓矢刀槍《とうそう》にとってかわる武器になるとは、なかなか考えにくかったようである。

だが、義輝自身は、鉄炮の武器としての革新性を強く感じていた。京都東山の霊山城に籠《こ》もっていた頃、刀鍛冶《かたなかじ》をよんで鉄炮を試作させたことがある。また諸国に多勢の信徒をもつ本願寺に、煙硝の入手を依頼したこともあった。大量生産が可能になれば、鉄炮は戦場の様相を一変させるかもしれぬ、と義輝はみている。

そのような最新の武器を、瀬戸内海に跋扈《ばっこ》する海賊どもが持ち、船戦に使っているというのか。

「新十郎さま。あなたさまのお国は、海の国にございます」

「…………」

義輝は、一瞬、梅花に疑いの眼差《まなざ》しを当てた。が、すぐに、それが事実であることに気づいて、はっとする。

日本は列島状の島国で、考えてみるまでもなく、四方すべて海ではないか。なのに、義輝は今まで、その当たり前のことに思い至ったことがなかった。土地に執着し、これを奪い奪われることのみに生涯を費やす武門の、その頂点に立つ身であれば、致し方のないところであろう。

それだけに、日本は海の国、という梅花の言葉は、義輝の心に、恐ろしく明快で新鮮な響きをもたらした。

「たしかに、海の国……」

「はい。そして、海は数多《あまた》の異朝に通じております」

今度はすぐに納得できた。その海を稼ぎ場とする賊共なればこそ、南蛮の武器をいち早く手に入れ、使いこなしている。

「鉄炮のあとは」

義輝は、やや昂奮《こうふん》気味に質問する。

「火矢攻め」

「それから」

「十文字に突っ込んでまいりましょう」

「十文字とは」

「襲う船の横腹へ船首を突き刺す戦法にございます。あとは、鉤手《かぎて》、縄梯子《なわばしご》などをもって乗り移ってまいります」

「そうなれば、白兵戦だな。船賃代わりに、わしもひと働きしよう」

義輝はそのつもりになったが、梅花は頭《かぶり》を振りながら笑った。

「そのようなことになる前に、追い払ってしまいます」

事もなげに梅花が断言したとき、下方から、がらごろ、と車輪を転がしているらしい音が聞こえてきた。

「小間《こま》（甲板）へお降りめされませ」

梅花は、何か珍しいものでも見せてくれるつもりらしい。

この間、船上の人々の動きは慌ただしかった。火防ぎのために、帆を下ろし、すべての垣立《かきたつ》へ水をぶっかけていく。この船の垣立は、太い竹で編んだ上に、打ち藁《わら》で作った畳床を二枚重ねにし、更にそれに厚い戸をつけてあるので、種子島銃程度の弾丸では貫通は不可能である。そこに、弓・鉄炮を携えた戦闘員たちが陣取った。かれらの行動は、統制がとれていて素早い。船戦に慣れている証拠であろう。

梅花に従って小間へ降りた義輝は、車輪付きの台座に載せて引き出されてきた巨大な鉄炮を見て、声を失った。筒先から銃尾まで一間半を越える長さで、砲口は、少し大げさに云えば、子供の頭ぐらい入りそうな広さではないか。

「ふらんき砲にございます」

梅花が、義輝の眼を丸くした表情を愉しむように、云った。

「ふらんき砲……」

茫然《ぼうぜん》と呟《つぶや》く義輝の後ろで、

(これが南蛮渡りの大石火矢《いしびや》かい……)

頷《うなず》いたのは、浮橋である。忍びの者は、職業柄と云おうか、火器の知識が豊富で、その情報蒐集《しゅうしゅう》にも長《た》けている。ふらんき砲についても、浮橋は、話に聞いたことがあった。

仏狼機、仏郎机などと書く。もともと中国人のポルトガル人に対する呼称なのだが、ポルトガル人のもたらした大砲にまで、いつしかその称を冠するようになったものである。当時、西欧先進国の対アジア貿易において、兵器がいかに重要な輸出品であったかを示す一挿話といえよう。

不意に、遠雷のような音が轟《とどろ》いた。

「海賊船が灯を消し始めたぞ」

物見の緊迫した声が上から降ってくる。音は、遠雷ではなく、海賊船の打ち鳴らした太鼓の音であった。一斉消灯の合図である。

梅花が、水夫や戦闘員たちに次々と指示をとばす。時折、明国語が混じった。

こちらも船艢《ふなばしら》の灯が消され、船上に行き交っていた松明《たいまつ》の火も、乗員がそれぞれの持ち場につくと見えなくなった。

義輝は、光を求めるように、空を見上げた。満天の星々の輝きは、鮮やかすぎて、眼に染《し》みるほどである。それだけ、あたりが暗くなったということでもあった。

帆を畳み、人力の艪走に切り換えた船の速度は落ちている。船体の揺れが、幾分大きくなった。

義輝は、仏狼機砲のそばを離れぬ。発砲するところを見てみたい。身内を、昂奮と緊張感が貫いていた。陸上での戦闘において味わうものとは、全く違っている。

（退路がないせいかもしれぬ……）

陸の戦いでは、たとえ城を包囲されていても、逃げる道は何処《どこ》かにあろう。野戦ともなると、逃げ隠れしようと思えば、いくらでもできる。夜のうちならば、尚更に容易だ。

陸から遠く離れた海上の戦いでは、そんなことは不可能である。ここでは、自分の乗っている船を死守するほか、生き延びる術《すべ》はない。陸戦で云うところの背水の陣を、海戦では常に布《し》いていることになる。

（しかも……）

と義輝は思う。この船の乗員は、女の梅花は云うまでもなく、男たちにしても、武士ではない。商《あきな》いを生業《なりわい》とする者たちであろう。それが文字通り命懸けで戦うことを、些かも怖れているようすはなかった。

（武家の世などというが、愚かなことよ。わしたち武士は思い上がっている……）

義輝は、見知らぬ強靭《きょうじん》な人々に、真っ向から張り手を飛ばされた気がした。痛かったが、気分は悪くない。

「この闇《やみ》の中で、海賊船の近づくのを見分けられるのか」

義輝は、仏狼機砲の砲手の後ろに並んで立つ梅花に訊《き》く。

「鱸《すずき》は、遠くの小魚の描く微かな波の動きを感じると申します」

梅花は檣楼《しょうろう》のほうを見上げた。その上部の釣瓶《つるべ》式の籠《かご》の中に人影があるのが、星明かりで分かる。

「あの者は、鱸の仙太と申します」

海賊船の接近する波の振動を仙太が聞き分けるという。それが本当だとしたら、恐るべき能力といわねばなるまい。

船首と、船首寄りの両舷側《りょうげんそく》では、嚮導《きょうどう》の水夫たちが、錘縄《おもりなわ》を海中へ垂らしては引き上げるという作業を繰り返し、洲、瀬、はえなど障害物の有無を確認しては、後ろへ面舵《おもかじ》、取舵《とりかじ》の指示を大声で出している。それに舵取が、素早く反応する。

それらは昼夜渝《かわ》らぬ仕事なのだが、さすがに伝達の声は普段よりも鋭い。

「魚網が広げてあるやもしれませぬゆえ」

と梅花が説明した。魚網を海中に広げておき、それに荷船が舵の羽を絡ませて止まったところを襲うのも、海賊の常套《じょうとう》手段のひとつだという。

「右舷、三丁先から小早、十艘」

仙太の声が降ってきた。それに応じて、ただちに仏狼機砲が移動される。同時に、右舷側にいた戦闘員の何人かが、無言で左舷側へ走り移った。常に左右の重量の均衡を保っておかないと、突風が吹いたときなど、当時の船は、あっという間に転覆しかねない構造だったのである。

「仙太。一丁まで近づいたら合図せえ」

仏狼機砲の砲手は、艢楼へ声をかけてから、助手とともに多量の火薬を詰め、弾丸を装塡《そうてん》する。砲手の名は、九右衛門といった。

「大きい玉だなあ」

義輝が素直に感嘆の声を発すると、

「五百匁《もんめ》でございます」

九右衛門は笑顔で教えてくれた。乗員の中で義輝の素生《すじょう》を知る者は、梅花をおいてない。九右衛門ら戦闘員も、水夫たちも知らされていなかった。ただ主人である梅花の賓客《ひんきゃく》だと思っているにすぎぬ。だが、渠《かれ》らは、この明るい相貌を持って気軽に声をかけてくる賓客に好感を抱いていた。

それにしても、五百匁とは桁外《けたはず》れといわねばなるまい。この頃の種子島銃の弾丸など、小さいものは一匁、大きくても十匁がいいところであった。

「射放《いはな》ってみまっか」

と九右衛門がすすめる。

「よいのか」

義輝は、顔を輝かせた。どうぞ、と九右衛門が耳栓を渡してくれ、義輝を仏狼機砲の横に立たせる。後ろに立つと、発砲時の反動で台座ごと後退する仏狼機砲に、突き飛ばされてしまう。

「わしでは中《あた》るまい」

「一発目は威しにございます。中らぬほうがええんです」

九右衛門が笑ったところで、

「一丁先じゃあ」

仙太の警告があった。

目当てはすでに、九右衛門が決めてある。射放つといっても、あとは火縄の火を火薬へ点じる許《ばか》りであった。

「ほな、海賊共の度肝抜いてやっておくんなはれ」

九右衛門にぽんと肩を叩《たた》かれて、義輝は、よしと頷く。船上の人々は、一斉に両耳の穴へ指を突っ込んだ。浮橋も慌てて、それに倣《なら》う。

「放つぞ」

義輝は、武芸仕込みの気合声を発し、仏狼機砲に点火した。

四

天が墜《お》ちてきた。

一瞬、そう感じたほど、この世のものとは思われぬ大音響に、義輝は総身を殴りつけられた。腰が抜けそうになったが、両足を踏ん張って怺《こら》えた。背後では、浮橋がひっくり返っている。

（何が起こったのだ……）

それが義輝の正直な感想であった。仏狼機砲は、もとの場所より半間も後ろへ位置をずらし、砲口から濛々《もうもう》たる白煙をあげている。

右舷の彼方《かなた》で、おそろしく高い水柱が噴き上がった。

「一艘、波で転覆しよった」

艢楼の仙太が、はしゃいだ声をあげた。水柱の作った高波を、まともに受けたものに違いない。

太鼓の音が、また轟《とどろ》いた。ひどく慌てたように聞こえる急速調の連打は、海賊衆の退《ひ》き太鼓である。

「遁《に》げる、遁げる」

仙太が、右舷方向ばかりでなく、左舷や艫《とも》のほうも眺めやり、手を拍《う》った。

「あっちも、こっちも、みんな遁げよるぞ」

船上にどっと歓声が湧《わ》いた。

（なんとあっけない……）

義輝は、仏狼機砲の途方もない威力に唸《うな》った。どんな命知らずの猛者《もさ》でも、今の砲声を聞いて顫《ふる》えあがらぬ筈はない。白兵戦になる前に追い払う、と梅花が自信ありげに云ったことが腑《ふ》におちた。

陸戦においても、この仏狼機砲一門で、ゆうに二百や三百の兵力に匹敵するであろう。或《ある》いは心理的には、それ以上の破壊力があるかもしれぬ、と義輝は思った。

義輝自身は、陸戦で竟《つい》に大砲を使用することはなかったが、後年、大坂冬の陣で、豊臣家の女主人淀《よど》殿を恐怖の底へ突き落とし、和睦《わぼく》を決意させたのは、徳川家康が大坂城の天守を狙《ねら》って撃ち込ませた仏狼機砲の一発の砲弾であった。その砲弾は、淀殿の居間の柱と一緒に、侍女二人を木っ端微塵《こばみじん》に吹き飛ばしたのである。

緊張感の解けた船上では、戦闘員たちが談笑しつつ、胴の間へ降りていく。水夫たちの声も陽気になっている。

「海賊共は、あれでもう諦《あきら》めたのか」

義輝は、仏狼機砲に被《おお》いをかぶせている九右衛門に訊いた。

「どんな阿呆《あほう》でも、こいつの玉を二度も食ろうたら、しばらくは、おとなしゅうしてますやろ」

「二度……」

そうか、と義輝は先程の梅花の言葉を思い出す。堺へ行くときにも塩飽海賊衆が襲ってきたので、些か威しをかけてやったというのは、仏狼機砲の砲撃のことであったのか。

気になるな、と義輝が呟いたのを、梅花が聞きとめる。

「新十郎さま。気になるとは」

「わしなら一度で沢山《たくさん》だと思うであろうな、こいつの玉を食らうのは」

義輝は仏狼機砲をちらりと見やる。それで梅花の顔色が渝《かわ》るのと、

「取舵」

嚮導の水夫頭《かこがしら》の声があがるのとが、同時であった。左右に名もない小島が迫っている。

山脚が海中へ入っているのを、はえというが、ここは、右舷側の島のはえが海面下に無数の岩を並べ立てている危険水域であった。それらを避けるために舵を左へ切る。自然と、船はいったん、左舷側の島へぐんと近づいた。

「貝、吹け。戦いぞ」

その梅花の下知《げち》に、物見の仙太の叫びが重なった。

「火船じゃあ」

舳先《へさき》を向けた小島の向こう側に、光が湧いた。見るまに、蓆帆《むしろほ》を上げた関船が島陰から姿を現し、こちら側へ回り込んできた。屋倉や帆が、炎を噴き上げている。

柴木《しばき》と雑木を積み、これに油をふりかけて火をつけ、敵船に体当たりさせるのが火船である。敵船が列《つら》なり舫《もや》っている、身動きのとれぬところへ突っ込ませるのが、通常の戦法だ。海上を航行中の船へぶつけるのは奇策で、成功率は低い。だが、この場合は違う。

塩飽海賊衆の罠は周到といえた。暮れ方より追尾しながら、なかなか手を出さなかったのは、前回の仏狼機砲の砲撃に懲りて慎重になっているとみせて、実はこの極めて狭隘《きょうあい》な瀬戸へ獲物が到達するのを待っていたからである。普段ならば梅花たちも、島陰に海賊船が潜んでいるかもしれぬ、と警戒を怠らなかったであろう。だが、今しがた、海賊を追い払ったばかりで、その安堵感《あんどかん》が油断になった。戦闘員たちを持ち場から離してしまったのは、その顕《あらわ》れである。一瞬の隙《すき》といってよい。海賊衆はそこを狙っていた。

火船の左右には、小早が並走している。火船の操舵者たちを激突寸前に乗り移らせ、合わせて第一波の攻撃を仕掛けるのが、その役割か。後ろにも二艘、つづいている。

群鳥の羽音が起こった。小島の岩場に羽を息《やす》めていた水鳥たちが、火に驚いて飛び立った。

火船は、舳先をこちらへ向けて、海面を滑るように走りくる。もう五十間とない距離である。このままでは正面衝突を免れぬ。

七郎丸の船上は、混乱の極に達しようとしている。貝が吹かれ、太鼓が乱打され、いったん胴の間へ引っ込んだ戦闘員たちは、転がるようにして出てきた。

「面舵いっぱい」

水夫頭の怒鳴り声が飛ぶ。はえや瀬に船底をぶつける危険を覚悟の指示であった。どのみち、火船の激突を避けられねば、船はもらい火をして炎上し、沈没する。

船体が大きく左へ傾《かし》いだ。義輝は、咄嗟《とっさ》に五体を跳ばし、右舷の垣立の横木をつかんだが、

「あっ」

と梅花が足を滑らせたのを見て、素早く右腕を伸ばし、その襟をひっつかんで、ぐいと引き寄せた。

何かにしがみつき損ねた者たちは、左舷の方へ躰《からだ》をもっていかれる。

小間に出たままの仏狼機砲の台座の車輪が、ぐわらりと回った。屋倉へ収容するために車輪止めが外されていた。慌てて九右衛門が、砲身にしがみついたが、どうなるものでもない。

「よけろ」

義輝が左舷側にいる者たちへ喚《わめ》く。異様な音と、おそろしい悲鳴が夜気をつんざいた。仏狼機砲は、九右衛門を砲身にとまらせたまま、左舷の垣立の一部を、そこにいた人間ごと粉砕した。

その煽《あお》りを食らって、戦闘員が二人、吹き飛ばされ、海へ転落する。

左へ傾きすぎた船体の船縁《ふなべり》を越えて、波が船上の床を烈《はげ》しく叩いた。

「ふらんき砲を落とすな」

ずぶ濡《ぬ》れになった九右衛門が、必死の声を張り上げる。垣立の一部を粉々にしたものの、仏狼機砲は台座の片輪をはみ出させただけで、辛うじて船上に止まっていた。

この船の航海の安全は、一に懸かって仏狼機砲の存在にある。その最強の武器が使用不能の状態では、防御力は格段に落ちる。

鉤手や縄をもった者たちが、九右衛門のほうへ這《は》い寄《よ》って手を貸す。

「くそ、やつら戻ってきよる」

物見の仙太の悔しそうな声が降ってくる。仏狼機砲の砲撃に愕《おどろ》き、尻をみせて遁げた筈の海賊船団が、一斉に舳先を転じて、こちらへ攻め寄せてくるではないか。追いつかれたら、仏狼機砲で応戦しない限り、万事休する。

七郎丸は、迫る火船に対して、左横腹をみせ、右へ右へと回っていく。

こうした荷船は、積載能力を第一とする構造上、旋回の動きが鈍い。千二百石もの大船ともなれば、尚更である。火船との衝突回避のため、右へ転じる速度はもどかしいほど遅く、その円弧も大きかった。船体の烈《はげ》しい軋み音は、船の悲鳴のように聞こえる。

ぱん、ぱんと乾いた銃声が轟いた。火船に並走する小早からの銃撃が始まった。

「鉄炮方、射放《いはな》て」

義輝に抱きかかえられながら、梅花が応射の下知を飛ばす。だが、大きく揺れる船上では、狙いが定まらず、鉄炮衆もすぐには応射できない。

あたりが、遽《にわか》に明るくなっていく。轟然《ごうぜん》と燃え熾《さか》る火船が、すぐそこまでやってきていた。

舵取は、面舵いっぱいにきったまま、そこにしがみついた。艪方衆は、声を合わせ、死に物狂いに艪を漕ぎつづける。海中の岩に当たったものか、艪が二、三本、折れて弾け飛んだ。

海賊共の放った火矢が、義輝の足下の床へ突き立った。

火船の操舵者たちが、縄梯子を垂らし、並走の小早へ乗り移るのを、義輝は眼の端に捉《とら》えた。七郎丸と火船との距離は、もはや十間もない。横腹を十文字に抉《えぐ》られるのか。

爆《は》ぜて飛んだ燃え木や、多量の火の粉が降り注いできた。火船はあたりの海面を赤々と焦《こ》がし、船体ごと悪魔のように咆哮《ほうこう》した。

さすがに気丈な梅花も、義輝の腕の中で身を強張《こわば》らせた。

「くそったれ」

釣瓶式の籠の中で宙に浮かぶ仙太が、喉《のど》も裂けよとばかりに夜空へ向かって吼《ほ》えた瞬間、船体に衝撃が走った。

「わっ」

仙太は籠から投げ出された。が、その縁に咄嗟に手をかけ、宙に躍って、辛うじて墜落を免れる。

火船の舳先と、七郎丸の左舷側の艫とが、こすれ合って、物凄《ものすご》い摩擦音を立てた。

「怺《こら》えろよ」

水夫頭は自分たちの船を叱咤《しった》する。

「よっしゃあ、掠《かす》っただけや」

仙太が、おのれの危機を忘れて、船上へ歓声を振り撒《ま》いた。七郎丸の損傷は、左舷の艫をわずかに破砕されたに過ぎなかった。航行に支障はなさそうにみえる。

七郎丸の後方へ抜けた火船の帆柱が、一瞬、高く炎上したかと見るまに横倒しになり、夥《おびただ》しい紅蓮《ぐれん》の尾を引いて海面を叩いた。

七郎丸の舵は直進に戻されたが、船体がまだ左へ傾斜したままなのは、仏狼機砲が、依然として左舷の船縁にひっかかっているからであった。

「鉄炮方、右へ寄って射放て」

「弓矢方もじゃ」

船上に怒号のような指示が飛び交う。

火船の伴走をしていた四艘の小早は、その機動性を利して、早くも七郎丸を囲む陣形をとり、銃弾と火矢を間断なく射《い》かけながら、寄せてきていた。

何本もの長柄《ながえ》の鉤手がのばされ、垣立にひっかけられた。縄梯子も投げ上げられる。

「艫じゃあ、艫から乗り移ってくるぞ」

「左が薄い。九右衛門らが危ない」

口々に叫びつつ、船上の戦闘員たちが、必死に応戦態勢をとろうとする。

どこかで悲鳴があがったのを、義輝は聞いた。海賊共が乗り移ってきたらしい。

「白兵戦だな、梅花」

義輝は、梅花の身を腕から離して、決然と行動を開始した。

「打ち物におぼえの者は、三隊に分かれて、舳と両舷を死守しろ。他の者は、梅花と水夫たちをまもれ」

義輝の声と風姿には、皆を振り向かせる威厳が、おのずと具《そな》わっていた。艫はどうなさるので、と誰かが訊いた。

「わしひとりでよい」

それから義輝は、浮橋を振り返った。

「甚内」

「はっ」

「九右衛門を討たすな。わしらが禦《ふせ》いでいるうちにふらんき砲を射放てるようにせよ」

「九右衛門、ききましたな」

すかさず梅花が声をかけると、へい、と九右衛門の返辞が響く。

「よし、ここが先途《せんど》ぞ」

と義輝は、気合を込めて、皆の顔を眺め渡した。そのとき、潮焼けの黒い素膚《すはだ》に、胴丸と兜《かぶと》をつけた、敏捷な男が二人、左舷の犬走《いぬばしり》をこちらへ駆け向かってきた。

義輝もまた、吹き渡る海風のように、その二人のところへあっという間に達し、抜く手もみせずに腰の大般若長光《だいはんにゃながみつ》を鞘走《さやばし》らせた。

皆が一瞬、凍りつく。

義輝の剣が、ひとりの胴を胴丸ごと両断し、もうひとりを兜割りに眉間《みけん》まで斬《き》り下げたからであった。

船戦では、得物《えもの》を打ち合う白兵戦に到った場合、対手《あいて》を海中へ落とすのを専《もっぱ》らにする。船上で打ち殺してしまうと、死体が邪魔になる。

だが、義輝の剣技は、そんな船戦の常識など、忘れさせてしまった。これほど凄絶《せいぜつ》な剣技を、海の男たちは眼にしたことがない。味方が凍りついたのだから、敵に与える恐怖は測り知れぬ。

事実、絶命した仲間のあとから犬走を走ってきた海賊三人が、義輝の手前で足を止め、膝頭を顫《ふる》えさせていた。眼の中に怯《おび》えの色が、はっきりと看《み》てとれる。

「霞新十郎さまは、軍神の如き武芸者ぞ。皆、安堵して戦うがよい」

この梅花の言葉が、戦闘員と水夫らの士気を一挙に頂点まで高めた。

皆は、心をひとつにしたように、期せずして鯨波《とき》をあげるや、次々と乗り移ってくる海賊共めがけて、怖れげもなく得物をふりかざしていく。

義輝は、艫めがけて疾駆する。その奔馳《ほんち》のあとに、更に三つの死体が転がった。

第二章　異国の風

一

「風が匂《にお》う……」

望楼の義輝《よしてる》は呟《つぶや》いた。中天より注がれる陽射《ひざ》しが、やわらかい。

「汐香《しおか》がきつうございますか」

傍《かたわ》らの梅花《メイファ》が義輝の横顔を眺《なが》めやる。

「そうではない……」

義輝は、鼻腔《びこう》をわずかに膨らませて、海上の空気を強く吸い込んでから、

「賑《にぎ》やかだ」

と面白そうに破顔《わら》った。

「賑やか……」

「唐南蛮《からなんばん》の匂いだ。そうであろう、梅花」

義輝の双眸《そうぼう》がきらきらと輝いている。

梅花にも合点がいった。往く手に平戸島を望んで、義輝は異国の風を感じたのに違いない。それを、風の匂いが賑やかだ、と表現したのである。

梅花の美しい眼許《めもと》、口許が蕩《とろ》けるように和んだ。それは可愛くて堪《たま》らぬ弟に注がれる表情にも似ていた。

「はい。平戸は異国の匂いに充《み》ち充ちております」

平戸瀬戸へ入ると、遽《にわか》に、船体の揺れが大きくなった。

この瀬戸は、初代の平戸オランダ商館長ジャックス・スペックスの名声に因《ちな》んで、スペックス海峡として欧州に知られるようになるが、それは江戸時代になってからのことである。倭国の船乗りたちは、雷ケ瀬戸とよんでいた。それほど潮の流れが急で、渦を巻く危険な水域であった。

七郎丸の水夫《かこ》たちは、雷ケ瀬戸に慣れている。操船に不安はなかった。

まもなく、長かった船旅が終わる。堺を出帆してから十四日目であった。

船は、右舷《うげん》方向に、波濤《はとう》の砕け散る磯《いそ》を眺めつつ、平戸の瀬戸を進む。前方にぽつんと、椀《わん》を伏せたような小さな島が見える。

「黒子島と申します。湊《みなと》の入口の目印にございます」

帆を下ろし、艪走《ろそう》に切り換えた七郎丸は、針路を右にとり、黒子島に左舷を向けて、湊へ入った。平戸湊は懐が深く、奥へ行けば行くほど、海面は穏やかになる。

義輝は眼《め》を瞠《みは》った。

(こんな湊があったのか……)

船舶の数はどれくらいであろう。碇泊《ていはく》中のものも、出船入り船も含め、大小合すれば、ざっと眼に入るだけでも三百、いや、四百艘《そう》を下るまい。

だが、数だけなら、堺湊に一歩譲る。義輝の驚きは、船舶の多彩さにあった。たいていの船が、どこか異風なのである。船飾りや船艢《ふなばしら》の意匠が奇妙であったり、船体そのものを改造した痕跡《こんせき》の見受けられるものもある。唐南蛮の船を模したものか。

それだけではない。明らかに和船とは違う形の船も舷を接して犇《ひしめ》き合っていた。

「あの黒っぽい蓆帆《むしろほ》を上げている舷《ふなばた》の高い船は、戎克《ジャンク》と申す唐船にございます」

梅花が義輝に教えた。

「じゃんく……。沢山《たくさん》あるなあ」

「すべて、わが主《あるじ》の持ち船にございます」

戎克だけでも、たいへんな数である。それが全て持ち船とは、梅花の主人とは一体、どれほどの富商なのか。

梅花の言葉が嘘《うそ》でないのは、戎克の船上で仕事中の人々が、こちらへ向かって手を振ったり、頭を下げたりするので分かる。武士とおぼしい身装《みなり》の者が、何やら大声を出したが、明《みん》国の言葉のようであった。

「ここでは武士が明の言葉を話すのか」

「あの者は明人にございます」

「武士の装《なり》をしているのにか」

「平戸では、姿形だけでは何者か判りませぬ」

梅花は、謎めいた微笑を浮かべた。

「まるで異朝の湊にございますなあ」

浮橋《うきはし》が布袋《ほてい》顔の中の眼をまんまるくして、義輝と梅花を笑わせる。

「あれは城か……」

義輝の視線は、湊の背後に盛り上がっている小山に釘付《くぎづ》けとなった。その麓《ふもと》に湊を望むかっこうで聳《そび》える豪壮な建物が見える。唐国の宮殿の画に、こんな感じのものがあった、と義輝は思い出した。後に義輝は知るが、この小山を勝尾岳という。

「城と申さば城にございましょう」

梅花は曖昧《あいまい》にこたえる。

「肥前守《ひぜんのかみ》はあのようなところに住んでいるのか」

肥前守とは、平戸の領主松浦隆信《まつらたかのぶ》のことである。遠国の大名ゆえ、義輝は会ったことがない。

「いえ、肥前どのが城は、あれにございます」

梅花は右方へ腕を伸ばした。やはり湊を見下ろす山があり、そこに慥《たし》かに城郭が望まれた。古館《ふるたち》城というのだが、勝尾岳の唐風の華やかな建物に比して、規模が小さく、姿もずっと地味な印象である。

領主の居城《きょじょう》の眼と鼻の先に、それよりも遥《はる》かに贅沢《ぜいたく》そうにみえる建物があるとは、一体どういうことなのか、と義輝は訝《いぶか》った。まさか個人の邸宅《ていたく》ではあるまい。

「では、寺社か」

問うた義輝に、梅花は首を横に振っただけである。

当時の平戸湊の懐は、現今《いま》よりも更に深く、その頃《ころ》は存在しなかった幸橋（別名オランダ橋）辺《あた》りまで船の出入りが可能であり、義輝らを乗せた七郎丸は、その最奥まで入った。勝尾岳に聳える建物を正面に見上げるあたりだ。

下船すると、荷揚げのことは、出迎えの人々と乗員たちにまかせて、梅花は、義輝と浮橋を湊の市場へ誘った。

「ひやかしてお歩きあそばしませ」

市場は、船舶同様に何もかもが多彩で、人々のさんざめきには、何やら祝祭のような歓びと解放感があった。これほど放埒《ほうらつ》な気風の横溢《おういつ》する湊が、どこにあるだろうか。

（ここも日本なのか……）

義輝は、梅花の言葉を思い起こしていた。

「あなたさまのお国は、海の国」

日本六十余州、海に面していない国など、数ケ国しかない。この認識は、瀬戸内海を西航してきた十余日間で、義輝の心に鮮やかに刻印された。それを思えば、こうした平戸湊の光景こそが、日本という海の国の本来の姿なのかもしれなかった。

とすれば、四方に海をもたぬ山城国という狭苦しい土地にある荒廃した都を、争奪の対象として徒《いたずら》に血を流し合う者たちとは、一体何なのか。かれらの上で、有名無実の存在として右往左往するだけの将軍の位に、どれほどの価値があるというのか。

義輝は、生まれついてから当たり前のように思ってきたことが、音をたてて崩れていくような気がした。その崩壊は、だが、どこか清新である。爽快《そうかい》ですらあった。

梅花にすすめられるままに、義輝は、麝香《じゃこう》の匂いを嗅《か》ぎ、胡椒《こしょう》に嚔《くしゃみ》をし、砂糖を味わい、更紗《さらさ》や硝子器《ガラスき》や象牙《ぞうげ》に触れた。

何よりも義輝を驚かせたのは、白い膚《はだ》の大男である。六尺をゆうに越える素晴らしい体格で、異様に鍔《つば》の広い笠《かさ》をつけ、こちらの眼がちらつくような金銀の刺繍《ししゅう》をほどこした上衣に、真っ赤で艶《つや》やかな腰丈の蓑《みの》を纏《まと》い、踝丈《くるぶしだけ》の樽状《たるじょう》の袴《はかま》という、おそろしく奇異な出で立ちをしていた。

「びせんてと申す名のふらんき国の者にございます」

ふらんき国とは、ポルトガルをさす。梅花は、何やら義輝が初めて耳にする言葉でもって、ビセンテに声をかけたではないか。

漆器《しっき》売りの見世《みせ》の前で、品物を手にとって眺めていたビセンテは、振り向くと、たちまち相好《そうごう》を崩して近づいてきて、梅花の手をとり、その甲に唇を押しつけた。

「新十郎さま。こやつ、眼の中を青く塗っておりますぞ」

浮橋は、ビセンテの眸子《ひとみ》を無遠慮にのぞきこんだ。これに対してビセンテが片目を瞑《つぶ》ってみせた。義理堅い浮橋は、あかんべえのお返しをする。

ビセンテに手を振って別れた梅花は、渠《かれ》は鉄炮《てっぽう》、鉛、硝石などを売る、いわば武器商人で、去年の夏以来、平戸が気に入って滞在しているのだと云《い》った。

「ふらんき国の船はどれだ」

義輝は船着場のほうへ首を回す。

「今は入っておりませぬ。ふらんき船は、夏の初めにきて、秋のうちに帰ります」

渠らは季節風を利用する。天竺《てんじく》の臥亜《ゴア》から、満剌加《マラッカ》、澳門《マカオ》を経て来航し、日明貿易の仲介で莫大《ばくだい》な儲《もう》けを得てから、また臥亜へ帰還するのが常であった。

「尤《もっと》も、ふらんき船は、からっくと申すとても巨《おお》きな船で、平戸へまいりましても、荷揚げ後は、川内浦《かわちうら》へ回航されます」

川内浦は、ここより少し南へ下ったところで、湾が広く水深もあり、巨船の碇泊や修繕《しゅうぜん》に適しているのだ、と梅花は説明した。

「そんなに巨《おお》きい船なのか」

「六千石《ごく》を越えるものもございます」

途方もない巨船ではないか。それは、つまり、ふらんき国自体の大きさや力に比例するものなのであろうか、と義輝は想像した。

この折り、後ろに随《つ》いている浮橋が、ちらっと背後を返り見たことには気づかず、二人は会話をつづける。

「いずれ、ご覧に入れましょう」

「ふらんき船は入ってておらぬのではなかったのか」

「わが主が、からっくに似せて造らせた船を持っております。それをお見せ致します」

「わが主か……」

義輝は、さすがに苦笑した。この期《ご》に及んでもまだ梅花は、おのれの主人の名を明かしていない。

浮橋が、懐に入れていた右手を出した。中で飛苦無《とびくない》をつかんでいたのだが、背後からの強い視線が消えたので、警戒を解いたのである。

残念ながら、視線の主の姿を捉《とら》えることはできなかった。浮橋が一瞬振り返ったとき、素早く人混《ひとご》みの中に紛れたらしい。

(大樹《たいじゅ》のご素生《すじょう》を知る者が、この平戸にいる……)

それも害心をもつ者が。

義輝に笠で顔を隠させるべきだった、と浮橋が後悔の臍《ほぞ》を噛《か》んだのも知らずに、

「そうか」

義輝は、何かに漸《ようや》く思い至ったという表情で、梅花から、あらためて勝尾岳の唐風の建物へ視線を移した。

「そなたの主の屋敷なのだな、あれは」

「ご案内申し上げます」

梅花はにっこりと微笑した。

二

中国の小宮殿を思わせる建物に向かって、石段を昇っていく途中、義輝は、降りてくる五人伴《づ》れに出くわした。真ん中の人物は、絹の長衣を纏《まと》った白皙《はくせき》の優男《やさおとこ》で、あとの四人はその手下か、いずれも腰に長剣を佩《は》いた屈強の男たちである。

双方、間に四、五段ほどあけて、足を停《と》めた。しぜん、義輝らは五人から見下ろされるかっこうとなった。

長衣に包んだ躰《からだ》は華奢《きゃしゃ》にみえるが、そのくせしなやかな感じのする若い男は、明語で、梅花に何か語りかけた。薄い唇が冷徹そうな笑みを刻んでいる。

梅花の眦《まなじり》がわずかに持ち上がったことで、二人の関係は良好なものではないらしい、と見当がついた。

梅花とふた言、三言交《か》わした後、男は義輝に視線を向け、

「それがしは、趙華竜《ちょうかりゅう》と申す。ご尊名をうかがいたい」

と澱《よど》みない日本語で問うてきた。慇懃《いんぎん》な口調の中に、微《かす》かな敵意がこめられている。

「霞《かすみ》新十郎にござる」

義輝も視線を逸《そ》らさずにこたえる。

不意に、趙華竜の右隣に立つ黒々とした顎《あご》ひげの男が、その巨体を躍らせて、義輝に摑《つか》みかかってきた。

顎ひげ男は、しかし、石段を下まで転げ落ち、気を失ってしまう。義輝の立ち姿には、寸分の変化もない。どうやって顎ひげ男を投げ飛ばしたものか、眼にもとまらぬ迅業《はやわざ》であった。

浮橋の右手はとうに懐に入っている。次に義輝に襲いかかるやつの眉間《みけん》に、飛苦無をぶち込む体勢であった。だが、残りの手下たちが一斉に腰の長剣の欛《つか》に手をかけたところで、趙華竜がこれを制する。

「ご無礼を赦《ゆる》されよ」

趙華竜が詫《わ》びたのを、

「その気もないのに詫びることはない」

と義輝は微笑《わら》った。趙華竜の双眼が、少し細められる。

「霞新十郎どの。ひとつ、ご忠告申し上げておく。この平戸では、倭人《わじん》といえども、大きな顔をせぬがよろしい」

「お手前ら明人が、平戸を統《す》べているとでも申されたいのかな」

「そう申してよいかもしれませぬな。このような貧しき孤島は、われらが交易の利を落とさねばたちゆかぬ。それは、松浦の殿さまもよくよくご承知のこと」

「おぼえておこう」

「思ったより、物分かりがよろしいようですな」

趙華竜は、ふんと鼻を鳴らす。せせら嗤《わら》ったものか。

「では、こちらからも忠告を……」

義輝は笑みを湛《たた》えたまま、つつっと石段をあがり、趙華竜とすれ違いざまに、云い放つ。

「たったいま、お手前の首を刎《は》ねた」

次は刀を抜く、という宣告であった。

怒りと屈辱と、そして一瞬の恐怖のためであろう、趙華竜の白面に赤みが差す。それでも趙華竜は、声も乱さず、義輝と同じ言葉を返してきた。

「おぼえておこう」

「思ったより、物分かりがよろしい」

あとは、双方、互いを振り返ることなく、歩をすすめて離れた。

「わしは招かれざる客のようだ」

言葉とは裏腹に、義輝は愉快そうである。

「申し訳ございませぬ。趙華竜は、あれでもわが主の股肱《ここう》のひとりなのです」

梅花のほうは、めずらしく表情を曇らせた。

義輝は頷《うなず》き返す。趙華竜は切れ者に違いない。

「これでわしにも少し分かってきた……」

「と仰せられますと」

「そなたらのほんとうの生業《なりわい》が。いや、正体が、というべきかな」

「何と思《おぼ》し召されました」

「倭寇《わこう》」

梅花は、悪びれずに、首肯《しゅこう》した。

倭寇とは、倭人（日本人）の侵寇《しんこう》という意で、東シナ海を中心に海上密貿易を行い、中国大陸、朝鮮半島、南方諸地域の沿岸や、それら内陸の川沿いで掠奪《りゃくだつ》行為を繰り返した寇賊を、中国人・朝鮮人がそう称《よ》んだものである。

だが、ひとくちに倭寇といっても、実体は時代によって異なる。義輝の生きた十六世紀のそれは、賊の大半は明人であり、そのため渠《かれ》らは偽倭《ぎわ》、仮倭《かわ》などと呼称された。ほんとうの日本人である真倭《しんわ》は、倭寇構成員中の、せいぜい一、二割に過ぎなかった。

偽倭の発生した原因は、明の太祖以来の国法である下海通蕃《かかいつうばん》の禁令による。これは、明国人民の海外渡航を全面禁止し、政府間貿易以外、海外との交易を一切許可せずというもので、俗に海禁政策とよばれる。

この海禁政策が、古くから海外貿易で生計をたててきた浙江《せっこう》・福建《ふっけん》・広東《カントン》など沿海地の住民、いわば海民にとって、死活問題となった。かれらが海賊行為や、密貿易にはしったのは、自然の成り行きであったといえよう。折から、明国では生産力と流通経済が発達しており、それで潤った地方の官僚地主や、塩商人、米商人などが、より大きな利を求めて、かれら倭寇と結託した。この富裕層が、背後に控え、官憲に贈賄するなどして、法網をくぐったことが、十六世紀の倭寇の跳梁《ちょうりょう》にいよいよ拍車をかけた。

更に、東アジアへ進出してきたポルトガル人も、その貿易活動を明国政府に認められなかったため、倭寇と結んだ。

日本と明との外交関係について述べれば、三代将軍足利義満《あしかがよしみつ》以来、一時期を除いて、勘合《かんごう》貿易をつづけ、定期的に遣明船を派した。勘合とは、明国が諸外国政府に与える割符のことで、いわゆる朝貢貿易である。そのため、厚往薄来《こうおうはくらい》といって、外国からの進貢物を遥《はる》かに上回る下賜物を、明側では用意した。

しかし、十五世紀の後半以後、明では政府財政が窮迫し始めたため、朝貢貿易を縮小するようになる。そうした時期の大永三年（一五二三）、堺商人を背景とする細川氏と、博多《はかた》商人と結ぶ大内氏が勘合貿易の主導権を争い、それぞれの派した遣明船の乗員が、寧波《ニンポー》において明人を巻き込んだ武力衝突を引き起こした。この寧波ノ乱を契機に、明政府は、日本の勘合船について厳しい規制を加えはじめた。それで勘合貿易の利が薄くなると、日本の海商たちも、すすんで密貿易に参加した。

こうして、倭寇を中心とした密貿易は、天文年間には、空前の盛行を呈するようになるのである。

「道理で、九右衛門や仙太らの度胸がすわっていた筈《はず》だ。塩飽《しあく》の海賊共も悪い対手《あいて》を襲ったものだな」

これには梅花は、ちょっとばつが悪そうに、眼を伏せた。

「となれば、そなたらの主とは、倭寇の頭目だな」

「興を失われましたか」

「どころか、ますます面白うなった」

なあ、と義輝は上機嫌で、浮橋を振り返った。面白いとは、因習に縛られた足利将軍ではなく、ひとりの意気熾《さか》んな若者の冒険心が云わせた一言であったろう。

（やれやれ、なんとも妙な具合になってきたわい……）

浮橋も、平戸に近づくにつれて、梅花たちの正体を或《あ》いは、と思わぬでもなかったのだが、まさか本当に倭寇だったとは。

（しかし、倭寇の頭目が、大樹に一体何の用がある）

軈《やが》て、義輝と浮橋が案内されたのは、小宮殿内の庭であった。蘇鉄《そてつ》の木の植えられたその庭からは、平戸湊が一望できる。

庭の中央に、凝《こ》った意匠の卓子《たくし》と、四脚の倚子《いす》が置かれてある。烏帽子《えぼし》をつけ、緞《どん》子《す》を纏った男がひとり、こちらへ背を向けて、腰掛けていた。

「あれにおりますのが、主にございます」

梅花は、しかし、義輝と浮橋を庭へ送り出しただけで、自身は建物の中から出なかった。訝《いぶか》しんだ二人が、庭へ出てから振り返ったときには、すでに梅花の姿は消えている。

男は立ち上がって振り向いた。その面《おもて》に、早くも微笑をひろげている。

「遠路、ようおいでなされた」

初老とみえる人物で、声に深みがあった。ただ、風采《ふうさい》はあがらぬ。小柄なくせに顔が大きく、その顔も蝦蟇《がま》に似ている。

（これが倭寇の頭目か……）

義輝は拍子《ひょうし》抜けした。もっと恐ろしげで、ごつい男を想像していたのである。

「あなたさまを牢人、霞新十郎どのとして遇する非礼をゆるされよ。ご素生を知れば、騒ぎだす者がおるかもしれませぬゆえ」

と蝦蟇はことわった。梅花が、上陸と同時に、ここへ人を遣わして、義輝の偽名を報《しら》せておいたものであろう。

「手前の名は、王直《おうちょく》と申します」

蝦蟇は、軽く頭を下げた。

（おうちょく……。きいたことがあるような、ないような……）

浮橋のその不審げな表情を察して、蝦蟇は言葉を継いだ。

「こちらでは、五峰《ごほう》の名で通っておりますよ」

あっ、と浮橋は眼をまるくし、満月の腹をそっくり返らせる。

「では、支那《シナ》の大逆叉《おおさかまた》どので……」

「何だ、浮橋。知り人だったのか」

浮橋の反応に、義輝は勘違いした。

「め、滅相《めっそう》もない。噂《うわさ》にきいた五峰どのの異名にございますわい」

逆叉とは、自分より大きな鯨《くじら》を襲って食らうという、獰猛《どうもう》で貪欲《どんよく》な海の怪物にございます、と浮橋は義輝に説明した。これは、土佐あたりでは「鯨とおし」とよんだものので、シャチのことである。

「どうもろくな噂ではございませぬなあ」

五峰は幅の広い顔に苦笑を浮かべた。

天文の大倭寇時代に、最大の頭目とされたのが、この明人、五峰王直であった。生年は不詳である。安徽《あんき》省出身の塩商人であったのが、若いころ事業に失敗すると、以後は一転、主として南洋方面へ乗り出し、硫黄《いおう》・硝石・生糸・綿など禁制品の密貿易で忽《たちま》ち莫大な利を得た。

五峰の来日年には諸説あるが、天文十二年（一五四三）八月の「種子島《たねがしま》に鉄炮伝来」に重要な役割を果たしたことは、疑いない。ポルトガル人数名を含む百人余りを乗せて、種子島に漂着した戎克には、五峰も同乗しており、『鉄炮記』によれば、渠が漂着地の日本人と筆談を交わしたと記されている。この戎克は多分、五峰の持ち船だったのであろう。これをきっかけに、日本における密貿易市場を開拓しはじめた五峰は、肥前五島を根拠とし、また平戸には豪壮な邸宅を構え、西国や九州の大名らと交渉をもって、更に巨富を蓄えるに到った。

五峰の密貿易団は、三十六島の逸民《いつみん》数千人といわれ、大型船十余隻、中小型船数百艘の武装大船団をもって東シナ海を席捲《せっけん》した。ために五峰は、出身地名に因《ちな》んで「徽《き》王《おう》」ともよばれる。

大逆叉の異名は、明国という巨大な鯨に向かって牙《きば》を剝《む》いている、という意味で誰《たれ》かが付けたものらしゅうございます、と五峰は苦笑しつつ自身で説明した。

そんな五峰の風貌《ふうぼう》を、義輝は、あらためて頭から爪先《つまさき》まで眺《なが》めてみた。本物の逆叉を見たことはないが、鯨に咬《か》みつくような凶暴さは、微塵《みじん》も窺《うかが》えぬ。

「梅花の云うたとおりだ」

義輝はおかしそうに口許を綻《ほころ》ばせた。

「平戸では姿形だけでは何者か判らぬ。蝦蟇が逆叉とはな」

「手前は蝦蟇にございますか」

五峰の眠っているような眼が、初めて大きく瞠《みひら》かれた。その顔が滑稽《こっけい》で、義輝は声をたてて笑い出す。

あけすけともいえる義輝の素直さが気に入ったものか、五峰自身も、大口あけて笑声を放った。

浮橋が、今度は、へっ、と間抜けな声を出した。

「あだの、へだのと、うるさいやつだな」

呆れて振り返った義輝の眼は、浮橋の後頭ごしに五人の女人を捉《とら》え、その視線を真ん中の華やかな装いのひとりに吸い寄せられた。支那の雑劇の花旦《ホアタン》を想わせるその女人は、こちらへ一歩踏み出すごとに、花びらが舞い立つような美しさを振りまいている。浮橋が間抜けな声を出したのも無理はない。

「梅花……」

茫然《ぼうぜん》と義輝はその名を呟いた。

酒肴《しゅこう》を捧げ持つ四人を随《したが》えてきた梅花は、義輝の前までくると、胸の前で両腕を重ねて、恭《うやうや》しく頭を下げる。

五峰の笑いを含んだ声がした。

「蝦蟇の娘にございます」

三

「きょうはお着きになられたばかりでお疲れにございましょう。話は明日のことに」

その夜は、酒宴が催された。五峰の手下の中でも、甥《おい》の王汝賢《おうじょけん》、養子の王滶《おうごう》、普《ふ》浄《じょう》という法名をもつ坊主あがりの徐海《じょかい》、その叔父徐惟学《じょいがく》らをはじめとする十数名の腹心だけが列《つら》なった。趙華竜の姿も見られた。

五峰は、義輝を武芸の達人霞新十郎と紹介した。梅花が、塩飽海賊衆を撃退した義輝の鮮やかな統率ぶりと剣技の凄《すご》さを、皆に語ってきかせた。

義輝と浮橋は、ポルトガルの真っ赤な酒や、明の料理など、珍奇な酒肴を、次から次へとすすめられた。

酒宴が果てると、義輝は寝間へ案内された。広い寝間は、床を異国の文様に彩《いろど》られた毛足の長い敷物で被《おお》い尽くしてあり、寝床といえば、四本の脚に支えられ、上には天蓋《てんがい》が付いていている。

その褥《しとね》は、躰《からだ》が沈み込むほど柔らかく、義輝は閉口した。

（落ち着かぬな、これは……）

静かな夜であった。どこからか流れてくる胡弓《こきゅう》の調べに、透明感がある。梅花が入ってきた。

義輝は、褥に半身を起こし、梅花の立ち姿を眺める。女の曲線がなかば透けて見える薄物一枚を着けただけの、妖《あや》しげな佇《たたず》まいであった。

「このことは、明日、父がお話し申し上げることとは関わりございませぬ」

と梅花はことわった。何か魂胆があって義輝を色香で籠絡《ろうらく》しようというのではなく、おのれが希《のぞ》むままに、男の寝所《しんじょ》を訪れたという意味である。

「なれど、梅花。そなたの肌に触れれば、離れがたくなるやもしれぬ」

「うれしいことを仰せられます。そのお言葉だけで、生涯忘れ得ぬ一夜になります」

十二歳の秋に朽木鯉九郎《くつきこいくろう》という師範を得て以来、義輝は、武芸一途の歳月を送ってきた。が、女の肌身を知らぬわけではない。

ただ義輝は、女体のみを求めたことはなかった。たとえ遊《あそ》び女《め》が相手でも、心が通い合わねば、肌に触れぬ。浮橋からも男と女はそうしたものだと教わったし、義輝自身もそれが自然なことだと思う。

梅花が訪れたのも、それを自分が受け入れるのも、躊躇《ためら》うことのない自然の流れであることを、いま義輝は感じていた。

梅花が、猫を想《おも》わせる柔軟な動きで、義輝の傍《かたわ》らへ寄り添った。蜜《みつ》のような匂いが漂う。自然なこととはいえ、義輝は、戸惑って、あたりの気配を窺《うかが》った。梅花が、笑う。

「甚内《じんない》どのは夜船に揺られてございます」

浮橋は睡《ねむ》りこけているという。

「睡り薬か」

「気が咎《とが》めております」

「油断したものだ」

「ふらんきの酒の中に明の薬を混ぜました」

義輝の口許もおぼえず綻んでいた。この場合、酒も薬も生まれて初めて味わったものゆえ、浮橋ほどの忍びでも、気づかなかったのは無理もない。

「一夜の契《ちぎ》りにございますゆえ、梅花のわがままをおゆるし下さりませ」

今宵の閨房《けいぼう》のすべてを自分に委《ゆだ》ねてほしい、という梅花の懇望《こんぼう》である。義輝は、素直に頷いた。

梅花が薄物を肩から滑らせる。傍らに一穂《いっすい》の灯火がゆらめくだけの薄闇《うすやみ》の中で、梅花の裸身は発光しているように見えた。白い。白磁と見紛《みまご》うばかりに白い。

梅花は、義輝の頭を双腕に包み込み、その意外に豊かな乳房へ埋もれさせた。義輝の躰じゅうの血が沸き立った。

翌朝、義輝は、梅花に伴われて、古館城を訪れ、松浦隆信の御前へまかり出た。無論、廻国の武芸者霞新十郎としてである。

梅花は、畿内《きない》に商《あきな》いの旅をして戻ってきた、その挨拶《あいさつ》と多くの土産を持参しての登城である。

まだ二十代半ばとはいえ、隆信の挙措《きょそ》にも物言いにも聡明《そうめい》さが窺えた。その隆信が、倭寇の頭目たる五峰の娘を、大名の姫君に対するようにもてなしたのには、義輝は驚きを禁じえなかった。

（あれでは、肥前守と五峰のどちらが領主か分からぬな……）

辞去したあと、義輝は、そんな感想を抱いた。だが、これは足利将軍たる自分への痛烈な皮肉ではないか、と気づいた。

平戸は、いかに京から隔絶した土地とはいえ、建前では足利将軍に服する松浦氏の治下にある。ところが、松浦氏自体、足利将軍の存在も幕府のことも眼中にない。その証拠に、領内で倭寇の頭目が我が物顔に振る舞うのをゆるし、剰《あまつさ》えこれと公然と結んで、密貿易の利に浴している。

平戸だけが極端な例とは云えまい。日本全土に、無数のお山の大将がいて、それぞれに勝手気儘《きまま》な領地経営を行っているのが、この時代の現状であった。それもこれも、足利幕府という中央政庁がまるで機能せず、その頂点に立つ筈の足利将軍の権威が完全に失墜しているからに他ならぬ。義輝は、そのことを骨身に沁《し》みて感じた。

（或いは、五峰は……）

義輝にそう感じさせるために、梅花に命じて、わざわざ松浦隆信との会見の場に臨ませたのかもしれなかった。

だが義輝は、梅花には何も訊《き》かぬ。

それから義輝は、浮橋を伴い、梅花の案内で川内浦《かわちうら》へ向かった。五峰が仏狼機国の船に似せて造ったという巨船を見物するためである。五峰自身は、ひと足先に明け方に出かけ、義輝の到着を待っているという。三人は馬上に揺られていった。

随従者は十人、いずれも明人の若い女ばかりである。この者たちも馬に乗り、全員が鉄炮と剣を携行していた。

「物々しいな」

義輝は苦笑した。

「新十郎さまは、かけがえのない御方にあられますゆえ」

伏し目がちに云った梅花の表情に、羞《は》じらいの色を垣間見《かいまみ》たのは義輝だけではない。浮橋も見逃さなかった。義輝と梅花の間に流れる空気が昨日までとは違っている。

（しもうた……）

浮橋は、臍《ほぞ》を噛《か》んだ。が、あっさり思い返した。このあたりが、忍びでありながら、男女の機微を知った浮橋の愛すべきところであろう。

川内浦までは、峠越えで二里ばかりの距離である。曇り空で、峠の頂に達する頃には、霧のような雨が降りはじめた。蓑と笠の用意はあったが、

「これを召されませ」

義輝のすぐ前で馬を歩ませる梅花が、随従の女から受け取ったものを義輝に渡した。鍔《つば》の広い帽子と、カパという外套《がいとう》である。

「やあ、びせんての着けていたのと同じものだ」

義輝は玩具《おもちゃ》を手にした子供のように燥《はしゃ》いだ。

「お似合いにございます」

実際、びせんてに負けぬぐらい大柄な義輝は、南蛮の衣類を着けてもさまになった。

「もう一揃《ひとそろ》いあるか」

「はい」

これには、義輝のすぐ後ろを往く浮橋が、ぎくりとして、慌てて手を振った。

「や、やつがれには似合いませせぬぞ」

「遠慮するな」

いやがる浮橋に、義輝は無理やり南蛮笠と外套を着けさせた。似合わなかった。その姿は後世の居酒屋の店先で見かける狸の置物みたいで、そのあまりの滑稽さに、女たちが華やかな笑声をあげた。

四方のひらけた峠の頂から眺める平戸湊は、数多《あまた》の船舶を留めて、雨に烟《けぶ》っている。南蛮笠の鍔をわずかに持ち上げた義輝は、異朝にいるような錯覚をおぼえた。悪い気分ではない。

人々が踏み固めた峠道は、勾配《こうばい》のきつさを和らげるために、右に左に曲がりくねっている。幅は、人をのせた馬が二頭並ぶと、鐙《あぶみ》にかけた足がぶつかり合う狭さであった。

道より一段高いところの斜面は、畑として利用されているが、ひどくせせこましいもので、たいした収穫がありそうには見えぬ。

（趙華竜の云うた通りだな……）

と義輝は思った。平戸のような地形の峻険な小さな島国では、農耕で糧《かて》を求めるのは困難である。勢い、漁業と交易に生計の道を見出《みいだ》すことになる。そのうちの多くの者が、倭寇へ身を転じたとしても不思議ではなかろう。

義輝、梅花、浮橋を半《なか》ほどにおいて一列に進む一行は、ゆっくり峠道を下っていく。斜面の所々に、草葺《くさぶき》の小屋がぽつりぽつりと煙雨に霞《かす》んで見えた。

義輝の南蛮笠の鍔の先から、雨の雫《しずく》が滴《したた》り落ちている。

「少し脚を速めます」

梅花が義輝にことわってから、皆にその旨《むね》を伝えた。

その中で、いち早く、ただならぬ気配を感じ取ったのは、さすがに常に義輝の身辺に気を配っている浮橋であった。

(小屋の中から狙《ねら》っておる)

素早く判断した浮橋が、

「皆、伏せよ」

叫んだ瞬間、雨の野に銃声が鳴り渡った。

空気が震え、路傍の小石が弾《はじ》け飛んだ。

「雨が幸いしたな」

義輝が梅花に笑いかけた。小屋の中の銃手たちは、煙雨に視界をなかば遮られて、照星を合わせにくかったに違いない。

「いまの第一撃で種子島は終わりだろう」

その義輝の判断の正しさを証明するように、左右の畑の隅に点在する小屋小屋から、戸を蹴破《けやぶ》って、打ち物をふりかざした男たちがわらわらと走り出してきた。

「叩《たた》き殺せ」

「慌てるな。やつらもう袋の鼠《ねずみ》よ」

「女は愉《たの》しんでからでもええじゃろう」

口々に勝手なことを喚《わめ》いている。

(野伏《のぶせ》りのようだが……)

義輝は首をひねった。義輝らが今日、川内浦へ出かけるのを調べておいて待ち伏せるなど、ただの野盗づれのやり口とも思われぬ。

「甚内、先駆けいたせ。鋒矢《ほこや》となって、一挙に駆け下るぞ」

危急時にもかかわらず、義輝は浮橋のことを甚内とよんでいる。その落ち着きぶりに、浮橋は舌を巻きつつ頷いた。

「畏《かしこ》まって候」

ぱっと鞍上《あんじょう》に立ち上がるや、浮橋は、前に列《つら》なる馬の背から背へと跳び移っていく。その意図するところを察した梅花が、先頭の者に声をかけ、鞍《くら》をあけるよう命じた。

浮橋が先頭の馬の背にまたがるや、

「甚内どのにつづけ」

すかさず梅花の下知《げち》がとぶ。

十三頭の馬の尻《しり》に、一斉に鞭《むち》が入った。

「あっ、遁《に》げるぞ」

「遣《や》るな」

右手から畑の土を蹴立てて走り来る賊共のうち、真っ先を駆ける五、六人が、鑓《やり》を繰り出してきた。

梅花の手下たちは、剣を抜き合わせ、これらを斬《き》っ払った。この女たちは鉄炮術に長《た》けているが、降雨の野ではそれも役に立たぬ。だが、剣技のほうも、かなり訓練を積んでいるとみえた。

義輝は、鑓の穂先を、鞍上で上体をひょいと反《そ》らせて躱《かわ》すと、頭の南蛮笠に手をかけ、これを素早く投げた。しゅるしゅると回転して飛んだ南蛮笠の鍔が、鑓を突き上げた男の眼を横薙《よこな》ぎにした。男は、たまらず、顔を押さえてうずくまる。

浮橋の左方からも、素膚《すはだ》に腹巻、籠手《こて》、脛当《すねあ》てを着けただけの賊三人が、何やらおめきながら殺到してきた。

「阿呆《あほう》めらが」

浮橋は、馬上から、得意の飛苦無《とびくない》を三本、たてつづけに投げうった。こういうときの浮橋には容赦がない。いずれも眉間《みけん》にぶち込んだ。

賊は、背後にも出現している。ざっと目算しただけでも五、六十人を下るまい。

銃弾が狙ったのは、義輝の命ではなかろう。なんといっても義輝は、素生を隠して、昨日この平戸島に到着した許《ばか》りである。これに対して、梅花はどうか。倭寇の大頭目の娘ともなれば、自身の知らぬうちに多くの敵をつくっていても不思議ではあるまい。

（なれど……）

浮橋は、昨日湊の市場で感じた視線を思い出している。あれは、どうしても義輝に注がれていたような気がしてならぬ。

だが、今はその疑問の答えを探っているときではない。浮橋は、尖兵《せんぺい》となって、九十九折《つづらお》りの下り坂に馬蹄《ばてい》を轟《とどろ》かせた。

四

人馬一体となった十三騎《き》が、ひと筋の矢となって、畑の中を曲がりくねる坂道を駆けに駆ける。馬沓《うまぐつ》の撥《は》ね上げる泥が、鞍上の顔という顔に、黒い染みをつけていく。

賊は、得物《えもの》をふりかざし、歯を剝《む》き出して、吶喊《とっかん》しつつ、畑から十三騎の両横腹を衝《つ》くかっこうで、襲いかかってくる。これを梅花らは、右に左に白刃を揮《ふる》って、苦もなく払いのけた。

人馬の矢は迅《はや》く、またその手強《てごわ》さに、賊は多勢にもかかわらず、ひるんだようすをみせ始めている。

そのとき、がらごろと雷が鳴った。と聴いたのは間違いで、それは車輪の音であった。浮橋が振り返ると、梶棒《かじぼう》を後ろにした空の荷車が、十三騎の後方から賊らに押されて猛然と突進してくる。

（何の真似《まね》じゃい）

そう訝《いぶか》ったそばから、浮橋は、前方に突如現れたものを見て、あっと思った。

逆茂木《さかもぎ》の垣が、道を塞《ふさ》ぐかっこうで、地から湧《わ》いて出た。地面に寝かせて、上から土をかけてあったのを、賊らが縄でもって引き起こしたのである。垣は長く、左右の畑の隅まで延びていた。

「止まれえ」

浮橋は、鐙に足を踏ん張り、手綱《たづな》を思い切り引き寄せて、声を限りに喚いた。そうしながら、おのれの不覚を詛《のろ》わずにはいられぬ。

この地形で獲物を待ち伏せるとしたら、道の前後を遮断する用意を当然する筈ではないか。ごく単純な策戦《さくせん》である。

賊の正体のことばかり気になっていたというのは、言い訳にならぬ。賊を甘く見た、と浮橋は悔やんだ。

一筋の矢となって疾走していた十三騎は、急激に前後を詰まらせ、馬体を強くぶつけ合った。馬たちは苦痛の叫びととれる嘶《いなな》きを放つ。

圧縮された馬群の中で、つんのめる馬や、横倒しになる馬があった。女がひとり、放り出されて、宙に舞う。

「それ、押し潰《つぶ》してやれ」

道をいっぱいに塞いで走り来る荷車が、十三騎のしんがりに迫った。泥土を撥ね飛ばし、車軸を折らんばかりの勢いである。

騎乗者たちは、馬を棄て、畑のほうへ五体を跳ばした。義輝はひとり、道へ降り立つと、突進してくる荷車めがけて疾《はし》った。

「義輝さま」

梅花の口から思わず発せられた叫びである。

義輝が荷車に轢《ひ》き殺される、と見えた瞬間、その身は高く跳躍するや、荷台部分の縁を蹴り、梶棒をもつ者らの頭上を越えていた。義輝は、カパを脱ぎ棄て、賊の眼前へ投げて視界を塞いだ。と同時に抜刀し、後方へ振り下ろす片手斬りの一閃《いっせん》を放った。

そうして荷車をやり過ごした義輝が道へ降り立った直後、梶棒が真ん中でぱっくり割れた。これを摑んでいた賊たちは、梶棒が烈《はげ》しくぶれたために、不意をくらった。渠《かれ》らは、或いは振り飛ばされ、或いは車輪に巻き込まれ、おそろしい悲鳴を宙へ撒《ま》き散らす。

そのまま荷車は、馬群の最後尾へ突っ込んだ。形容しがたい凄《すさ》まじい破壊音がした。板片が飛び散り、車輪は吹っ飛んだ。

梶棒を最後まで握っていたひとりが、追突の衝撃で二丈余りも撥ね上げられ、馬群を越えて滑空する。

「ぎゃあああ」

　その者の躰《からだ》は、逆茂木の上へ叩きつけられ、串刺《くしざ》しとなった。夥《おびただ》しい血汐《ちしお》が、音たてて奔騰《ほんとう》する。

「おのれえ」

「ぶち殺せ」

　賊共が、怒号を投げつつ、義輝へ突きかかり、斬りかかる。

　忽《たちま》ち、肉を伐《き》り、骨を截《た》つ音がして、絶鳴が連続した。義輝の愛刀、大般若長光《だいはんにゃながみつ》が雨中に唸《うな》りをあげ、血を呼んだのである。

　五人が、ほとんど一刹那《いちせつな》のうちに、義輝のまわりに、魂を飛ばされて転がった。それらの肉塊は、ぴくりとも動かぬ。

　つづいて義輝に斬りつけようとしていた賊たちは、息を呑《の》んで立ち尽くしてしまう。義輝の剣技は言語を絶するものであった。

　周囲の賊の動きが止まったのを見て、義輝は畑へ躍りあがる。その足下へ、矢が突き立った。

　眼を上げた義輝は、絶望的な光景を眺めねばならなかった。こちらへ背を向けた浮橋や梅花たちが、剣をだらりと下げて、茫然と佇んでいる。その向こうには逆茂木の垣が横長に列なり、さらに垣のあちら側に多数の賊が横一線に並んで、弓矢をかまえていた。その弓隊は五十人もいるだろうか、鏃《やじり》を、至近距離の梅花たちと、やや遠目の義輝にしっかりと向けている。

ただの野伏りの力押しの襲撃ではなく、やはり、事前に周到な準備をした待ち伏せであった。義輝たちの進退は、ここに谷《きわ》まったというべきであろう。

「それ、袋の鼠じゃぞい」

「おのれも、あきらめろ」

義輝の周りの賊共が、腰を引きながらも、罵声《ばせい》を浴びせる。石を投げつける者もいた。だが、義輝が鋭い一瞥《いちべつ》をくれると、渠らは、わあっと逃げ散る。

逆茂木の垣が賊共の手で倒された。その機を捉えて、梅花の手下の女がひとり、弓隊の列の一部を崩そうと、駆け向かった。

女の命は、そこで絶えた。颪を切って飛来したものに強く首を引っ張られ、絞めつけられたのである。

女の首に巻きついたものは細鎖で、その両端にこけしの頭と胴体が繋《つな》がっていた。

（まさか……）

浮橋は弓隊の面々を眺め渡した。

半円状に浮橋らを取り囲んだ弓隊の背後から、列を割って、すうっと前へ出てきた者がいる。花鳥模様のあでやかな被衣《かつぎ》で頭をすっぽりと隠し、背中へ真紅の懸帯《かけおび》を垂らした人物であった。

浮橋は、被衣の下の顔を知っている。こやつは、女の装《なり》をしていても、女ではない。

浮橋は、義輝を振り返った。

すでに義輝も、その男の正体を察し、弓隊のほうへ向かって、ゆっくりと歩き出していた。義輝の脳裡《のうり》に、稲光に照らし出された双身歓喜天《そうしんかんぎてん》が瞬《またた》いている。歩きながら義輝は、男に声をかけた。

「被衣をとれ、鬼若《おにわか》」

被衣が撥ねあげられた。花鳥が煙雨の中をゆらめきながら落ちた。

鬼若は、七年前と渝《かわ》らず、前髪を垂らし、鬢《びん》の毛を長く伸ばして、唇に紅《べに》を引いていた。ただ、女と見紛う美貌《びぼう》は、頬《ほお》がこけて顎《あご》が尖《とが》ったぶん、より凄艶《せいえん》さを増している。

「おぼえておいてもらえたとは、恭悦至極《きょうえつしごく》なことだぜ」

嗤笑《ししょう》まじりに嘯《うそぶ》いて、鬼若は腕の失《う》せた右肩の付け根を軽く叩いてみせた。七年前の秋の豪雨の夜、洛中悪王子《らくちゅうあくおうじ》の歓喜楼《かんぎろう》の裏庭で、義輝の怒りの一閃によって截断《せつだん》されたものである。

「どこまでも追って息の根を止めておかなんだのが、悔やまれるわい」

浮橋がめずらしく唇を噛んだ。昨日、平戸湊の市場で感じた粘りつくような視線は、この鬼若の放ったものであったか。

ちらりと浮橋を見た鬼若の唇許《くちもと》に、勝ち誇りの笑みが刻まれた。

「鬼若。待ち伏せは、おぬしの一存ではあるまい。柄にもなく主持《しゅうも》ちにでもなったか」

何気ない足取りで鬼若に近寄りながら、義輝は云った。

「そこで止まれ」

鬼若の頰がぴくりと痙攣《けいれん》する。この絶体絶命の窮地にもかかわらず、少しも慌てぬ義輝を悪《にく》んだのであろう。

義輝は足を止めた。鬼若との間には、まだ五間《けん》の距離がある。

鬼若が、ふいに、にやりとして、

「あの女」

と左手の指で、梅花の横に立っている女を差した。その直後、ぶんっ、という音が連続して、女の躰を三筋の矢が貫き通した。

梅花が倒れかかる女の躰を支える。女は、一瞬、苦悶《くもん》の表情をみせたあと、息絶えた。

（外道《げどう》めが）

浮橋ほどの者が、怒りにおのれを見失いかけ、懐の飛苦無を掴んだ。

「こいつを殺すぞ」

間髪を入れず、鬼若は、義輝を真っ直ぐに指さして吼《ほ》えた。弓隊の弓弦《ゆんづる》が、更に引き絞られる。これには浮橋も、思い止《とど》まるしかなかった。

「鬼若。勿体《もったい》ぶらずに、ひと思いに殺したらどうだ」

憤怒《ふんぬ》を静かに内に宿して、義輝は、鬼若を凝視する。たとえ五十筋の矢を一身に受けようとも、鬼若だけは斬り棄てるつもりであった。

「鬼若とやら……」

梅花が、すっくと立ち、義輝の身をおのが躰の後ろに庇《かば》って云った。声に顫《ふる》えを帯びている。怒りを抑えていた。

「おまえが王子屋《おうじや》の亭主であることは、知っています」

鬼若は返辞をせず、薄笑いを浮かべて、梅花の全身を舐《な》めるように眺めた。川内浦の一角に、丸山という船乗り相手の歓楽街があるが、王子屋は、そこの妓楼《ぎろう》の一軒である。

「父の配下で、王子屋によくあがる者。その男の差しがねでありましょう」

梅花は、鬼若の表情の一瞬の変化も見逃すまいと鋭い視線を当てたが、鬼若は薄い唇を歪《ゆが》めているばかりであった。

「さすがに五峰の娘だぜ。気が強そうだ」

鬼若の言葉は、五峰をいかほどにも恐れていないことを示すものであった。倭人（日本人）の寇賊や海商の中には、日本に根拠をおいて、自儘《じまま》に振る舞い、莫大《ばくだい》な利を得ている五峰を嫉《ねた》む者が少なくない。

（でも……）

倭人ならば、足利将軍には畏怖《いふ》を抱くかもしれぬ、と梅花は咄嗟《とっさ》に考えた。もしかしたら、鬼若は別として、ここにいる賊共は、義輝の素生を知らされていないのではないか。大半は金で雇われただけの浮牢人や野盗の類であろう。そういえば、鬼若の口から、義輝の名も、公方《くぼう》という一語も発せられていない。恐らく味方に聞かせたくないのではないか。そうに違いない、と梅花は思った。

「そのほうら、これなる御方のご素生を知って、矢を向けているのか」

途端に、鬼若の顔色が渝《かわ》った。賊共のいずれ劣らぬ悪相に、好奇の色がひろがる。

「矢を放て」

鬼若はひとり喚《わめ》いた。

「待ちなされ。こちらにおわす御方は、征夷大将軍《せいいたいしょうぐん》」

梅花と鬼若の声が重なったそのとき、義輝は疾風《しっぷう》となった。と同時に、百雷が落ちたような轟然《ごうぜん》たる音が、峠に谺《こだま》した。

五間の距離を一瞬で縮めた義輝が、鬼若の胴を横薙《よこな》ぎに払おうとした刹那《せつな》、その躰は前から吹っ飛んできた。思わず、義輝は、鬼若の五体を抱きとめた。女のものらしい髪油が匂い、そして血が匂った。

（一体、何が起こったのだ……）

鬼若の小袖《こそで》の背中に、左脇腹のあたりから黒い染《し》みが広がりつつあった。仰向《あおむ》いた鬼若の顔は、蒼褪《あおざ》め、醜《みにく》く苦悶している。

義輝は、鬼若の前から身をずらした。鬼若の痩《や》せた躰は、ゆっくりと前へのめり、畑の泥濘《ぬかるみ》の中へ倒れ込んだ。

あろうことか、賊はひとり残らず、地に這《は》わされていた。

「趙華竜……」

梅花が、心底より驚いたようすで呟《つぶや》いた。慥《たし》かに、上から降りてくる一団の先頭に、趙華竜の姿があった。

事の次第は、直《ただ》ちに判明した。道の上からも下からも、大勢の人間が、駆け寄ってくるのが見えたからである。ほとんどの者が鉄炮を肩に担いでいる。義輝はすぐに知ることになるが、かれらが雨中でも鉄炮を射放《いはな》てたのは、火縄と火挟《ひばさみ》の部分に箱型の雨覆《あまおおい》を付けていたからであった。

趙華竜は、梅花の前へ来ると、皮肉っぽい笑みを唇許《くちもと》に刻んだ。

「待ち伏せは、おれの差しがねだと思ったか」

梅花は睨み返す許《ばか》りで、これを否定しなかった。趙華竜をよほど信用していないらしい。

「礼を云う」

と素直に頭を下げたのは、義輝であった。

「王直さまのご命令に従ったまで」

趙華竜のほうは冷やかである。

「霞新十郎か……。何者か知らぬが、よほどに大切な客人らしい」

独言《ひとりごと》のようにそう云ってから、趙華竜はぷいっと眼を逸《そ》らすと、部下に引き揚げの合図をした。

義輝と梅花は再び鞍上の人になった。

多数の死体をそのままにして、一行は道を下りはじめる。だが、浮橋ひとり、立ち止まり、一瞬の逡巡《しゅんじゅん》の後、踵《きびす》を返した。

「鬼若は生きてはおらぬ」

と義輝が呼び止める。浮橋が何をしようというのか、この鋭敏な主人には、すでに察せられていた。

「万一ということがございますわい」

「万一、息があって、生き長らえることができたら、それは鬼若の命運が尽きておらなかったということだ。それでよいではないか」

修羅場の中で、義輝は、時にこうした情をみせることがある。たとえそのことが後に危険の芽を残すことになっても、義輝は後悔せぬ。

そういう若き主人を、浮橋は、危ぶみながらも、この上なく好ましいと思う。義輝の優しさを踏みにじるような真似だけは、絶対にしたくはなかった。

「どうも新十郎さまに仕《つか》えるようになりましてから、やつがれは要《い》らぬ苦労が過ぎるようにございますなあ」

浮橋は、布袋顔のひたいを、叩いて、笑った。つられて義輝も微笑する。

浮橋は、義輝の馬の口取りとなって、漸《ようや》く坂を下りはじめた。

峠の雨は、まだ降り熄《や》まぬ。畑の中で、泥まみれの指が微《かす》かに動いた。

五

川内浦へ向かう途々《みちみち》、趙華竜が語ったところによると、鬼若を差し向けて義輝らを襲撃させたのは、昨夜の五峰館における酒宴の列席者のひとり、徐海であった。

徐海は、五峰と同じ安徽省の出身で、はじめは僧侶だったが、叔父の徐惟学に誘われて密貿易に参加すると、たちまち才覚を顕《あらわ》し、五峰の腹心となった男である。

強烈な野心の持ち主である徐海は、いずれ頭目の座を譲られるのは自分だ、と独り決めに思っていた。だが、最近になって、五峰にその気がないことを知る。腹心たちの間では、どうやら五峰さまは倭人を後釜《あとがま》に据えるおつもりらしいとの憶測が飛び交った。その倭人というのが、梅花の連れてきた霞新十郎である、と徐海は早合点した。

この話をきいて、浮橋などは、阿呆らしいにもほどがある、とあきれるほかなかった。

（わが主の素生も知らずに……）

趙華竜の探索《たんさく》では、徐海は、昨日の深夜に王子屋へ寄ってから、夜明けを待たぬうちに、平戸島を離れたという。襲撃が失敗したときのことを恐れたらしい。

ちなみに、その後の徐海は、江蘇《こうそ》、浙江などの諸州県を侵して残虐な掠奪《りゃくだつ》行為をつづけたが、二年後の八月に、浙江総督胡宗憲《こそうけん》に逮捕、処刑される。

川内浦へ着く頃に、雨はあがった。そこで義輝は、船というものに対する概念を覆されてしまう。漆黒に塗りこめられた船体をもつ、禍々《まがまが》しい巨船を眼《ま》の当たりにしたのである。

黒船、という。

戦国末期から江戸初期にかけて来航したポルトガル船を、日本ではそう名付けた。タールを塗った船体が黒かったからだが、やがて、イスパニア船やオランダ船なども含め、南蛮船の俗称となる。

この天文年間あたりに来航した南蛮船は、船型名称としては、カラックとよばれたものだったらしい。帆走専用の大型武装商船で、船首にやり出し帆、主檣と前檣には二枚ずつの横帆、後檣に三角帆を張り、船首と船尾のいずれにも小山のような楼閣を聳《そび》えさせてあった。小さなもので五百トン、最大級は千トンだったというから、当時の積み石数に換算して、およそ三千三百石から六千六百石程度の巨船になる。

義輝の眼前に、この川内浦の王のごとく碇《いかり》を下ろしているカラックに似た船を指し

て、

「一万石積にございます」

と一行を待ち受けていた五峰は恬《てん》とした口調で云った。

「天山と名付けております」

明国に聳える大山脈の名をとったという。一万石積の巨船に相応《ふさわ》しい。

「ふらんき砲も積んであるのだろうな」

「四門」

当然のように五峰は云い放つ。

「中を案内いたしましょう」

天山に乗り込んだ義輝が、内部のすべてを見物するのに、半刻《はんとき》を要した。見終えた後、義輝はその堅牢《けんろう》さや、仏狼機《フランキ》砲四門を中心とした強力な戦闘用装備の数々から、これは船というような代物《しろもの》ではないと思った。

「海に浮かぶ難攻不落の城だな……」

これを耳にした五峰が、眸子《ひとみ》を光らせ、

「お気に召しましたか」

と微笑を投げるのへ、義輝は頷く許《ばか》りである。

「では、差し上げましょう」

「…………」

途方もない申し出ではないか。

義輝は、五峰の顔へ真っ直ぐに視線を当てた。

「わしに会いたかった理由とは、それか」

「さようにございます」

義輝と五峰は、船首の楼閣内にいる。採光のよい明るい一室に、同席者は浮橋と梅花のみである。湾は穏やかで、この巨船を揺らすような波は立っていない。

「ただでくれるわけではあるまい」

「はい。些《いささ》か、願いの儀が」

「今更《いまさら》、倭寇の跳梁を黙過せよなどとは申すまいな」

「もとより」

五峰はおかしそうに笑う。実際、明国政府から日本の要路に対して、足利時代を通じて幾度となく倭寇取締《とりしまり》の要請があったが、戦乱のうちつづく日本側では、足利将軍にも幕府にもそんな力はまったくなかった。それどころか、西国や九州の諸侯の多くは、倭寇と提携して海外貿易に精を出していたというのが実状である。

「義輝さま」

五峰は、初めてその名を口に上《のぼ》せた。

「将軍職をお棄てあそばされよ」

思わず腰を浮かせたのは、浮橋である。あまりに無茶な願いの儀ではないか。

義輝は冷静である。黙って五峰の顔を瞶《みつ》めた。

「今や倭国（日本）では……」

先を促されて五峰は云う。

「群雄入り乱れ、その数だけの独立国があるような有様。お怒りを承知で申さば、足利の世は疾《と》うに終わっているということにございます。そのことは、御身が誰よりもよくご承知の筈」

義輝は肯定も否定もしない。ただ、内心、わしを古館城へ行かせたのは、そのことを考えさせるためだったのか、と得心していた。

「足利将軍は、畿内《きない》という狭い地域で、三好《みよし》や細川など、我欲の亡者どもに利用されるだけの存在に過ぎませぬ。そして、義輝さまが足利将軍におわす間は、いかに大器にあらせられようとも、その本領を発揮するはかなわぬことにございましょう。そのご英邁《えいまい》をもって、新しき道を切り拓《ひら》かれよ」

「新しき道とは……」

ようやく訊《き》き返してきた義輝に、五峰はゆっくりと頷いてから、竟《つい》に彼の野望を明らかにした。

「義輝さまに、われらの王になっていただきたい」

浮橋が口をあんぐりとあける。五峰たちの王といえば、倭寇の王ということではないか。徐海の疑心は、的を射ていたらしい。

「五峰どの、戯《ざ》れ言《ごと》はやめられい」

たまりかねて、浮橋は口を挟んだ。布袋顔が、いつになく険しい。

「貴殿は、大樹に船を襲い、村を荒らし、婦女を犯し、人を殺し、掠奪を恣《ほしいまま》にせよといわれるか。それが、大樹の新しき道か」

「そのような非道は、父とは関わりございませぬ」

「よさぬか、梅花」

娘への五峰の叱声《しっせい》は鋭かった。

「浮橋どのの申される通り、倭寇は非道の者共だ」

「父……」

梅花は、眼を伏せ、引き下がった。

「浮橋もひかえよ」

と義輝も穏やかに制する。

「話は最後まできくものだ。大明国に牙《きば》を剝《む》くほどの男が、倭寇の頭目に仕立てるためにわしを招いたとは思えぬ」

「恐れ入りましてございます」

五峰は、深々と頭を下げてから、静かに語り始めた。

「こちらの幕府が力を失いましたように、手前どもの故国でも、今や明王朝は落日を迎えております……」

明王朝は一三六八年、朱元璋《しゅげんしょう》（洪武帝《こうぶてい》）によって樹立された。日本で足利義満が三代将軍の座に就いたのと同じ年である。

一四二一年に、永楽帝が都を北平（北京）に遷《うつ》した頃が、明王朝の全盛時で、以後は、宦官《かんがん》の重用などで国政が次第に乱れはじめる。また、農本主義を理念としながら、税の銀納化をすすめたことで、一方では商品経済が著しく発展し、他方では農民の反乱を誘発し、そのいずれにも政治が後《おく》れをとって、更なる混乱を招いた。

十六世紀に入ると、北辺をタタール族にしばしば侵され、東南沿海を倭寇に席捲されるという、いわゆる「北虜南倭」に悩まされて、その防衛のために増税を重ねるなど、明王朝の政策は末期症状を迎えていた。

「大明国が、そう易々《やすやす》と斃《たお》れるものか」

と義輝は首を傾《かし》げる。

「左様、明王朝はこの先まだ、五十年、或いは百年続くかもしれませぬ。なれど、それはただ、続くというだけのこと。京の幕府とて、応仁《おうにん》ノ大乱で実力も権威も失墜させながら、以来およそ九十年、未《いま》だに細々と命脈を保っているではございませぬか」

五峰の語調は穏やかだが、云うことには遠慮がない。ちなみに、農民の蜂起《ほうき》によって明王朝が滅亡するのは、一六四四年のことで、日本では江戸幕府三代将軍徳川家光の治世にあたる。そのさい明国から援軍を要請された江戸幕府は、これを拒否している。

「それで益々、倭寇は盛んになると……」

話の流れからいえば、そういう結論が導き出されると義輝は思ったのだが、

「さにあらず」

意外にも五峰は否定した。

「倭寇は、明王朝の滅ぶより早く、消え去ることでございましょう」

何故なら、崩壊に向かいつつある明王朝は、南倭の患いだけでも取り除くために、

いずれ海禁政策を解くことになるから、と五峰は断言した。

倭寇の大半は明人で、主に中国沿海地方の海民である。かれらは、政府間以外の海外貿易を全て禁ずるという国法のために、それまでの生活の糧《かて》を失い、やむなく海賊行為や密貿易に逸《はし》った。

明王朝には、もはやこれを完全に取り締まるだけの力はない。となれば、民間の海外往来や通商を公認して、そこからなにがしかの税を取り立てるほうが、遥《はる》かに利口なやり方である。無論、これでは大明国が倭寇に屈した形になって、王朝の権威は地に墜ちる。だから、海禁政策をいきなり解除することはないとしても、王朝の体面を保ちつつ、いずれはこの政策を破棄する方向へもっていかざるをえないのである。

海外貿易が公認されれば、海民たちはそれを生活の糧とすればよく、危険を冒して寇賊に堕《だ》す必要はなくなる。倭寇は消滅する、と五峰が云うのはそういう意味であった。

実際、五峰の説いたように、このときから二十年と経《た》たぬうちに、明の海禁政策は解除され、倭寇は終熄《しゅうそく》に向かうことになる。倭寇が最も猖獗《しょうけつ》をきわめた時期に、そのことを予見していた五峰は、さすがというべきであろう。

ただ、そのように先の見えすぎるところが、五峰の不幸でもあったが。

「滅びゆくものに王は必要あるまい」

　義輝は、五峰の真意がまだ摑めなかった。

「その通りにございます。なれど、今、倭寇は、明国の屋台骨を揺るがせるほどの力をもっております。滅ぶ前に、非道の寇賊たるを自らやめさせ、義輝さまがその力を結集して、新しき国を創るのです」

「新しき国」

「左様。海の王国にございます」

　いつか梅花が日本は海の国だと強調したのは、この話の伏線だったのか。

「倭国は云うに及ばす、明国とていかに広大と申しましても、どこまでもつづく海に比べれば、ちっぽけなもの。その海を、義輝さまの国とするのです。王国の民人は、漁労、製塩、造船、廻船、交易など、海を母として糧を得る者たちにございます。明と倭国の者だけに限りませぬ。海は、我らの知らぬ数え切れぬほどの異朝と島々に通じております。それらすべての海の民が繫《つな》がって、自由に海の道を往来し合う景色を、思い描いてご覧めされ」

　そう云った五峰自身が、遠くを見るような眼をした。

「海を領国とした幕府を開けとでもいうのか」

武門の棟梁《とうりょう》源氏の血をひく足利将軍義輝の感覚では、そういう表現になるのも無理はない。

「今は、そのように思し召されて差し支えございませぬ。義輝さまが、この天山を動く城となされ、数千、いや数万の大船団を率い、大海原を往かれる御姿が、手前の眼に浮かんでまいります」

たしかにそれは、義輝がかつて味わったことのないのは勿論、想像したことさえない光景である。義輝は総身の膚が粟立《あわだ》つのをおぼえた。冒険心を強烈に刺激されたといってよい。

「そのお顔……」

五峰が心から嬉《うれ》しそうな眼をした。

「まさしく海を翔《か》けるご仁のもの。やはり、義輝さまは、海の戦士の棟梁にございます」

「海の戦士の棟梁……」

義輝は、名ばかりとはいえ、足利将軍としてのみ生きてきた身に、突然まったく新しい世界が開かれたような気がした。が、同時に戸惑いもあった。

「五峰。わしの器《うつわ》には入りきらぬ話だ」

それに、と義輝はつづける。

「武門が引き起こした乱世から、その棟梁たる身が遁《のが》れることはできぬ。足利将軍として何もせぬままに、おのれのみが新しき道へ踏み出すなど、思いもよらぬことだ」

「足利将軍にできることは、何もございますまい」

「或いはそうかもしれぬ。なれど、わしは……」

義輝は、そこでふっと含羞《がんしゅう》の笑みを唇許に刻んだ。きっと次の言葉を云えば、大言壮語になろう。そう思ったのか、義輝はその言葉を呑んだ。

そのあたりの義輝の心の動きを、五峰は察した。蝦蟇《がま》に似た顔に笑みを拡げる。

(義輝さまは、想うていた通りの御方。身も心も凛《りん》として、曇りがないうえ、童子のような明るさと愛らしさをおもちだ)

五峰は、国法を犯して海へ乗り出した。そのときから、自分にはもう帰る故郷はないと思い定めた。明国の土を再び踏めば、官憲の手から逃れられぬ。それは、倭寇となった明人の多くが共にする宿命ともいえよう。

だが、海という、広大な狩り場を、一王朝の法の下に制するということ自体が間違いではないか。海はどこの国の領域でもなく、これを必要とする民のもの。明国が明人の海外進出を許さないのなら、明人でなくなればよい、と五峰は思った。そうして故国を失った同じ思いの者たちの、新しい国を創《つく》りたい。

そう願った五峰が、支那の海上から、鮮やかな光芒《こうぼう》を曳《ひ》いて流れる星を見たのは、嘉靖《かせい》十五年（一五三六）の春の夜のこと。その流星は、天帝の放った矢を想わせて、東の水平線の向こうへ消え去った。五峰にとって、それは、天啓であった。

その日時《とき》は、日本の暦では天文五年三月十日の戌刻《いぬのこく》にあたる。すなわち、足利義輝誕生の瞬間である。五島と平戸に本拠を構えるようになった五峰は、義輝が十一歳で将軍職を襲封《しゅうほう》した後は、その成長ぶりを余所《よそ》ながらつぶさに眺めつづけてきた。

そして、義輝の大器たるを知り、この少年こそ、海の王国の統率者に相応しいと確信したのである。

「五峰」

義輝の声は明るくなる。

「忘れていたが、わしは船が苦手であった。酔うのだ」

五峰の申し出に対することわりだったが、そこには、五峰への親しみと、感謝が込められていた。

「手前は、義輝さまのお心《こころがわ》渝りを期待して、いつまでもお待ち申し上げます」

「いつまで待っても、返辞は渝らぬぞ」

「それでもよろしゅうございます。海の王国は、義輝さまがおらねば成り立ちませぬゆえ、そのときは諦《あきら》めるだけのこと」

恐ろしいほどの五峰の潔《いさぎよ》さではないか。一点の邪心のない微笑すら浮かべている。父親のような温かさを感じさせる表情でもあった。

（この顔、わしは終生忘れぬかもしれぬな……）

義輝は遠く潮騒《しおさい》の音を聞いていた。

第三章　美濃暮色

一

雲の峰の沸き立つ空に、太鼓の音と、男の唄声《うたごえ》が響き渡っている。田人《たうど》と早乙女《さおとめ》が群れて、賑々《にぎにぎ》しい田植えの真っ最中であった。歌詞は、腰が深く曲がらずに、苗を挿《さ》し遅れた早乙女をからかうものである。

揶揄《やゆ》された早乙女たちは、腰が曲がらぬようにしたのはご亭主どの、お前さまたちではないか、そう大合唱でやり返す。早乙女とよぶには薹《とう》の立ちすぎた女たちも、こんなときには、艶《つや》やかな声が出る。決して野卑ではない。おおらかそのものであった。

初夏の白い陽射しの下で、明るい笑い声がどっとあがった。

田へ引かれた小川の畔《ほとり》で、紅紫色の楮《こうぞ》の実が風に微《かす》かに揺れている。この樹皮を原料として作る和紙が良質で名高いのが、この国の自慢のひとつであろう。

その路傍に、短い脚がとまった。脚の持ち主は、どうやら、田の神の加護と恩恵を願いつつ行う田植えの光景に、眼を奪われたらしい。尤《もっと》も、その眼が眺《なが》める対象は、専《もっぱ》ら手甲《てっこう》・脚絆《きゃはん》に赤 襷《あかだすき》姿の若々しい早乙女ばかりであった。

そんな視線をたしなめるつもりか、眼の前を川蜻蛉《かわとんぼ》が一匹、掠《かす》め過ぎた。眼をぱちくりさせた浮橋《うきはし》は、義輝《よしてる》の笑い声に、照れたように鼻の脇《わき》を指で掻《か》いてから、

「大樹、ご覧なされませ。あれが稲葉山城にございまするて」

往く手に見える山を指さした。

美濃《みの》国は、北部は険しい山岳地帯だが、南部には木曾三川（木曾川・長良《なが ら》川・揖斐《いび》川）の流れる沃野《よくや》が広がっている。その長良川畔の平野に、麓《ふもと》の街道を扼《やく》して勃然《ぼつぜん》と聳《そび》え立つ一山が、稲葉山であった。海抜三三八・五メートルで、金華山とも別称される。入道雲を背負うその山上に建物があり、遠目に仰ぎ見た義輝の眼にも、その一部が見えた。

「あれが斎藤道三《どうさん》一代の栄華のあかしか。まるで天空の楼閣だな……」

義輝は、素直に驚いた。難攻不落の城であると同時に、あそこからならば、この広々とした濃尾《のうび》平野を眼下一望におさめることができるに違いない。

義輝主従は、平戸島の川内浦《かわちうら》の船上で五峰と会見した数日後、再び梅花と共に七郎丸に乗って、帰路についた。近江《おうみ》へは戻らず、瀬戸内海から熊野灘《くまのなだ》を廻り込むゆったりした船旅の果て、伊勢桑名《いせくわな》へ上陸した。図《はか》らずも、乱世によって飛躍的に拡充された海上交通網は、荒々しい熊野灘さえも航行可能ならしめていたのである。

「陰ながら、お見戍《みまも》りさせて頂きます」

梅花の別辞はそれだったが、再会を期した言葉であることは双方わかっていた。

いずれもう一度、梅花はむろん五峰にも会わねばなるまい。だが、それは義輝が、かねてより念願の剣の道を極め、この乱世の足利将軍として何らかの結着をつけた後のことになる。その間に心《こころ》渝《がわ》りがあるかどうか、義輝自身にも、先のことは分からなかった。

そうして、義輝主従は木曾川の上り舟を利用して、桑名から、美濃へ入ったのである。

やがて、稲葉山麓の町、井ノ口に着いた。この町は伸び盛りの若芽のような熾《さか》んな感じがあり、道往く人の足取りも、物売りの声も弾《はず》んでいた。

「皆、商《あきな》いが面白いのでございましょう」

と浮橋が云《い》った。

このころの商工業者の在《あ》り方は、京都を中心とする旧勢力の寺社や公家などの保護下で、座《ざ》という同業組合を作って営業権を独占し、座に加入していない業者を締め出すという排他的な状態から、まだ脱皮しきれていない。座は世襲制であり、新規加入はまず認められなかった。

新興勢力である戦国大名は、市場ではこの座を否定して自由な売買を認めるという政策をとった。いわゆる楽市・楽座である。そこでは市場への武家の居住禁止、市場にやってくる商人などに対して領国内の自由通行許可、諸課税の免除、或いは犯罪者も市場住人となることで追及をうけないなど、市《いち》というものの本来の姿である無縁の聖域的空間《アジール》が、提供されていた。

浮橋の講釈をきいて、義輝は唸《うな》ってしまう。

(これなら、人は集まり、国力は熾んになろう……)

斎藤道三は、楽市・楽座を早くから始めた。

進取の気象でありながら、若いころ山崎八幡宮を本所(座の保護者)とする荏胡麻《えごま》油《あぶら》を売り歩いた経験も持つだけに、旧勢力に隷属する商工業の在り方を、道三は人一倍馬鹿馬鹿しいと思っていたのである。織田信長《おだのぶなが》は、舅《しゅうと》の道三のやり方に倣《なら》ったといわれる。

「町割りもご覧《ろう》じられませ」

稲葉山を背負った小高い丘に城主の居館が建てられ、その周りに家臣の住居が集中している。こうして家臣を城下の一ケ所に集住させておけば、いざ戦《いくさ》という段において、迅速《じんそく》な対応ができよう。だが、これを実現可能にするには、兵農分離を行う必要がある。そのためには、武士が農作業を行わずともやっていける豊かな経済力と人口を、国がもたねばならぬ。美濃国は、まだ不完全ではあるが、その新しい方向へ邁進《まいしん》しつつあった。

武家町について云えば、各戸の屋敷回りに溝をつけ、防火用に壁を塗りこめ、様々な工夫を凝《こ》らしている。町自体が要塞《ようさい》といえた。

（斎藤道三は、無一物から一代で一国を奪い、これほどの城と町を築いたのか）

義輝は溜《た》め息《いき》をついた。おのれを振り返れば、将軍の身でありながら、何ひとつ大業を成したことはない。生まれついて頂点に立っている身ゆえといってしまえば、それまでだが、戦国の武人として道三の生き方に憧憬《しょうけい》をおぼえざるを得なかった。

鯉九郎ならば云うだろう、こんな新しい都市を建設できる地方の群雄こそが、天下静謐《せいひつ》をめざす義輝の輔佐《ほさ》に相応《ふさわ》しい、と。

ただ現在の稲葉山城主は、斎藤義竜《よしたつ》である。

「巨《おお》きいのは図体だけのお人にて……」

「義竜の器量は」

斎藤義竜は、梟雄《きょうゆう》道三の嫡子ということになっているが、実は前美濃守護土岐頼芸《ときより》《なり》の落胤《らくいん》であった。このことは公然の秘密で、義竜もある時期から承知しており、実父頼芸を美濃から追放した道三を憎んだ。道三が義竜に稲葉山城を譲る以前から、この父子は不和であったことを、浮橋は話した。

「つまり道三は、凡庸な上に、不仲の子へ、あれほどの堅城と、人気《じんき》盛んな城下町を譲ったのか」

「そういうことになりまする」

「解《げ》せぬな。蝮《まむし》とよばれた道三のことだ。実の子でもない義竜を殺してしまうくらい、たやすいことのように思えるが」

「そこが成り上がりの道三の辛《つら》いところ」

道三でなくても、一介の油売りが一国の主に成り上がろうとすれば、よほどに強引な手段を幾度となく用いねばならぬ。そのたびに道三は、周囲の反感をかった。反道三派の主流は、旧主土岐氏譜代の者たちである。

道三が壮年で意気熾んなころは、怖れて刃向《はむ》かう者は少なかったが、道三が老いてくるにつれて、諸方に逼塞《ひっそく》していた反感が一斉に芽吹き始めた。道三がこれを弾圧すれば、戦いの長期化は眼に見えているし、その混乱に乗じて四隣から干渉や侵入がなされることも危惧《きぐ》せねばなるまい。結果、道三一代の国造りが元の木阿弥《もくあみ》となりかねぬ。

内乱を起こさずに、国内の旧勢力を抑える道は、道三にとってひとつしかない。すなわち、土岐頼芸の落胤である義竜に、本拠の稲葉山城と井ノ口を明け渡すこと。それだったのである。

「それで、おさまるものかな」

義輝は首をかしげた。そこまでいけば、勢いを盛り返した旧勢力は、道三を亡《な》き者にしようとするのではないか。

「お察しの通り。今、美濃はこうした城下町の繁栄とは裏腹に、不穏の空気が満ち満ちておりまする」

浮橋の言葉をききながら、義輝は稲葉山城を見上げた。

（この難攻不落の城と美濃随一の繁都を明け渡すとは、蝮らしからぬ。父子の合戦となれば、いかに道三といえども、ここに拠《よ》る義竜には勝てまい……）

義竜にお会いあそばしますか、と浮橋が意向を質《ただ》す。

「武芸好みのお人ゆえ、大樹のお腕前ならば、義竜みずから見物しようとするに相違ございませぬが……」

義竜は今、腕の立つ牢人者《ろうにんもの》を盛んに集めている。来《きた》るべき養父道三との決戦に備えてのことに違いなかった。

「いや。よい」

その程度の男に会う必要はない、と義輝は断じた。

「なれど、螟には是が非でも会いたい」

こうして、義輝主従は、その足で鷺山城《さぎやま》へ向かった。鷺山城は、井ノ口から長良川を渡って、西へ半里ばかりのところに築かれた小城《こじろ》である。

その城下まで来て、義輝は些《いささ》か驚かされた。

（ここがあの斎藤道三の……）

鷺山の城下は、井ノ口とは比ぶべくもない寂《さび》れた町ではないか。家が五十戸あるかないかという程度で、まだ日暮れまで間があるというのに、外に人影も疎《まば》らであった。

その向こうの小高い丘上に建つ鷺山城といえば、千、二千の兵でもって攻め掛かればすぐにでも落ちてしまいそうなたよりない佇《たたず》まいで、峻厳《しゅんげん》な稲葉山に難攻不落の城を築いた男の住処にしては、ほとんど無防備に見えた。

「浮橋。斎藤道三は耄碌《もうろく》しているのか」

「測り難いお人ゆえ、なんとも申せませぬ。ご自分の眼でしかと、おたしかめあそばしませ」

「だが、霞《かすみ》新十郎などという一介の素牢人に会うか、道三が」

「鷺山に移ってからの道三は、廻国《かいこく》中の僧侶《そうりょ》や武芸者を招いて、他国の話をきくことを愉《たの》しみにしておりますそうで」

「わしは他国の話なぞできぬぞ」

「話はやつがれにおまかせあれ。大樹は、傍らで黙って、とくと蝮をご覧あそばせばよろしゅうございます」

　このとき、横手の疎林から、わらわらと駆け出してくる武装の者たちがあった。兜《かぶと》こそつけていないが、いずれも腹当てをし、足拵《あしごしら》えも充分である。渠《かれ》らは、声をかける前に、まず義輝と浮橋を包囲した。

「そのほうら、城に何の用がある」

　宰領《さいりょう》らしい巨漢が、高飛車に喚《わめ》いた。

「決してあやしい者ではございませぬ」

　浮橋が持ち前の愛嬌《あいきょう》たっぷりの笑顔で応じる。

「これなるは、わが主人にて丹波の牢人、霞新十郎と申し、廻国修行中の身にございます。やつがれは下僕の甚内《じんない》と申す者。さきほど井ノ口のご城下へまいりましたところ、山城守（道三）さまは廻国の者を親しく城中へ招いて話をきかれるのがお好きだと伺い申した。されば、恐れ多いこととは存じましたが、わが主人も一度、山城守さまのご謦咳《けいがい》に接することができますれば、末代までの栄誉と、こうして足を向けさせて頂いた次第。何とぞお城へお取り次ぎ願わしゅう存じあげます」

浮橋の舌先にはまったく淀《よど》みがない。だが、

「鷺山殿は風邪を召されて、お加減がよろしくない。早々に立ち去れい」

取りつく島もない返辞が戻ってきた。

「お手前ら」

義輝が、微笑をもって口を開いた。

「山城守どののがご家来衆ではないな」

この者たちが道三の家来ならば、道三のことを指すにお屋形とか、殿とか云う筈《はず》であり、決して鷺山殿などというあらたまった呼称を用いることはない。

宰領の巨漢は、一瞬、ぐっと詰まったようすをみせたが、それがどうした、とすぐに居直ってみせた。

「われらは、左京大夫《さきょうのだいぶ》さま（斎藤義竜）に仕《つか》える者だ。近頃《ちかごろ》、尾張の織田が頻《しき》りに細作《さいさく》を放ちおるので、兵の手薄な鷺山に近づく他国者《よそもの》についてはよく検《あらた》めるよう、左京大夫さまのご命令だ」

「ならば、はじめからそう申せばよろしかろう。山城守どのが風邪を召されたなどと偽りを申すことはあるまい。それとも、鷺山城に私のような牢人が集まっては不快なのかな、左京大夫どのは」

「なにい。今の一言、聞き捨てならぬ」

浮橋が義輝の袖《そで》を引いた。だが、義輝はかまわなかった。

「やはり不快とみえる。さもあろう、鷺山城に牢人者が集まれば、それだけ山城守どのを討つのに手こずる」

義輝のこの一言で、事を穏便に済ませるのは不可能となった。

「おのれ、左京大夫さまへの悪口、ゆるしがたい。首刎《は》ねてくれよう」

宰領の巨漢は、顔に血を昇らせて、腰の大刀をすっぱ抜いた。部下たちも、一斉に、刃先を義輝主従へ向ける。

「甚内。美濃の衆は存外、気短よな」

愉《たの》しそうな義輝であった。浮橋は、困ったお方だと嘆息しつつも、その実、自身も久しぶりに暴れられると思うと、満更《まんざら》でもない。

「新十郎さま、斬《き》ってはなりませぬぞ。軽くあしらうだけになされませ」

「はじめから、そのつもりさ」

義輝と浮橋は、にっこり笑い合う。

「ほざくな」

宰領の巨漢が、おめきざま、真っ向へ大刀を振り下ろしてきた。これを義輝は、余裕をもってかわし、その横をすり抜け、早くも対手《あいて》を後方へ投げ飛ばしている。巨漢は、腰から地へ叩《たた》きつけられ、うーんと唸った。どこをどうされたものか、まるで分からなかったであろう。

浮橋はといえば、敵が繰り出した鑓《やり》を、その手からひょいと奪い取るや、柄や石突きでもってたちまち三人を叩き伏せていた。

「やめい」

肺腑《はいふ》を抉《えぐ》るような叱声《しっせい》が飛ばされたのは、この折りである。腰を押さえつつ立ち上がりかけていた巨漢が、あっと狼狽《ろうばい》して、また尻餅《しりもち》をついてしまった。

城の大手門へ通じる道から悠然と下りてきた男は、振り返った義輝の前に立つと、軽く目礼した。皆の動きを止めてしまった凜々《りんりん》たる声が、別人のものかと思われる。

それほど穏やかな風貌《ふうぼう》の中年の武士であった。

「鷺山城へ訪ねてまいられた方々に無礼を働くは、山城守さまへ刃を向けるも同然ぞ。まさかに左京大夫さまが、ご尊父にそのような不敬をなされる筈はあるまい。皆、井ノ口へ早々に立ち帰るがよろしかろう」

風貌に似て、これは静かな口調であった。漸《ようや》く起き上がった巨漢の刀もつ手が、ぴくりと動いた。

「刀槍《とうそう》を引かぬというのなら、この松岡兵庫助《まつおかひょうごのすけ》が対手《あいて》をいたす。いかがか」

義輝は、身内に戦慄《せんりつ》が走るのをおぼえた。兵庫助の静かな佇《たたず》まいの中に秘められた、凄《すさ》まじいまでの剣気を察知したからである。

(この者、剣の達人に違いない……。兵庫助とは。何処《どこ》かで聴いた名だ……)

義輝がそんなことを思ううちに、敵は早くも逃げ腰になっていた。

宰領の巨漢は、高く鐔鳴《つばな》りの音をさせて、精一杯の虚勢をみせてから、踵《きびす》を返した。

「よく堪《こら》えて下されましたな」

松岡兵庫助が義輝に礼を云う。

「何の。お手前が来あわせて下さらねば、われらも無事では済まぬところでした」

「無事で済まなかったは、あの者共でござろう。あやつらごとき、束になっても敵《かな》わぬお腕前とお見受け仕った」

「それは、お手前とてご同様」

義輝と兵庫助は、同時に微笑《ほほえ》んだ。

二

鷺山城の城内の造りは、贅美《ぜいび》を凝《こ》らされていた。その名の通り、白塗りの壁は、鷺が山の上に羽を休めているようで、美しい。道三に追放された土岐頼芸が、守護職に就く前に居住していたところだけに、城郭に公家《くげ》化の傾向があったのであろう。

それにしても、戦国の城らしき備えがほとんど見られないことに、

（道三はやはり耄碌しているのか）

義輝は落胆の思いを強めた。

兵庫助は、義輝主従を案内する途々、自分は山城守の家臣でないことを打ち明けた。

「武芸修行中の身にて、この鷺山へ立ち寄り申したところ、偶々《たまたま》、山城守さまのお目に止まったという次第にござる」

道三に乞《こ》われるまま、兵庫助はそれからもう半年も、鷺山城に逗留《とうりゅう》しているとい

う。

「山城守さまはなかなかに離れがたきお方にござる」

兵庫助ほどの者が離れがたいというのなら、道三はよほど魅力ある人物でなければならぬ。

城中の奥まった一室へ義輝主従を止《とど》めて、兵庫助はいったん姿を消した。入れ代わりに女中衆が酒肴《しゅこう》を支度して入ってくる。まことに手際がよい。

日暮れてきたので、燭《しょく》が灯《とも》され、女中衆がそのまま残って酌《しゃく》と給仕をする。義輝の凜々《りり》しい顔だちに、若い女中衆は心を奪われたらしく、頰《ほお》をあからめた。

（まことと楽市・楽座のような……）

と義輝は感心する。どこの馬の骨とも分からぬ牢人者を、無警戒に城中へ入れて、酒食まで供するとは。これが道三流とすれば、よほどに豪気で野放図な男といわねばなるまい。

このとき義輝は、何者かの視線を感じていた。どこかの覗き穴から、義輝らのようすを窺《うかが》っている。

浮橋が酔いのまわったようすをみせて、ふらふらと立ち上がった。

「風流踊《ふりゅうおどり》を」

と云《い》って浮橋は、女中衆から扇子を借りうけるや、自分の前の膳《ぜん》を空にして、ひょいと頭の上に載せた。

頭上の膳を落とさぬように、あっちへふらふら、こっちへふらふら、浮橋は手足の動きも滑稽《こっけい》に踊り出す。女中衆は笑い転げんばかりに、手を叩いて喜ぶ。

亭主亭主の留守なれば、
隣あたりを呼び集め、
人ごといふて、
大茶のみての大笑ひ、
意見さ申さうか。

浮橋が拍子《ひょうし》をとって唄《うた》えば、すかさず女中衆が囃《はや》し立てる。

この騒々しさの中でも、浮橋の耳は、含み笑いを堪《こら》える微《かす》かな声を聴き逃さぬ。覗き見ている者も、浮橋の滑稽な唄と踊りにつり込まれたらしい。

一方の板壁のほうへ、おっとっと、と浮橋は、寄っていく。そうして板壁にぶつかりそうになった瞬間、これを堪えて後ろへ退《さ》がる。退がりながら、口からぷっと吐《は》き飛ばしたものがある。梅干しのたねであった。

たねは、板壁にあけられた小さな穴に、すっぽりとおさまった。

義輝は、踊りを褒《ほ》めたふりをして、そのたね飛ばしの技に喝采《かっさい》を送る。

「うまいぞ、甚内」

どこかで、さも愉快そうな高笑いがあがった。隣室の者だ、と義輝はすぐに察する。

軈《やが》て、再び現れた兵庫助に案内されたところは、城内の木立の中に建てられた離屋《はなれ》であった。庭に篝《かがり》が四基あって火が焚《た》かれ、山荘を思わせる造りの建物を、ぼうっと浮かび上がらせていた。

兵庫助は、義輝主従を濡《ぬ》れ縁《えん》まで上げ、そこに平伏させる。ちょうど頭を下げたあたりに、何故《なぜ》か椀《わん》がひとつ置いてあるのを、主従は訝《いぶか》しんだ。

兵庫助が、中へ呼びかけ、返辞を待たずに戸を引き開けて、ご両名とも面《おもて》をあげられよ、と促した。

面をあげた主従は、呆気《あっけ》にとられた。小袖《こそで》の裾《すそ》を帯に挟みこみ、天秤桶《てんびんおけ》を担《かつ》いだ男が、こちらに剝《む》き出しの尻《しり》を向けて立っている。

「荏胡麻油売りにございい」

唄うような女の声が、部屋の奥から響いた。それを合図に、男はくるりと振り向いた。蛸《たこ》か、と義輝も浮橋も一瞬見紛《みまが》った。男が、入道頭で、両眼をぎょろつかせ、唇を尖《とが》らせていたからである。なんとも珍妙な表情ではないか。

「亭主亭主の留守なれば……」

と若い女が唄い出す。

それに合わせて踊る男の仕種《しぐさ》は、浮橋に劣らぬほど軽妙で、えもいわれぬ可笑《おか》しさが滲《にじ》み出ている。

（まさか……）

義輝は、信じられぬ思いで、男を眺める。よく見れば、老齢だが、しかし、剝き出しの脚や、袖からのぞく腕の筋肉に、若き頃の鋼《はがね》のような強靱《きょうじん》さを、まだとどめている。戦場往来人の肉体といってよい。

義輝が兵庫助を見やると、無言の頷《うなず》きが返された。今、眼の前で踊っている男は、間違いなくあの蝮の道三であった。

道三の顔が、ふいに泣き面になった。と見るまに、尖らせた口先から、義輝たちに向かって、ぷっと何かを吐き出した。

飛んできた小さなものは、椀の中へ見事に落ちて、からころと転がる。

「ありゃ……」

浮橋が頓狂《とんきょう》な声を洩《も》らす。梅干しのたねであった。

浮橋の反応が期待通りだったのか、道三は、踊りを止《や》め、喉首《のどくび》を反《そ》らせて呵々《かか》と大笑した。

それから道三は、中腰になって、ひょいと首を伸ばすと、おのれの顔を義輝のそれへくっつきそうなほど近寄せた。

「ふうむ……」

道三の眼は、悪戯小僧《いたずらこぞう》のそれである。

「霞新十郎とは、偽りの名よな」

義輝は表情を変えぬが、傍らの浮橋は内心、ひやりとした。

（これはかなわぬ。大樹のお顔を見ただけで尊貴の身と見抜きおった……）

道三は、にたりと笑う。

「兵庫」

よばれた兵庫助が、膝《ひざ》をずらして、道三のほうへ正対すると、蝮はとんでもないことを云い出した。

「この若き御仁と仕合え。真剣での」

「無体を仰せられますな」

兵庫助の口調は穏やかである。

「勝てぬか、おぬしの剣でも」

今度は兵庫助の返辞がない。そのことが、義輝をはっとさせた。

つい先刻出会ったばかりの兵庫助だが、その人柄がどういうものか、剣の道を歩む者同士として、しかと感じ取ったつもりの義輝であった。兵庫助は、謙虚の人であろう。

その兵庫助が、義輝の剣の力量を尋常でないと看《み》てとりながら、勝てるとも勝てぬとも発しない。それはつまり、

(仕合えば勝つのは自分である、と広言したのに等しい……)

義輝の負けん気が、燃えあがった。この場は、道三の人物をみるより、兵庫助の剣を受けて、これを敗《やぶ》りたい。いや、敗らずにはおかぬ。

「松岡どの。私に異存はありませぬ」

浮橋が、思わず何か口走りかけたが、義輝に睨《にら》まれたので、口を噤《つぐ》んだ。

「兵庫。これは仕合いせずばなるまい」

道三の機嫌のよい声が響いた。

兵庫助は、黙って起《た》ち上がると、濡れ縁から庭へ下り立つ。応諾を示す行動とみえ

た。つづいて義輝も起った。

（困った……）

浮橋は焦《あせ》る。両者の実力は伯仲するものであろう。だが、血気に逸《はや》る義輝と、何事にも動じない円熟味を感じさせる兵庫助とでは、心の在り様に差がある。

（大樹がお敗れになる）

むろん、そうはさせぬ。浮橋は、決死の覚悟を秘めて、庭で対峙《たいじ》する義輝と兵庫助を見戍《みまも》った。

三

「是非ないことにござる」

兵庫助は、それだけ云うと、大刀の鯉口《こいぐち》をきった。

先に鞘《さや》を払ったのは、義輝である。愛刀大般若長光《だいはんにゃながみつ》二尺四寸余が、篝火《かがりび》に銀光をはじく。

兵庫助が青眼《せいがん》につけた大刀も、やや細身ながら、ぞくりとするような鋭利さを伝えて、いずれ名ある刀工の作に違いなかった。

義輝は八双《はっそう》にとる。六尺余の長身だけに、豪快な立ち姿であった。

双方の距離は、五間《けん》。

若い義輝が、当初の血気にまかせて、いきなり間合いを詰めた。その肉体の敏捷《びんしょう》さと太刀《たち》ゆきの迅《はや》さは、師の鯉九郎をして入神の域にあると云わしめた。そうした自信が、義輝に先に仕掛けさせたといえよう。

義輝の右袈裟《みぎけさ》の斬撃《ざんげき》が、猛烈《もうれつ》な刃風を起こして、兵庫助へ襲いかかった。頭ひとつ分ほど義輝より背の低い兵庫助は、圧倒されるかにみえた。なのに兵庫助は、まともに受け止めようというのか、刃を頭上に横たえたではないか。

兵庫助の五体が沈んだ。あたかも、おのが剣に義輝の剣を吸いつかせて、腰砕けのような恰好《かっこう》で深く沈みこんだのである。

義輝の上体が前のめりになった。兵庫助のあまりに意外な動きは、対手の躰が不意に地へめりこんでしまったような錯覚を、義輝におぼえさせた。

「あっ」

義輝は宙に浮かされていた。兵庫助の右蹠《みぎあしうら》に下腹を押し上げられ、投げ飛ばされたのである。柔術の巴投《ともえな》げを食らった恰好であった。

戦場では組み打ちは当たり前だが、それは矢尽き、刀槍折れて後のことである。いきなり剣と組み打ちの複合技を繰り出されるとは、思ってもみなかった。或いは、これが正真の戦場剣法というものなのか。

空中でもんどり打った義輝の五体は、背中から地へ強《したた》かに叩きつけられた。剣欛《けんぱ》を離してしまったほどの衝撃である。

兵庫助は、鞠《まり》となって後方へ回転し、仰向けに伸びきった義輝の胸の上へ、跨《また》がった。大刀の刃が、ぴたりと義輝の首筋へあてられている。間髪を入れぬ動きで、義輝に反撃の余地はまったくなかった筈《はず》であった。

転瞬、兵庫助は、はっと顔色を変え、義輝の躰から跳び退《すさ》っている。跳び退りざま、飛来した飛苦無《とびくない》を払い落とした。

飛苦無を投げうった浮橋が、早くも濡れ縁から庭へ下りて、兵庫助めがけてまっしぐらに突き進んでいる。

「浮橋」

義輝が、烈《はげ》しい叱声を飛ばす。

「早まるでない」

兵庫助もほとんど同時に叫び、刀鋒《きっさき》を向けただけで浮橋の動きを制した。

「おぬしの主人は負けてはおらぬ」

浮橋が義輝を見やると、依然として仰向けに倒れたままの主人は、左手に脇差《わきざし》をもって腰の前に立てていた。

「霞どのは、おそらく宙にあるうちに脇差を抜かれたのであろう。不覚にも、この松岡兵庫助、それに気づかなんだ。それがしの太刀が霞どのの首を掻《か》き切れば、それがしも腹を刺し貫かれていたであろう。類稀《たぐいまれ》なる天稟《てんぴん》のなせる業《わざ》としか思われぬ」

兵庫助は、大刀を鞘におさめた。

「私の負けです」

起き上がった義輝が、項垂《うなだ》れて云った。

「松岡どのは、私の脇差に気づいて逸早《いちはや》く跳び退《の》かれた。あそこで相討《あいう》ちがならなかったからには、あとは松岡どのの大刀に、私の脇差では、到底……」

これを見た道三が大笑した。きわめて陽性の風通しのよい笑いである。

「剣の腕といい、その潔《いさぎよ》さといい、よき武者ぶりよ。卜伝《ぼくでん》が弟子も形無《かたな》しよの」

義輝は、束《つか》の間《ま》、意味を理解しかねて、道三と兵庫助を見比べたあと、

「卜伝が弟子とは……あの塚原卜伝翁のご門弟ということにござろうか」

あらためて兵庫助をまじまじと瞶《みつ》めることになった。兵庫助は、照れたような微笑を浮かべている。

「まずは屈指の高弟であろう」

と道三がわが事のように話した。

奇遇とはこのことではないか。卜伝に教えを乞うために常陸《ひたち》国へ向かう途次、その高弟にめぐり会うとは。

それにしても、門弟がこれほどの技倆《ぎりょう》の持ち主では、師の卜伝の強さは測り知れないことになる。いや、それとも、すでに兵庫助は卜伝を凌《しの》いでいるのか。

「松岡どの。お手前は、師の域に達しておられるのではござらぬか」

その義輝の問いには、兵庫助は静かに頭《かぶり》を振る。

「わが師卜伝が素手にても、それがしは打ち込めませぬ」

信じ難い返辞ではないか。いまの兵庫助の剣を素手で負かすなど、人間のなしえる業《わざ》ではあるまい。

（あ……）

この瞬間、義輝の脳裡《のうり》に七年前のある光景が、鮮明に蘇《よみがえ》った。

あの夏、六郎晴元《はるもと》軍に追い立てられながらも、京都東山の勝軍山城から敗走することを潔しとせず、義輝は単騎で跳び出した。燃え熾《さか》る巨木に吹き飛ばされて気絶し、翌朝目覚めると、断崖に宙吊《ちゅうづ》りになっている自分を発見した。その生死の境を彷徨《さまよ》う姿で、眼下に目撃した出来事が、二人の旅の武芸者と、七人の犬神人《いぬじにん》との斬《き》り合いである。

最後まで笠《かさ》をとらずに四人を斬り捨てた武芸者は、伴《つ》れも三人を瞬時に屠《ほふ》ったのに、次の厳しい一言を吐いた。

「兵庫助、未熟」

道理で、その名に聴き覚えがある筈であった。

(あのときの兵庫助とは、いま眼の前にいる松岡兵庫助だったのか。そして、もうひとりこそ、塚原卜伝……)

なんという奇縁《えにし》であろう。あの山中での卜伝・兵庫助師弟と犬神人の斬り合いこそ、義輝を武芸の道へのめりこませるきっかけとなった出来事ではないか。兵庫助のほうはむろん、はるか頭上に宙吊りになっていた義輝のことなど知る由《よし》もなかったろうが、義輝にすれば再会といっても過言ではない。膚《はだ》が粟立《あわだ》つほどの感動を、いま義輝は全身で味わっている。

(これも、旅へ出たればこそだ)

新十郎さま、と声をかけられ、漸《ようや》く義輝は我に返った。浮橋が、大般若長光を拾いあげて、差し出している。すでに拭《ぬぐ》いをかけたようだ。

愛刀を受け取った義輝は、刃こぼれの有無を確かめる。その容子《ようす》を兵庫助が食い入るように凝視しているのに、浮橋は気づいた。

（しもうた）

心中で舌打ちを洩《も》らしながら、それでも浮橋は、何気ない動きで、義輝と兵庫助の間へ立って、大般若長光を兵庫助の鋭い視線から隠した。松岡兵庫助ほどの一流の武芸者ならば、対決を終えて平静になった今、義輝の刀が大般若長光だと見抜きかねない。万に一つとは思うが、そこから義輝の素生が露顕《ろけん》する惧《おそ》れなしとはせぬ。

浮橋の惧れは、即座に現実のものとなった。兵庫助の眼の中に、驚愕《きょうがく》の色がありありと浮かび始めたのである。

「おそれながら……」

その一言は、兵庫助が、義輝の愛刀を大般若長光と看破しただけでなく、その所有者が何者であるかまで知っていることを示すものであった。

「足利義輝公にあらせられましょうや」

義輝に正対し、兵庫助に背を向けている浮橋が、すかさず眼で義輝に合図する。気取《けど》られてはなりませぬぞ、と無言のうちに伝えた。

「甚内《じんない》、これで幾度目かな。私はまた将軍家に間違えられた」

笑ってみせた義輝だが、このとき背後で殺気が動いたのを感じ、いったん鞘へおさめた大般若の鯉口を再び切って、急激に振り返る。

鋭い断末魔の悲鳴があがった。部屋の中で道三が、さきほど油売りの踊りに唄をつけた女を斬ったところではないか。女は、肩から夥《おびただ》しい鮮血を天井まで噴《ふ》きあげながら、どうっと倒れ伏して、そのまま動かなくなった。

一体、何が起こったのか。

道三は、血刀をごろりと投げ出すと、濡れ縁まで出てくる。

「兵庫。おぬしともあろう者が、不用意なことを申したな」

兵庫助は、はっとなって地に片膝《かたひざ》をつき、申し訳ございませぬ、と悔悟《かいご》の言葉を吐いた。

道三は、庭へ下りて義輝の前まで進み、土の上に胡座《あぐら》をかくや、間近に凝《じ》っと義輝の相貌を見上げる。

「尊貴のお顔立ちとは思うていたが、なるほどそうであったか……」

道三は、納得したように頷いた。

「霞新十郎が偽名であることは、さきほど御身が従者どのを甚内でなく浮橋と呼ばれたことで知れ申した。ご素生をお明かし願いたい。そうして頂かねば、あの女を斬ったこと、この道三、後悔いたさねばなり申さぬ」

　義輝は、ちらりと浮橋を見やってから、道三に問うた。

「素生を明かす前に訊《き》いてもよろしいか」

「何なりと」

「何故、あの女を斬られた」

「あれは、伜《せがれ》めの間者《かんじゃ》にござる」

「伜とは、稲葉山城の義竜どのか」

「左様」

　道三は、苦笑を洩らす。

「伜めは、いずれこの道三を滅ぼす腹づもりで、盛んにこちらの動静を探っておるのでござり申す。こちらが、何も備えをいたさずに、ただ遊び暮らしておることが、かえって不気味らしゅうござってな。胆《きも》の小さい伜にござるわ」

「伜どのの気持ちも分からぬではないな。戦う対手《あいて》が、蝮では」

「何の。いまや毒を抜かれた老耄《おいぼれ》の小蛇」

　言葉とは裏腹に、まだまだ毒液を充分に蔵《ぞう》している道三の面構えであった。

「御身が将軍家にあらせられるか否《いな》かに関わりなく、今の兵庫の一言は、あの女の口から伜めに伝わり申そう。小心者の伜めのことゆえ、疑心暗鬼にとらわれ、この鷺山を攻める口実を作りだすことにござろう」

道三は、咄嗟《とっさ》にそこまで思い至って、何の躊躇《ためら》いもなく女を斬ったのである。老齢に似合わぬ、恐ろしいまでの果断さといえよう。義輝は、道三は耄碌しているのではと落胆の思いを抱いた自分が、ひどく間抜けだったように思えてきた。

「左京大夫に攻め寄せられて、これを破る力はないと道三どのは云われるか」

「どうにもなり申さぬ。美濃国は土岐氏が根づいてより長うござる」

そのあとを道三は語らなかった。これは浮橋のみた通り、道三は他国から流れてきた梟雄《きょうゆう》であるだけに、このように隠退《いんたい》も同然の形となれば、心服する者は少ないということらしい。

「なれど、蝮が最後の毒を放たずに死ぬるとも思えぬが……」

義輝が探るように云うと、道三はにやりとした。

「あとは、こちらの素生を明かさねば、話してはもらえぬということか」

「………」

道三が無言で頷くのを見て、浮橋はするすると義輝の脇へ寄り、そこに片膝をつく。

「松岡どのが看破された通り、こちらにおわす御方は、征夷大将軍《せいいたいしょうぐん》足利義輝公にあらせられる。おしのびのご行旅ゆえ、他言無用に願いたい」

将軍だという何の証も持ち合わせてはおらぬがな、と義輝自身が笑顔で付け加える。

兵庫助は、がばっと平伏した。知らなかったこととはいえ、将軍に刃を向けた非礼を悔いて、蒼《あお》ざめている。

「兵庫。仕合いは将軍家の望まれたことぞ。悔いるなら、そちほどの剣士が対手を斬れなんだことを悔いよ」

道三は、義輝を前にして平然と云う。さすがにおのれ一代で一国を奪ったほどの男である。

（こんな男は、幕府にも畿内《きない》の武将にもいない……）

義輝は、ひどく痛快な気分になった。兵庫助の洩《も》らした、離れがたきお人、という言葉の意味が今にして理解できる。

道三が立ち上がったとき、褌《ふんどし》の紐《ひも》が切れて、だらりと前をはだけさせた。

「ほっ。あの女の懐剣の手練《しゅれん》も、なかなかのものだったわ」

道三は、おどけてみせたが、その下半身を、皆が眼を丸くして眺めているのに気づくと、くっくっと含み笑いを洩らした。

「伜めがこの道三を殺したい理由は、これでござりましてな」

道三は、義輝に向かって、剝き出しになった自身の巨大な陽物を指さした。

「義竜のこれは楊枝《ようじ》にもなり申さぬ」

将軍にこんな冗談をとばす人間は、義輝の育った柳営《りゅうえい》では当然のことながら一人もいない。

（なんと人を食った……）

義輝は呆《あき》れたが、傍らの浮橋が吹き出したので、つられて笑い出してしまった。道三も笑う。

謹厳そのものの兵庫助までが破顔したので、皆はさらにおかしくなった。

二年後、倅義竜に攻められて長良川に敗死することになる斎藤道三の、これが最後の心和む一時だったかもしれぬ。

そして、道三の死は、義輝とある男との劇的な出会いを生むことになるが、義輝がそれを今、知る由もなかった。

第四章　諏訪の雨

一

義輝、兵庫助の二人伴《づ》れは、信濃《しなの》国へ入ると、馬籠《まごめ》峠を越えて飯田へ達し、そこから天竜川沿いの伊那路《いなじ》を北上して、諏訪湖《すわこ》の畔《ほとり》へ出た。諏訪神社へ詣《もう》でるつもりであった。

旧《ふる》くより、東国の軍神は鹿島《かしま》（常陸《ひたち》国）、香取《かとり》（下総《しもうさ》国）、諏訪ノ宮といわれており、武門の棟梁《とうりょう》たる足利《あしかが》義輝が、信濃国を訪れて、これを素通りすることはできぬ。

松岡兵庫助を供にして目指すところは、常陸国鹿島。そこには、兵庫助の師、剣聖塚原卜伝《ぼくでん》が居《きょ》を構えている。義輝は、是非とも武芸教授を願うつもりであった。

浮橋《うきはし》の姿が見えないのは、単身、尾張へ潜入中のためだ。目的を果たせば、追いかけてくる手筈《てはず》になっている。その目的とは、斎藤道三《どうさん》の女婿《むすめむこ》で、尾張織田《おだ》家の当主信長《のぶなが》の人物を観《み》てくることにあった。

「わが夢をうけつぐ男は、この日本国広しといえども、信長をおいて他におり申さぬ」

鷺山《さぎやま》城内の離《はな》れ屋で、義輝と酒を酌《く》み交《か》わしながら、道三は、そんな云《い》いかたをしたものである。一代の梟雄《きょうゆう》斎藤道三の夢とは、天下を一統し、新しい世を築くことだという。ただ自分は、美濃一国を手中にするのが精一杯で、その小さな覇業《はぎょう》のために、

「悪運を使い果たした」

と道三は笑った。更に、その新しい世に足利将軍など必要ない、と義輝を前にして平然と断じた。畿内《きない》では、六郎晴元《はるもと》にせよ、三好長慶《みよしながよし》にせよ、政権掌握には上に足利将軍を戴《いただ》くことが必須条件のように考えている。それを思うと義輝は、自分が将軍であるにもかかわらず、道三の考え方がひどく新鮮に感じられた。

「今は、信長が尾張の国主にのしあがるのを待っており申す」

室町幕府の認める尾張守護は斯波《しば》氏だが、その存在はもはや有名無実にすぎない。今や尾張の覇権を争うのは、守護代以下の者たちである。中でも、もとは守護代家の一家老にすぎなかった織田氏が、信定の代に勢力を得て、その子信秀は尾張最強の実

力者にのし上がった。ところが信秀が没して信長が家督を相続すると、織田一族間で内紛が起こり、それが収まらぬまま現在に至っている。

　信長は、尾張を統一すれば、直《ただ》ちに美濃へ侵入してくる。斎藤義竜《よしたつ》が信長の岳父道三を蔑《ないがし》ろにしていることは、信長が美濃を攻めるに充分な理由となる、と道三は云う。つまり、現在の道三は、信長という存在を義竜への抑止力として、鷺山に無防備な姿をさらしているのであった。それゆえにこそ道三は、信長の力が大きくなるまでは、義竜に鷺山攻撃の口実を与えぬよう意を尽くしている。

「信長が尾張一国の兵を率いて攻め寄せれば、義竜ごときではこれを防ぐは至難のこと。美濃衆は、この道三に出馬を乞《こ》い申そう。されば、出陣して、信長を蹴散《けち》らしてみせる。そのときこそ美濃衆は、この成り上がりの道三に心服いたすでござろう」

　そのうえで、と道三は次の言葉を吐いた。

「美濃一国を信長に譲る」

　これこそ道三が蔵《ぞう》する最後の毒の正体であった。

　道三は、ある意味で無欲な男だといえる。一代で築きあげた稲葉山城と井ノ口を、実子でもない義竜にすべてくれてやるときも、まことにあっさりしたものであった。

美濃の主となり、一国の土地や民をわがものとした時点で、すでに道三の興味は失われていた。この男の生きがいは、そこへ至るまでに頭脳と肉体を存分に駆使して戦うこと、それ自体にあったというべきであろう。

国を譲られたからといって、信長は礼を云うような男ではなく、冷酷かつ速《すみ》やかに、

「この道三を殺すに相違ござらぬ」

と道三は云い、なぜなら自分が信長でもそうするからだ、と付け加えた。

「天下一統の大覇業の夢を見る者が、同じ夢を見る者を殺すのは当然のこと」

道三が、信長をおのが夢の後継者と目しているのは、実にそういう無惨な現実を莞《かん》爾《じ》として受容する覚悟を秘めた上でのことであった。

なれば、道三が信長を滅ぼして大覇業へ邁進《まいしん》すればよいともいえるが、それには道三は老齢すぎる。どれほど気張ったところで、死ぬまでにあと半国も版図《はんと》を拡げるぐらいが精々《せいぜい》だろう、と道三自身が思っている。それでは、あまりに、

「未練がましい」

そういう表現を道三は使った。いたずらに信長と戦えば、それだけ後継者の歩みを遅らせるばかりで、世に何の益も変革ももたらさぬ、というのである。

「無一物から国盗《と》りを成した男が、ひそかに夢を託した男にその国を奪われて、再び無一物にかえる。これこそ無上の生涯」

酒杯をあおって、屈託のない笑い声を放った道三であった。

（夕立のような……）

義輝は、斎藤道三という人間に圧倒される思いを抱きながら、ふと、そんな形容を湧《わ》かせた。夕立は、突然に降り出して、車軸を流すような烈《はげ》しさで人々を戦慄《せんりつ》せしめるが、それはごく短い時間のことで、あっという間にあがってしまう。そのあとには、空はからりと晴れわたる。

斎藤道三もまた、突然に美濃へ現れ、一代で国中を席捲したかと見るまに、今や未練げもなく消え去ろうとしている。乱世の申し子が、その役目を了《お》えたということかもしれなかった。

（惜しい）

と義輝は心から思った。これほどの男が老齢であることが惜しい。それと同時に、壮年期の斎藤道三を想像すると、お玉《たま》がその器量に気押《けお》されて仇討《あだう》ちを断念したことが、たやすく納得できたことであった。

そして、その道三ほどの者に、あと十年余もすれば諸国の群雄を畏怖《いふ》せしめる英雄となりうる男と云わしめた織田信長への興味が、義輝の中で勃然《ぼつぜん》と沸き起こったのも、しごく当然のことといえよう。

世評によれば、信長はうつけ者、だという。馬鹿者の意だ。道三の目利きとは大分に違う。

家臣の中にさえ公然と、信長が当主では織田家も終わりだと嘆く者が少なくないらしい。尾張と国境を接する三河、及び遠江《とおとうみ》、駿河《するが》の三国を領して東海の覇王として君臨する今川氏に至っては、信長などいつでも叩《たた》き潰《つぶ》せるクソ蠅《ばえ》も同然とみなしているそうな。

だが、尾張の悍馬《かんば》と恐れられたほどの織田信秀が、十人余りの男児の中から、家督者に選んだのが信長であった。この乱世では、武門の家督者の資格は、先に生まれたかどうかではなく、四隣と戦って生き残ることのできる器量の持ち主かどうかという、ただその一点にある。

たとえ何百、何千の凡人にうつけ者と誹《そし》られようが、どうということはない。道三・信秀ほどの戦国の申し子二人から、その将来を見込まれた信長は、未完の大器に違いない、と義輝は思った。

「信長をこの眼で観てみたいな」

義輝は、そう希望したが、これには浮橋が異を唱えた。

「なりませぬ。尾張はいまだ織田一族の争いが烈しく、血腥《ちなまぐさ》い空気に充ちております。ご身分を明かされるのも、鷺山では相手が道三どのだからよろしかったものの、那古野《なごや》ではそうはまいりますまい。必ずや大樹《たいじゅ》を争い事に巻き込もうとする徒輩《とはい》が現れましょう」

尾張国那古野に、信長の居城《きょじょう》がある。

「よしんば一介の武芸者として赴かれるにせよ、よくよく探りを入れた上でのうては、御命にかかわりますわい」

浮橋は、義輝のわがままを何でも許すとみえて、手綱を締めるところは締めることを忘れない。義輝は苦笑したが、この忠義の忍びに逆らうつもりはなかった。

「では、わしはいつ信長に会える」

「信長が尾張一国の主となったのち。また、一国の斬《き》り奪《と》りさえできぬ男では、大樹がわざわざお会いあそばすほどの器量とは申せますまい」

「わかった。だが、その前に、そちの眼で一度たしかめて、わしにようすを話してくれるだけならかまうまい」

「かしこまって候」

そういう次第で、鷺山を発《た》つとき、浮橋だけが南へ向かったのである。

浮橋が、何の不安ももたずに、義輝から離れることができたのは、云うまでもなく義輝の同行者に、松岡兵庫助がいたからである。これほど心強い護衛者は、二人と得られるものではない。それに兵庫助は、若いころは師塚原卜伝の供をして、印可を授けられて後は単身で、六十余州に旅している者。どこへ行っても、地理に通じている。

「兵庫。諏訪ノ社まで、どれくらいだ」

「は。あと二里ばかりとおぼえまする。お疲れあそばしましたか」

「なんともない。これでも、少しは鍛えている」

「恐れ入りましてござりまする」

「だめだな」

と義輝は、笑って兵庫助を振り返る。

「あ。それがし、何か不調法なことを」

「丁重すぎるのさ」

「恐れ入りましてござりまする」

「ほら。もっとくだけていいのだ。こっちは師匠の子でも、武芸では兵庫のほうが上なのだから」

二人の関係は、義輝が西国では高名なさる武芸者の子で、兵庫はその高弟ということにしてある。つまり、高弟が師匠の子の廻国《かいこく》修行に付き添っているという図であった。

　そうはいっても、そこは謹厳無類の松岡兵庫助のこと。足利将軍のおしのび旅に同行している畏れ多さと緊張感に、硬くなるなというほうが無理というものであった。

「心地よいな」

　左手に見える諏訪湖を吹き渡る風が、路傍の白い茨《いばら》の花を揺らせて、その香りを義輝の鼻先まで運んでくる。

　諏訪神の社《やしろ》は、諏訪湖を隔てて、南の上社《かみしゃ》、北の下社《しもしゃ》に分かれる。その祭祀《さいし》を司《つかさど》る大祝《おおはふり》は、竜神の子孫といわれ、はじめ上社は神《じん》氏、下社は金刺《かなさし》氏を称したという。両社がいつごろ諏訪社として統合されたか定かではないが、神氏が諏訪氏を称し、源氏に属して名を挙げたことで、おのずから諏訪地方一円の武士団の盟主となった。諏訪氏は、鎌倉時代には、北条氏宗家の被官として幕府内で勢力を得るに至り、室町時代になっても、諏訪円忠が足利尊氏《たかうじ》の側近として活躍し、その家系は代々奉行人などをつとめた。しかし、天文十一年（一五四二）諏訪頼重が、義兄である甲斐《かい》の武田晴《はる》信《のぶ》の謀略によって殺され、古代よりつづいた名家は、ここにあえなく滅んだ（のちに頼重の従弟の家系が旧領を回復し、高島藩主として明治までつづく）。

　義輝は、尊氏以来、足利将軍家と浅からぬ縁をもつ諏訪氏発祥《はっしょう》の場所ともいうべき上社へ向かっている。その上社を北麓《ほくろく》に抱く守屋山が前方に聳《そび》えている。さすがに何やら神々しさを感じさせる山容であった。

「あと五、六丁も行けば、参道へ達するかと存じまする」

兵庫助がそう云ったとき、遠雷が轟《とどろ》いた。西空を見やると、遽《にわか》に雨雲が起こり立っていた。山の天気は変わり易《やす》い。義輝と兵庫助は足を速めた。

両人が、鬱蒼《うっそう》たる木立に囲まれた諏訪上社の参道を上っていく間、行き交う参詣者の姿は、ほとんどなかった。巡礼を何人か見かけただけである。

樹冠に被《おお》われた参道は、昼でも暗い。その上空を黒雲が被い尽くして、一瞬にして夜が訪れたかと見紛《みまが》われた。と同時に、山が烈しくざわめき、雨が沛然《はいぜん》と諏訪神の杜《もり》を叩《たた》き始めた。多量で大粒の雨は、樹冠を突き破るように落ちてきて、義輝と兵庫助の笠《かさ》をばたばたと打つ。雨に洗われて、山が強く匂《にお》う。

拝殿前の空き地へ出ようというところまできて、義輝と兵庫助は、轟々《ごうごう》たる雨音の中に怒声を聴き分けた。

「無礼者」

二

稲光がつづけざまに走り、拝殿前の空き地を明るく照らし出した。

その光をはじいて地上に点々ときらめくものを、義輝の眼は雨幕の向こうに捉《とら》えた。抜き身の群れではないか。拝殿を背にした男ひとりを、三十人もいようかという武士団が押し包んでいた。空き地には、上空より雨がまともに降り注いでいるため、地から白い飛沫《しぶき》があがっている。渠《かれ》らは、ずぶ濡《ぬ》れであった。

その戦いの場からやや左方へ離れたところ、枝を大きく張った松の木の根方に、乗物がおかれてあり、その傍らにも七、八人が突っ立っている。こちらは女も混じっており、その中で、一見して高貴の身分と判る装いの女人が、義輝の眼に飛び込んだ。侍女に傘をさしかけられているその女人の横顔は、どこか儚《はかな》げであった。

「あやつ……」

兵庫助は、拝殿を背にした男を凝視している。

男は、巨軀《きょく》の持ち主で、六尺をゆうに越えるだろうその姿は、肘《ひじ》のあたりまで垂らした蓬髪《ほうはつ》と、ぎょろりとした眼《まなこ》のせいで、天狗《てんぐ》のように見える。背負った剣を、まだ抜いていない。多勢を対手《あいて》にしながら、恐ろしいまでの沈着ぶりといえよう。

その威圧感が、不用意に斬《き》りかかることを武士団に躊躇《ためら》わせている。

「む……」

義輝の口から、呻《うめ》き声が洩《も》れた。

(あの男、もしやして……)

義輝も男に心当たりがあった。それは、胸を烈しくざわつかせる記憶に繋《つな》がっている。

(あっ)

蓬髪の男の右手が動いた。いや、動いたと見分けられたのは、武芸の天才義輝なればこそである。男を押し包んだ武士たちは、仲間が三人、一瞬のうちに血煙《ちけむり》をあげて、泥濘《ぬかるみ》の地面へ倒れ伏したことで、はじめて男が剣を抜いたことを知った。

義輝には、男が何者か分かった。

「熊鷹《くまたか》ではないか」

その名を先に口にしたのは、兵庫助である。義輝は、びっくりして、兵庫助を瞶《みつ》めた。

「兵庫、知っているのか」

「はい。わが師卜伝を父の仇《かたき》とつけ狙《ねら》う者にござりまする」

そうか、と義輝にも思い当たる。七年前の夏、熊鷹の父を頭《かしら》とする七人の犬神人《いぬじにん》が、卜伝・兵庫助主従を同胞の殺害者と思い違いして、これを東山の山中に襲ったが、悉《ことごと》く討たれてしまった。当初の経緯《いきさつ》がどうであれ、それ以来、熊鷹は卜伝を亡父の仇とみなしたのだ。熊鷹は仇を討つまで決してあきらめない人間だ、と真羽《まは》が確言したのを、義輝は今も憶《おぼ》えている。

あの折り、卜伝・兵庫助主従が去った直後に、七つの屍《しかばね》の転がる涸れた川床で、熊鷹と斬り合った義輝は軽くあしらわれてしまった。真羽が現れねば、義輝は熊鷹に殺されていたであろう。そして二人は、別れ際に、いつか再びまみえることを約したのである。

その二年後、三好軍の入京を前にして、義輝が近江《おうみ》へ逃れるべく賀茂川を越えて神楽岡《かぐらおか》まで退《ひ》いたとき、無人となった今出川の将軍御所へ火を放った者がある。それこそ熊鷹であった。御所焼き討ちは、熊鷹の義輝に対する挑戦状といえた。約束を忘れるなという。

そのとき熊鷹の魔手を脱して生還した浮橋から、熊鷹がどこでどう修行したものか、熊なみの膂力《りょりょく》でもって、双刃《もろは》の大剣を自在に揮《ふる》う異常の剣士となっていることを、

度である。

今、三人の武士を瞬時に斬殺《ざんさつ》した剣は、まさしく双刃の大剣である。兵庫助が、笠をとり、刀の下《さ》げ緒《お》を外した。その下げ緒を、背へ交差させてかけ回し、上衣の両袖《りょうそで》を括《くく》ると、これを左胸の隅で縛り止めた。急場の最も簡単な戦闘支度である。

「兵庫。事情も質《ただ》さずに、やるのか」

「あの熊鷹という者、道理の通じる相手ではござりませぬ。このまま捨ておけば、あの武士らは、皆殺しにされましょう。それに、誰に質さずとも、事情の察しはつきまする」

兵庫助は、松の根方に身を硬くして佇《たたず》む美しい武家の女人を、ちらりと見やる。熊鷹があの女人にけしからぬ振る舞いに及ぼうとしたに相違なかったが、もしそうであったにせよ、慎重居士の兵庫助らしからぬ気早さといえた。

「熊鷹は何の罪咎《つみとが》もない百姓の娘を犯し、殺害いたした外道《げどう》にござりまする」

兵庫助の声に、めずらしく怒気が含まれている。

以下は、後で義輝が兵庫助よりきかされることだが、熊鷹は過去に二度、塚原卜伝に決闘を挑んだという。

義輝は詳しくきかされた。

　最初は、七年前の夏で、東山山中での戦いから数日後、熊鷹は旅の途中の卜伝・兵庫助主従に追いつき、印地打《いんじうち》で立ち向かってきたが、もとより剣聖卜伝に敵《かな》うものではない。卜伝は、剣も抜かず、眼光のみで熊鷹を縮み上がらせた。当時の熊鷹は少年だったので、卜伝は後の禍根《かこん》になると思いつつも、これを斬らなかった。熊鷹は悔しさに泪《なみだ》しながら、いつか必ず強い武芸者になって卜伝を討つと宣言して去った。

　二度目は、その四年後のことで、熊鷹は卜伝の住む鹿島に現れた。このときにはもう、以前の熊鷹と違って少年の俤《おもかげ》は薄れ、体軀《たいく》も六尺の偉丈夫《いじょうふ》になっていた。双刃の大剣を軽々と操る熊鷹の剣法は、おそるべきもので、卜伝が他行中であることに腹を立て、その弟子を五人も斬殺した。畑へ出ていた兵庫助が、急をきいて駆けつけ、熊鷹と斬り結んだ。兵庫助は、熊鷹の右親指を断ち斬ったが、終始押され気味の果ての逆転勝ちである。だが、熊鷹を仕留めるまでには至らなかった。

　熊鷹は、逃走の途中、傷の手当てをするために飛び込んだ百姓家で、親身の世話をうけながら、そこの生娘《きむすめ》を犯した。熊鷹にすれば血をみた興奮もあったろうが、その桁外《けたはず》れの膂力で暴力的に犯された娘は、躰《からだ》じゅうの骨がばらばらになって息絶えたという。

「御免」

兵庫助が、一礼して、駆けだそうとするのを、義輝は、待て、と制した。

「わしが仕合う」

これには兵庫助は、仰天した。

「なりませぬ、断じてなりませぬ。御身のご大切さをお弁《わきま》えあそばされよ」

「道三どのも云うていただろう、足利将軍など屁《へ》のようなものさ。それに、兵庫助、わしもあの熊鷹とは因縁があるのだ」

「まさか……大樹、あれなる者は、もとは八坂の犬神人にござりまするぞ」

「知っている」

義輝は、事もなげに云って、笑顔をみせた。兵庫助の驚きはひとかたではない。武家貴族の頂点に立つ足利将軍と、無頼の剣客との間に、どのような因縁があるというのか。

そうして兵庫助が、暫《しば》し茫然《ぼうぜん》とする間に、義輝も刀の下げ緒を外して、これを兵庫助同様、たすきがけにした。

義輝は、笠を投げ棄てるなり、ぱっと走りだした。仕方もなく、兵庫助も後《おく》れじと駆け出す。

雨は依然、篠《しの》を束ねて突き下ろす勢いで、諏訪神の杜を容赦なく打ちすえる。早くも空き地全体が池のようになってしまった。

松の根方で、大枝の傘の下に雨を避けていた者たちが、近くを駆け抜けていく二人の武士に気づいて、何か声をあげた。このとき義輝は、例の美しい女人と眼が合った。兵庫助のほうは、乗物に武田菱《たけだびし》の紋が打たれてあるのを、素早く認めた。では、あの女人は武田の姫君か、と推察する。

「武田の衆、そこを退《の》かれよ。それなる牢人《ろうにん》は、われらと因縁ある者。この場の勝負は、われらにお譲り願いたい」

義輝の後ろを走る兵庫助が、轟然《ごうぜん》たる雨音にも負けぬ大声を発して、武田武士団の注意を促す。

義輝と兵庫助の駆けつけてくる勢いに圧倒されたのか、武田の武士たちは自然と道をあけた。もっとも、この時点ですでに八人まで討たれて、漸《ようや》く熊鷹の剣に恐れを抱き始めていたときゆえ、どういう人間であれ、間に入る者が出現したことは、渠らにとって渡りに船だったであろう。

それでも、武士団の中の頭立《かしらだ》つ年輩者が、熊鷹の動きを警戒しながら、兵庫助に不審の眼を向けてくる。

「まずは姓名を承ろう」

「この方は、西国にて高名なる武芸者霞仁左衛門《かすみにざえもん》が息《そく》、霞新十郎。それがしは、霞門下の斎藤兵庫助と申す。廻国修行の旅の途次《とじ》にござる」

「して、こやつとの因縁とは」

「この牢人、熊鷹と名乗る者にござるが、三年前、霞門下の子弟を五人斬殺いたして逃げた憎き仇敵《きゅうてき》にござる」

すると、熊鷹が突然、天を仰いで哄笑《こうしょう》した。大きく開けた口に、雨が入るのもかまわない。

「霞新十郎に斎藤兵庫助やと……」

熊鷹は、自分の正面、五間《けん》の間合いをとって佇む義輝へ、にやにや笑いかけ、

「見違えたわ」

と何やら懐かしげな声を出した。

「こちらもな」

義輝は微笑する。七年の歳月は、熊鷹の躰つきも顔つきも変えてしまったが、一度強烈な印象で眼に焼き付けられた風貌《ふうぼう》というものは、こうしてまさしく同一人物に出会えば、否応《いやおう》なく重なり合うものらしい。

七年前は、熊鷹を恐ろしいと思った義輝だったが、久しぶりに再会してみると、恐

怖など微塵《みじん》も感じない。自分でも不思議であった。それどころか、親しみさえおぼえている。奇妙というほかあるまい。

「京にいたのではなかったのか」

義輝のその問いに、熊鷹はくっくっと笑いを洩《も》らす。

「家を焼かれて、はらわたが煮えくり返っているのんと違《ちゃ》うか」

京の今出川御所焼き討ちのことを、熊鷹は云っている。

「家はいらぬ。近頃は、塒《ねぐら》をもたぬ身なのだ」

「ふん。武芸狂いときいたが、そやつを供にしてるところをみると、鹿島まで行って、あの爺《じじ》いに教えを乞《こ》うつもりやな」

熊鷹の云う爺いとは、むろん塚原卜伝のことである。

「そのつもりだ」

「わぬしの正体を云いふらしたろか。どこでも大した騒ぎになるで」

「誰《たれ》も信じまい。だが、好きにしろ。わしは、かまわぬ」

「どうやら、七年前のひ弱な餓鬼《がき》じゃなくなったようやな」

「おぬしに褒めてもらえるとは思わなかった」

「気に入らん」

あくまで微笑を絶やさぬ義輝の顔を、熊鷹がはじめて殺気を放射して見つめた。熊鷹には、義輝の躰つきや立ち姿を見ただけで、その武芸が尋常の腕でないことが分かる。義輝の悠揚迫《ゆうようせま》らぬ態度は、しかし、そこから生まれた自信だけで作られているものではない。武家貴族の気品が自ずから具《そな》わっている。そのため、同じように自信をもっても、無頼の熊鷹はぎらぎらしてしまうが、義輝のそれはさりげない。いや、美しくさえある。こればかりは、熊鷹がどれほど望んでも、どれほど修行を積み重ねても、到達不可能の高処《たかみ》であった。それが熊鷹には気に入らぬ。憎悪すらおぼえる。

「おい。真羽《まは》はどないした」

唐突ともいえる質問だが、熊鷹にすれば、義輝への憎悪の炎が胸内に燃え立った瞬間、真羽に繋《つな》がったのはごく自然なことであった。熊鷹は、七年前、真羽が義輝に連れられて、いったんは御所の下婢《はしため》として仕《つか》えるようになったが、その後ほどなく行方知れずになったことを、犬神人の者たちからきいている。熊鷹は、義輝が真羽に酷《むご》い扱いをしたに違いないと、ずうっと思い込んできた。

「真羽のことは、わしがききたいくらいだ。真羽は、みずから望んで消息を絶った」

「上《うえ》つ方《かた》には犬神人の子が珍しゅうて、手慰みにしたんか」

はじめて義輝の表情が、厳しいものに変わった。

「それでええ」

熊鷹はにやりとして、右手にだらりと下げていた双刃の大剣を、大上段へゆっくりとあげていく。

義輝は、愛刀大般若長光《だいはんにゃながみつ》の鯉口《こいぐち》を切る。

稲妻が天空を切り裂き、巨大な雷鳴が轟《とどろ》いた。かと思うまに、地が揺れ、拝殿の向こうで、ぱっと白煙が噴き上がった。

武田武士たちは驚いて跳び退《すさ》り、松の根方に雨を避けている女たちの間から悲鳴があがった。

拝殿の向こうで、太い一木が、凄《すさ》まじい音をたてて、横ざまに倒れていく。雨はさらに強くなり、拝殿の屋根を抉《えぐ》るようにみえた。

雨中の諏訪社に、宿命の決闘が始まった。

三

熊鷹の双刃の大剣は、通常の大刀に倍する身幅をもち、刃渡り実に四尺という途方もない代物である。常人では、持ち上げるだけで、腰をふらつかせるに違いない。

これを背丈六尺五寸はあろうかという熊鷹が、軽々と大上段にふりかぶった態《さま》は、社殿から巨大な竜蛇が這《は》い出て、鎌首をもたげたかのようである。

（強い）

義輝の斜め後ろに、やや離れて立つ兵庫助は、熊鷹が放つ剣気の猛々《たけだけ》しさに、総毛立った。熊鷹は以前より数段強くなっている。

一方の義輝は、大般若長光二尺四寸余を青眼《せいがん》につけ、やはり六尺余の長身に気迫を漲《みなぎ》らせている。そのやや蒼《あお》ざめた凜々《りり》しい面立ちが、諏訪の地主神・洩矢神《もれやのかみ》を屈伏させた建御名方命《たけみなかたのみこと》とは、このような若者ではなかったかと想わせる。

野獣と貴公子の戦いといえようか。

（野獣に分がある……）

そう判断した兵庫助は、おのが大刀の鐔《つば》ぎわへ左手を添えた。余人のことならば、一対一の尋常の果たし合いに手を出すような真似《まね》はせぬが、その一方が足利将軍となれば話は別である。今の兵庫助は、浮橋になりかわり、一命にかけて義輝の身を護《まも》らねばならぬ。

「手出し無用」

義輝が、兵庫助の気配をそれと察して、厳しい口調で命じた。

「今のわしは、一介の武芸者にすぎぬ。果たし合いで後《おく》れをとれば、それまでのこと。そちは、どこぞにわしの塚でも築いてくれればよい」

「なれど……」

尚も兵庫助は前へ出ようとしたが、

「退《さ》がれ、兵庫」

二度目の叱声《しっせい》に、恐れ入って、後退した。こういうときの義輝には、さすがに武門の棟梁《とうりょう》らしい威《い》がおのずから具わっている。

（義輝公のご天稟《てんぴん》を信じるほかあるまい）

熊鷹がせせら嗤《わら》ってみせた。

「二人でかかってこんかい。指を斬り落とされた礼をしたる」

慥《たし》かに熊鷹の右手に親指がない。なのに、どれほど過酷な修行をしたものか、その満身からは自信が火を噴かぬ許《ばか》りである。

雨は漸《ようや》く弱まった。

熊鷹が泥濘の地を蹴《け》った。義輝もこれに応じる。

刀身の長さにおいて一尺五寸余まさる熊鷹の刃圏内に、義輝の躰《からだ》が入る、と見えた瞬間、義輝は剣尖《けんせん》をはねあげ、熊鷹の右側へ跳び違いざま、左から旋回させた片手斬りの一刀を繰り出した。上段から振り下ろされる熊鷹の右小手を狙ったものである。

熊鷹は、これを予期していた。わずかに後らせて大剣を振り下ろし、義輝の剣の刀《きっ》鋒《さき》を上から叩《たた》き伏せた。

その強烈な打撃に、並の剣士ならば、腕を痺《しび》れさせて刀を取り落としたであろう。

義輝は、直ちに刀を引いて、青眼につけた。

熊鷹も、身をひねって、義輝に正対し、再び天を沖《ちゅう》して大剣をかまえる。

このたった一合で、両者とも、互いの力量を見極めえた。

「意外や」

熊鷹が、愉《たの》しげに云う。

「これほどとはな。殺し甲斐《がい》があるわ」

義輝は無言であった。

(巨大な岩を対手にしているようだ)

という愕然《がくぜん》たる思いに、声を失ったのである。

「一剣二刀流の本領は、これからやで」

熊鷹が揺るぎない自信に満ちた宣言を叩きつける。

(一剣二刀流というか……)

義輝が初めて聴く流派名である。

「てええい」

諏訪の軍神さえ顫《ふる》えさせるかと思われるほどの気合声を発して、熊鷹が義輝の真っ向へ斬りつけてきた。義輝は、跳び退ってこれを躱《かわ》したが、反撃できるほどの余裕を熊鷹は与えてくれない。

熊鷹の一方的な斬撃が開始された。義輝は必死でただ禦《ふせ》ぐのみとなった。

双方とも、頭頂からしたたる雨滴を拭いもせぬ。たっぷりと雨水を吸い込んだ衣服は、躰にべっとりまとわりつく。池となった地面に足をとられそうになる。それでも熊鷹の猛攻は熄《や》まず、義輝は凌《しの》ぎに凌いだ。

浮橋の実見談の通り、熊鷹の剣はまさしく異常であった。

いかに双刃であっても、斬撃にさいしては一方の刃だけを使い、撃ち込みが外れれば、手首を返して同じ刃をまた対手へ送るのがふつうである。ところが熊鷹の剣技は違う。斬撃が外れても、手首を返さず、そのまま反対側の刃を義輝へ見舞った。

（まさしく一剣二刀流……）

受けの一手を余儀なくされる義輝は、あらためて熊鷹の剣に戦慄《せんりつ》したといってよい。

更に熊鷹の一剣二刀流が尋常でないのは、双刃だけならまだしも、その広い身幅でも殴りつけてくることにあった。これを息も乱さず、まったく無駄のない動きで、電光の迅《はや》さで行うものだから、一剣が二刀どころか、三刀四刀の威力を発揮する。

これほどの異常の剣は、命懸けの異常の修行によってしか生まれえないであろう。

鐔《つば》競《ぜ》り合いをしつつ、熊鷹はちらっと上空を見やった。車軸を流すようだった雨が、いつのまにか小降りになっている。早足で流れる黒雲の上に光の存在が感じられた。

「驟《はし》り雨やったな」

熊鷹には、そんな言葉を吐ける余裕すらある。

父親を喪《うしな》った後の熊鷹の七年間は、修羅の道であった。

亡父の仇を討とうとして、かえって卜伝の眼光に射竦《いすく》められ、生まれてはじめて恐怖というものを味わった熊鷹は、そのときおのが行く末を定めたといってよい。

「日本一強うなったる」

奇《く》しくも、当時十二歳だった義輝が、東山山中で熊鷹の印地打に軽くあしらわれて、口惜しさに唇を嚙《か》みしめながら抱いた思いと同じものである。ただ熊鷹は、義輝と違って武芸の師を選べるような身分ではない。おのれ独りで学ぶより道はなかった。

熊鷹は、旅をした。諸国を巡って、強そうだとみた者に、有無を云わさず、挑みかかった。ためにつねに命のやりとりとなる。最初のうちは、独自の武器をもたず、果たし合いの得物《えもの》はその時々で変えた。そうしながら、おのれに合う武器を探していたともいえる。

そんなふうだから、敗れたのは二度や三度ではない。総身に受けた傷は、無数である。瀕死《ひんし》の重傷も負った。そのころのことを、後で思い起こしたとき、自分が生きているのが不思議なくらいであった。熊鷹は、おのれの生命力の勁《つよ》さに自信を深めた。

九州に渡り、薩摩《さつま》国を訪れたとき、熊鷹はとある山中において、フミチと名乗る片腕の刀工に出会う。初老の男フミチが、たったひとりで、奇妙な剣を鍛えているのに興味をおぼえた熊鷹は、なんとなくそこで一緒に暮らすようになった。フミチは寡黙で、二人が言葉を交わすことはほとんどなかった。フミチは、剣の道にも通じていた。熊鷹は、手ほどきをうけた。だが、その教授の仕方は苛烈《かれつ》きわまるものであり、熊鷹でなければ息絶えていたであろう。

熊鷹がフミチの素生を知るのは、その娘ワカナチがやってきたときである。ワカナチは、父フミチの行方を探していたのだと熊鷹に語った。この父娘は、琉球《りゅうきゅう》人であった。

フミチは、琉球の刀工だが、和刀（日本刀）の美しさに魅せられ、薩摩へ渡って波平《なみひら》派に学んだ。当時、琉球には中国や南蛮の文物が様々に入っており、その中にヨーロッパの騎士《きし》が用いる剣もあった。フミチは、和刀と南蛮剣を折衷《せっちゅう》した独自の刀剣を創《つく》り出すべく、様々に工夫を凝《こ》らした。これが波平派一門の怒りに触れ、フミチは二度と鍛刀のできぬよう腕を斬り落とされた揚げ句、破門となった。その後、山中に籠《こ》もったフミチは、片腕になりながら、執念で刀剣を造りつづけたのである。

熊鷹は、父の身を案じて、単身、琉球より出てきた美しいワカナチに恋をした。が、フミチがこれを許さなかった。おぬしに添うては娘は不幸になる、とフミチは云った。熊鷹は一時の憎悪を暴発させる。すでに剣の腕において、熊鷹はフミチを凌駕《りょうが》していた。その斬殺《ざんさつ》場面を目撃したワカナチは、みずからの命を絶つ。

熊鷹は、フミチの小屋を焼き、その作品中もっとも気に入っていた双刃の大剣だけを手に山を下りた。

熊鷹が、京において浮橋を捕らえ、今出川の将軍御所に火をかけたのは、薩摩より戻ってすぐのことである。

熊鷹は、畿内において、一剣をもって有力武将に仕えようとし、実際に守護代やその家老ぐらいの者に何度か仕えた。捕らえた浮橋に、当時の畿内の勢力図を語らせたのも、その野心を満たすためであった。だが、どこでも長くつづかなかった。もともと唯我独尊の男だけに、どんなに評判の高い武将でも、実際にその下についてみると、どいつもこいつも阿呆《あほう》にみえてしまうのである。阿呆に命令されることは、熊鷹の誇りが許さない。

幾度となく戦場へ出て、多数の人間を殺しもしたが、熊鷹の名は一向に挙がらなかった。犬神人あがりの化け物じみた大男、と陰口を叩《たた》かれるのが関の山であった。つねに大いなる不満を蔵したような顔つきが、熊鷹が人に嫌悪される原因のひとつでもあったろう。

「今に、塚原卜伝がごとく、諸国の大名衆に礼をもって迎えられるようになったる」

絶え間ない孤独な修行と実戦で培《つちか》ったおのれの剣に、不動の自信を得た熊鷹は、再度、卜伝に挑むべく、鹿島へ発《た》った。父が卜伝に斬られてから四年の歳月が流れていた。このときはしかし、卜伝には相見《あいまみ》えることができず、かえって、松岡兵庫助に右手の親指を斬り落とされたのみである。

卜伝の弟子に敗れて、卜伝その人に勝てる筈《はず》がない。熊鷹は、再び、自身に過酷な修行の旅を課した。熊鷹の一剣二刀流という独特の剣法は、そうした中で、おのずから体得したものといえる。

そして、さらに三年後、こんどこそ卜伝に血煙をあげさせんと、熊鷹はまたしても鹿島へ向かう旅のさなか、思いがけなくこの諏訪社において、将軍義輝と松岡兵庫助に再会したのである。

熊鷹は今、生まれついての武門の棟梁、足利義輝を一剣によって追いつめている。顔を覆面で隠す犬神人の子として生まれ、世に容《い》れられぬ不遇感をもつ男にとって、これほどの快味はないといえよう。

「あっ」

武田の姫君とおぼしい女人が、初めて声を発した。義輝が水たまりの下に隠れていた石に足をとられて、腰を崩したからである。

この絶好機を、どうして熊鷹が見逃そうか。大上段に振り上げた双刃の大剣の欛《つか》を、くるりと回した。この独特の剣は、欛が、日本刀のように楕《だ》円《えん》柱状ではなく、正円柱状に作られてある。回して、広い身幅の部分を、義輝に正対させた。

義輝にすれば、突然、熊鷹の剣が左右に膨らんだような錯覚をおぼえた。

熊鷹は、にやりと笑う。

「死ねや」

おめきざま、大剣を義輝の頭上へ降らせた。渾身《こんしん》の力を込めた強烈無比の打撃である。広い身幅で義輝を殴殺《おうさつ》する戦法であった。

（義輝公が……）

殺されると絶望したのは、兵庫助である。絶望しつつ、大刀の鯉口を切って、疾《はし》った。この瞬間、兵庫助には覚悟ができている。熊鷹を斬ってのち、おのれも切腹する。それで義輝を護りきれなかった罪が消えるものではないが、ほかに兵庫助のとるべき道はない。

その兵庫助の疾走《しっそう》の足を止めさせたのは、義輝の天稟《てんぴん》のなせるわざであったろう。

「おお」

おぼえず兵庫助は、歓喜のこもった驚声を放っていた。

四

義輝は、無理に体勢を立て直そうとはせず、腰砕けのまま、背中から浅い池となった地へ倒れこんだのである。

熊鷹の巨体が、巴投《ともえな》げをうたれて、宙にもんどりうった。

（お見事）

兵庫助は、鳥肌立つのをおぼえた。斎藤道三の眼前で、兵庫助が義輝に対して放った捨て身の技と、まったく同じ形ではないか。たった一度だけ自分に仕掛けられた技を、習いもせずに、この生死の境で熊鷹ほどの強敵対手に繰り出すとは。まさしく義輝の武芸は天才というほかはない。

しかし、その義輝を、熊鷹はさらに上回った。熊鷹は、前のめりになったとき、大剣の刀鋒をみずから地へ突き立てている。それを支えとして、巨体を空中に一回転させ、易々《やすやす》と足から着地した。

義輝が起き上がって振り向くのと、熊鷹が地に突き立てた大剣を引き抜くのとは、まったく同時になされた。

義輝の面《おもて》から血の気が引いている。熊鷹が、何事もなかったように、大剣をかまえて立っているのが、信じられなかった。

熊鷹は、鼻で嗤《わら》った。ところが、雨があがって、雲の細い切れ目から、光が一筋降ってくるや、熊鷹の顔つきは一変した。

その光芒《こうぼう》に照らし出された義輝の姿というものは、雨と泥で汚れきり、熊鷹への恐怖に打ち勝とうと眦《まなじり》を決しているのに、醜《みにく》さなど微塵《みじん》も窺《うかが》えぬ。どころか、おのずから具《そな》わる気品が、総身より滲《にじ》み出ていた。

熊鷹の双眸《そうぼう》に、瞋恚《しんい》の炎《ほむら》が燃え熾《さか》る。

（将軍が何や）

熊鷹は、躰の奥底から衝《つ》きあげてくる凶暴な怒りを、大上段に振り上げた大剣の刀鋒まで浸透させ、

「戯《ざ》れ言は、これまでや」

うおおおっ、と咆哮《ほうこう》しざま、この一撃に、生死を決せんとしたときである。

ぱんっ。銃声が轟《とどろ》いた。

反射的に、義輝も熊鷹も、その場に身を伏せる。

武田の武士に鉄炮《てっぽう》の用意があったのかとみれば、そうではない。かれらも全員、腰を落として、あたりへ眼を走らせている。

銃手は、いつ参道から入ってきたものか、空き地との境のあたりに折り敷いていた。

銃手の後ろに、二人の若者が控えており、その一方が、すでに火縄に点火されている替えの銃を、銃手の男に渡すところであった。

「そこのあほらしいほど大きな刀もってるお人、去《い》んなされ。まだ暴れるゆうなら、次ははずさしまへんで」

その言葉を吐いた男の銃をかまえる姿には、まったく隙《すき》がなかった。

「くっ」

熊鷹は、唇を噛《か》んだ。銃の一挺《ちょう》や二挺を向こうにまわしても敗れぬ自信のある熊鷹

だったが、相手が狙撃《そげき》にただならぬ腕前の持ち主とみて、この場は退くより道はないと思わざるをえなかった。

「おい、公方《くぼう》。勝負はあずけといたるわ」

熊鷹は、伏せたまま、義輝に云う。

「次は鹿島か」

義輝は、熊鷹が卜伝を討つために鹿島へ行く途中であることを、すでに見抜いている。熊鷹は、不敵な笑みを返してきた。その通りだ、という意思表示にほかならぬ。

熊鷹は、立ち上がると、銃手のほうに充分の注意を払いつつ、後ろざまに走る。そして、あっという間に、雨あがりの緑も鮮やかな、深い木立の中へ消えてしまった。

それが合図となったかのように、諏訪の杜の上空は勃然《ぼつぜん》と明るくなり、夏の光が拝殿前の空き地に降り注いできた。

銃手の男は、乗物がおかれた松の根方のほうへ歩み寄る。どこぞの商人風の身なりだが、顔には、それらしからぬ狷介《けんかい》そうな皺《しわ》を何本も刻んでいた。

「御寮人さま。大事ございませぬか」

熊鷹に投げた言葉はこの男が京畿生まれらしいことを窺わせたが、甲斐国主の縁者らしい女人を前にして、折り目正しい挨拶《あいさつ》をしている。

御寮人さまは、まだ蒼ざめた面持《おもも》ちながら、ゆっくりと頷《うなず》いた。

「橘屋《たちばなや》。堺への帰りか」

これは、武田の武士たちのうち頭立《かしらだ》つ者が、男に話しかけたものである。男は、堺の商人、鉄炮又《てっぽうまた》こと、橘屋又三郎であった。

「これは弾正忠《だんじょうのちゅう》さま。はい、急ぎ立ち帰りまして、大膳大夫《だいぜんのだいぶ》さまよりご註文の種子島《たねがしま》を誂《あつら》え、また甲斐へ参上いたす所存にござりまする」

近頃は鉄炮の需要が徐々に増え始め、鉄炮又は忙しい。甲斐へも何度も訪れ、今回初めて武田大膳大夫晴信からの受注に成功し、その帰途に諏訪社へ立ち寄ったものである。

「弾正忠。あの者たちをこれへ」

御寮人は、一言、礼を云いたいらしい。

「ただいま、つれてまいりましょう」

弾正忠は、足が濡れるのもかまわず、ざっざっと水を踏みつけて、義輝と兵庫助のところまでやってきた。

「それがし、武田家家臣、弾正忠真田幸隆《さなだゆきたか》と申す」

この小柄だが、歴戦の強者《つわもの》らしい眼光をもつ武士は、真田幸村《ゆきむら》の祖父にあたる人である。

「ご両所には、危ういところをご助勢いただき、御礼の致しようもござらぬ」

「いや。当方も、あの者には因縁あってのこと。礼などご無用に願いたい」

そう応じたのは、兵庫助である。兵庫助は、かねて真田幸隆の武名をきいているので、いささか恐縮の態《てい》であった。

「あれにおわす御方は、わが主、武田大膳大夫晴信さまがご側室、諏訪御寮人さまにあられる。礼を仰せになりたいとの思《おぼ》し召しにござるが、なにぶんこの足元ゆえ、御寮人さまもこなたまでお運びもなり申さぬ。礼を失することなれど、あちらまでご足労願えまいか」

慥《たし》かに、助けてもらったほうが出向いて礼を述べるのが、人の道というものではある。しかし、一介の牢人《ろうにん》でしかない者たちに対して、甲斐国主の重臣たる者がこれほど丁重な挨拶など、なかなかできるものではない。

（真田幸隆の人柄にもよろうが、これが武田の家風か……）

義輝はその思いを抱いた。義輝の知るところでは、武田晴信は、三十四歳という脂《あぶら》ののった年齢で、甲斐一国に加えて信濃の大半をも制し、謀将の呼び声高く、その赤備えの騎馬軍団は四隣を戦慄せしめているそうな。

「承知仕《つかまつ》った」

こんどは義輝が返辞をし、兵庫助を伴い、真田幸隆のあとについて、松の根方まで足を運ぶと、二人して諏訪御寮人の前に折り敷いた。

「礼を申します」

諏訪御寮人は、繊細な躰つきに似合わぬ、意外にはきとした声で云った。

「そなたらが現れねば、あの恐ろしき牢人にこの身を手籠《てご》めにされるところでした」

これは、険《けん》のある一言というべきか。真田幸隆が、かすかに眉《まゆ》を顰《しか》めた。それはそうであろう、諏訪御寮人は、三十名もの武田武士はまったく頼りにならなかった、と露骨に皮肉っているのだから。

（これは毒花かもしれぬな……）

義輝は、諏訪御寮人の顔を見上げて、そう思った。

義輝は、諏訪御寮人のことを、まるで知らぬ。後に耳にすることだが、武田氏が諏訪頼重を滅ぼしたさい、これを盟主と仰いでいた諏訪地方一円の豪族・地侍を懐柔するため、武田晴信は、頼重の息女《そくじょ》すなわち諏訪御寮人を側室として、やがて生まれる男子に諏訪氏を継がせると公言したという。その後、生まれた男子は、いまや八歳となり、諏訪四郎と名乗る。のちの武田勝頼《かつより》である。

諏訪御寮人が今日、諏訪社を訪れたのは、亡父頼重をはじめ祖先の霊を慰めるためであった。その類稀《たぐいまれ》なる美貌《びぼう》が、偶々《たまたま》居合わせた熊鷹の眼にとまり、卑しい衝動を起こさせてしまったのである。

「霞新十郎と申したな。急ぎの旅か」

諏訪御寮人は、もっぱら義輝にばかり興味があるらしく、兵庫助のほうなど見向きもしない。

「いささか」

と義輝はこたえた。熊鷹が塚原卜伝の命を狙って鹿島へ行くことが分かっているからには、こちらもあまり猶予はならぬ。

「一日二日なれば、よかろう。甲府へ立ち寄りゃ」

甲府の躑躅《つつじ》ケ崎に、武田晴信の居館がある。

「命を助けてもろうて、そのままにいたしては、お屋形さまにお叱《しか》りをうける。是非、立ち寄ってくりゃれ。たっての願いじゃ」

義輝にすれば、べつに諏訪御寮人の命を助けたおぼえはないが、ここまで云われては、ことわるわけにもいかぬ。

「では、それがしだけ、甲府へまいりましょう」

そう応じた義輝へ、兵庫助が何か云いかけたが、義輝は目顔で制してから、ちらりと一瞬、頭上へ視線を振った。

兵庫助も、数瞬前から、松の樹上に人の気配を感じていたが、それで何者か分かった。尾張へ赴いていた浮橋が追いついてきたのである。これで兵庫助は、義輝を甲府へ行かせても、安心して一足さきに鹿島へ向かうことができる。

「それでよい」

諏訪御寮人の眦《まなじり》の切れの長い双眼が、妖《あや》しい光を帯びた。

第五章　躑躅《つつじ》ケ崎

一

信州諏訪から甲斐《かい》府中（甲府）へ出るには、信州往還をひろっていくのだが、この街道は、多少のずれはあるものの、現在の国道二十号線に相当する。JR中央本線の上諏訪―甲府間と、ほぼ平行に走っている道である。

道中十六里（約六十三キロ）ほどで、このくらいの距離は、たとえば浮橋《うきはし》のような忍びにとって、半日で走破せよと命じられれば、それこそ苦もなくやってのけられる程度のものでしかない。

乗物に揺られる御寮人ともなると、そうはいかぬ。道中、まことにゆるゆるとしたものだ。釜無川《かまなしがわ》沿いの往還の景観を存分に愉《たの》しみながら、一日三、四里しかすすまぬ。

随行の真田幸隆以下、兵馬強悍《きょうかん》で鳴る武田武士らは苦り切っていた。

もっとも義輝《よしてる》だけは、苛立《いらだ》つこともなく、諏訪御寮人同様、のんびりとした山路の旅を満喫していた。このあたりは、柳営《りゅうえい》育ちのおおらかさが、おのずから出てしまう。

松岡兵庫助《ひょうごのすけ》を鹿島へ先発させた義輝だが、熊鷹《くまたか》はすぐには塚原卜伝《ぼくでん》に挑みかからず、

（わしの到着を待つ）

その確信を抱き始めていた。諏訪社で義輝と果たし合い、勝敗の決せぬまま別れたことは、熊鷹の中に、卜伝を討つこと以外に、新たな執念を燃やさせた筈《はず》だ。卜伝に教えを乞《こ》わんとする義輝の眼前で卜伝を仆《たお》してみせる。それを思い描くだけで、熊鷹は暗い愉悦をおぼえているに違いないのである。

（わしは熊鷹には勝てぬ……）

勝てぬが、仕方あるまい。一介の武人として廻国《かいこく》修行の旅へ出たからには、曠野《こうや》に死して本望ではないか。

（すべては鹿島へ着いてからのことだ）

義輝には、熊鷹のほかにも一人、気にかかる男がいた。橘屋《たちばなや》又三郎《またさぶろう》である。

又三郎は、諏訪社での揉《も》め事の後、すぐに西へ道をとってしまったので、会話を交わす暇もなかったが、別れ際に何やら引かれるものがあった。その引かれるものが何なのか、義輝自身にも分からぬ。

同様なことは、浮橋にもいえた。浮橋は、諏訪社拝殿前の空き地の松の樹上から、又三郎を見下ろしながら、以前にどこかで会ったような気がしたものだが、思い出せなかった。まさかに浮橋も、六年前の初夏の夜、堺の海船政所《まんどころ》に松永弾正久秀《まつながだんじょうひさひで》を襲って失敗し、そこから逃げるさい、不意に後方から飛んできた鉄炮玉《てっぽうだま》の射手と、橘屋又三郎とを重ね合わせることなど、思いもよらぬ。

信州往還の義輝は、時折、即興の和歌をものし、漢詩を詠じるなどして、諏訪御寮人や真田幸隆の眼《め》を瞠《みは》らせた。そうしたときの義輝は、雅びな風情を総身より立ち昇らせるため、幸隆などは、これはただの牢人者《ろうにんもの》ではない、と疑いを深くしたようである。

「本当の素生《すじょう》を明かしてもらえまいか」

たまりかねて請《こ》う幸隆に、義輝は微笑を絶やさず、

「霞《かすみ》新十郎。浮橋流という西国では少しは知られた流派の跡取りにござり申す」

と悠揚迫らぬ風姿で応《こた》えるものだから、幸隆のほうもそれ以上は踏み込めなかった。

　ところで、浮橋は同行していない。ただの旅人に身を変えて、この諏訪御寮人一行のあとを歩いたり、時には追い越したりして、義輝から即《つ》かず離れず旅をしている。変装もひとつではない。僧侶《そうりょ》、農夫、商人など、様々に変化して、浮橋らしくこれはこれで愉しんでいた。

　ただ夜になると、浮橋は諏訪御寮人一行の宿所に忍び込み、義輝と話をする。

「織田信長《おだのぶなが》は、どのような男だった」

「評判通り」

　浮橋はいたずらっぽい笑みをみせた。

「親父《おやじ》どのが亡くなるや、近江《おうみ》の国友鍛冶《かじ》に五百挺《ちょう》の鉄炮を註文いたしたような男にございまするて」

「なるほど。たいしたうつけ者だな」

　義輝は満足げに頷《うなず》いた。やはり、斎藤道三《どうさん》の眼《め》に狂いはなかった。

　戦国期の合戦で鉄炮が頻繁《ひんぱん》に登場しはじめるのは、これより四年後の永禄《えいろく》の頃《ころ》からで、更にすすんで勝敗を左右する主要武器と目されるようになるのは、元亀・天正年間に入ってからである。この天文年間の段階で、鉄炮の威力と革新性に着目し、一度に五百挺もの大量註文をした男など、織田信長ただ一人だったといってよい。当時としては、狂気の沙汰とみられても無理はなかったろう。

「信長はみずから毎日、鉄炮の射放《いはな》ちを稽古《けいこ》いたしておりますわい」

鉄炮のことを知悉《ちしつ》したいがためであろう、と義輝は察した。鉄炮という武器は扱い方次第で従来の合戦法を覆《くつがえ》す強力兵器になるとの確信がある義輝だけに、信長の鉄炮狂いの意味を容易に理解できる。

「鯉九郎《こいくろう》は、信長のような男を探していたのではないのか」

義輝は浮橋に水を向けた。もう何年も前から、浮橋は鯉九郎の命をうけて、将来の義輝政権の輔佐《ほさ》をつとめるべき人物を、諸国に求めて飛び回っている。

これには、意外にも浮橋は、真面目《まじめ》な顔をして、頭《かぶり》を振ってみせた。

「織田信長は、淵《ふち》に蟠《わだかま》る竜」

「機会を得れば、天に昇るか」

「御意」

天に昇るということは、頂に立つということにほかならぬ。つまり、おのれより上はない。となれば、輔佐役など思いもよらぬ。

「さほどに傲岸不羈《ごうがんふき》の男か」

「或《あ》いは、大海を知らぬただの田舎《いなか》小名」

「面白い」

「おやめあそばされよ。お近づけなさらぬほうがよろしいかと存じますわい」

　暢気《のんき》そうにみえても、諸国のあらゆる事情に通じている一流の忍び浮橋が、ここまで云うからには、織田信長はよほどに危険な男なのであろう。

「乱世だ、浮橋」

「へ……」

「へ、ではない。余人には気狂いとみえることでも平然とやってのける。それほどの者でなくて、この戦国の世を鎮《しず》めることができると思うか」

　現在の畿内《きない》の覇者三好長慶《みよしながよし》は、慥《たし》かに有能だが、六郎晴元《はるもと》への対応の仕方が端的に示すように、諸方へ配慮するあまり、何事もほどよいところで収めようとする傾きがある。服さぬ者を、徹底的に叩《たた》き潰《つぶ》すという冷酷さ、果断さに欠ける男といえよう。だから、いつまでたっても、反対勢力が、あちこちに跋扈《ばっこ》し、かえって収拾がつかないのである。

「ははあ。なれど、乱世が終わってしもうては、忍びの者は用なしになりまするなあ」

「案ずるな。そちは生涯、わが家来だ」

「これはまた骨の折れることで」

それでも義輝が織田信長に会うのは、今ではない。斎藤道三が待望するように、信長が尾張一国をその掌《て》に摑んでからでなければならぬ。たとえ竜駒《りょうく》であっても、織田一族の長として一国を統《す》べることもできないような男に、乱世に終止符を打つ輔《たす》けとなってもらう価値はない。

「では、今夜はこれにて」

浮橋は、立ち上がりかけて、思い直し、ちらりと義輝の表情を窺《うかが》った。

「どうした」

「いささか申し上げたき儀が」

「申してみよ」

「諏訪御寮人には、くれぐれもお気をつけあそばしますように。武田晴信どのを憎んでいる女人にございますゆえ」

そこで浮橋は、諏訪御寮人の生い立ちと、御寮人が晴信の側室になった経緯《いきさつ》を、手短に話した。

「ところが、武田晴信どののがほうは、諏訪御寮人への寵愛《ちょうあい》ひとかたならぬとか」

「では、あの御寮人は、わしの腕を見込んで、晴信を殺させようとでもいうのかな」

「大樹《たいじゅ》。滅多なことを」

「ははは。浮橋らしくないぞ。そう事あるごとにわしの心配ばかりしていては、旅寝がたのしくなかろう」

「致し方もございませぬわい。朽木《くつき》の若《わか》のお怒りの顔が、夢にまで……」

「わかった、わかった。鯉九郎をもちだされては、わしも弱い。躑躅ケ崎には長居をすまい」

「では、御免こうむりまする」

このときはまだ、義輝はもちろん、浮橋にしても、武田晴信の住まう躑躅ケ崎館《やかた》が、二人にとって死地になろうとは夢想だにしていなかった。

二

諏訪御寮人の一行が甲斐府中に到着したのは、諏訪を発してから五日後のことである。府中城下町の出入口に、汗を光らせた迎えの一隊が待っていた。

この町の夏は、京都に劣らぬ暑さだ、と義輝は感じた。それでも、前夜の雨に濡《ぬ》れて鮮やかに色づいた紫陽花《あじさい》が、眼だけでも和《なご》ませてくれた。

出迎えの一隊の先導で、義輝らは、左右に町屋の立ち並ぶ緩やかな坂道を上っていく。その家並みも、途中から武家屋敷のそれに変わる。当時の甲府は、江戸期の繁栄には及ぶべくもないが、戦国乱世の守護所の所在地として、堂々たる風格を具《そな》えていた。

「城下をご覧になれば、領主の政治がどのようなものか、概《おおむ》ね察しがつきましょう」

いつだったか、鯉九郎がそう話してくれたことがある。武田晴信はなかなかの人物らしいな、と義輝は思った。

ほどなく躑躅ケ崎に到着した。甲府は、相川（笛吹川の支流）の土砂の堆積によって形成された土地だが、その北辺に、三方を山に囲まれて躑躅ケ崎館は建っている。現在の武田神社のあたりである。

武田節に「人は石垣《いしがき》、人は城」とあって、晴信のちの信玄は、甲府に一城も築かなかったようにいわれるが、それは誤りであろう。策謀家で要心深い武田信玄が、本拠地をそのような無防備な状態においておく筈《はず》がない。この躑躅ケ崎館にしても、建物や庭に貴族趣味的なところがあるものの、東西約二百八十メートル、南北約百九十メートルの内郭の周囲に、高さ三〜六メートルの土塁と、幅広く深い濠《ほり》をめぐらせた平《ひら》城《じろ》である。そして、北東二・五キロの丸山（要害山）の詰め城をはじめ、周囲の山にいくつかの山城を築き、通信網として狼煙《のろし》台も設けてあった。つまり備えは万全だったのである。

躑躅ケ崎館は、東側に角馬出《うまだし》を設けた大手口が開かれている。諏訪御寮人の一行が、その手前まできたとき、郭内から烈しい口論の声が聴こえてきた。

「ふん。些細《ささい》なことで騒ぎ立ておって。孫子《そんし》の旗が泣こうわい」

「なんだと。盗《ぬす》っ人《と》たけだけしいとは、おのれがようなやつのことじゃ」

「盗っ人の家来共に盗っ人呼ばわりされるとは、この石見坊玄尊《いわみぼうげんそん》も地に堕《お》ちたものよ」

「盗っ人の家来とは、いかなる意味だ。返答によっては、そのままにはおかぬぞ」

「おぬしらの主、武田晴信は、実の父親を放逐《ほうちく》して、甲斐一国そっくり盗みとった。天下に隠れもなき大盗っ人ではないか」

「おのれは……お屋形さまへの悪口はゆるせぬ。首、刎《は》ねてくれる」

「おう、やってみせよ。御仏《みほとけ》に仕《つか》える身に施しを惜しむような腐れ武士に、わが首を見事に刎ねられるか」

「御仏がきいてあきれるわ。この破戒坊主めが」

あわやというところで、大手口から郭内へ入った許《ばか》りの真田幸隆が、これを制した。

館の警備の者たちが詰める御弓番所の前で、その騒動は進行していた。

「騒がしいぞ」

「これは弾正忠さま」

番士たちは皆その場に控えるが、渠《かれ》らに破戒坊主とよばれた石見坊玄尊は、後ろ手に縛《しば》られ、大胡座《おおあぐら》をかいた恰好《かっこう》で、真田幸隆を睨《にら》みあげた。

坊主というが、一見しただけでは、それと分からぬ。汚れきってぼろぼろの着衣からは、長く野太い手足が剝《む》き出しになっており、もとが僧服だったと辛うじて判別できる程度だ。頭髪も長く剃《そ》らずにいるのであろう、三寸ほども伸びていた。

その玄尊の横には、がりがりに痩《や》せた色の黒い男の子が、やはり縛《ばく》されて座っている。眼ばかりが大きく、昆虫みたいな印象だが、その眼は洗ったようにきれいであった。

義輝は、その坊主と色黒の少年をちらりと見てから、大手口を入ってすぐ左側にひろがる馬場へ、視線を転じた。土手に仕切られているが、その高さは四尺ほどしかないから、全体を見渡すことができる。南北に長い馬場の真ん中あたりで、一頭の馬の背に、数人掛かりで鞍《くら》を置こうとしているのが、遠目にも見分けられた。

(悍馬《かんば》だな……)

鞍をつけさせまい、と義輝は予想した。

「どうしたというのだ」

幸隆が番士に問うた。

「は。こやつら、この昼日中に、お屋敷内の厨《くりや》に忍び込み、にぎり飯を三十も食らいおりました不届き者にございます」

「まだ二十しか食うておらん」

と玄尊が訂正した。なるほど、無精ひげに点々と白いものがくっついているが、まさしく米粒である。

「しかるに、こやつら、盗みを悔いるどころか、かえって悪罵《あくば》の限りを尽くしおるので、ただいま首刎ねてくれようかと……」

番士に終わりまで云わさず、やにわに幸隆が怒声を降らせた。

「ばかもの」

番士らは、びくっと首を竦《すく》める。怒られる理由が分からない。

「おのれらは、この昼日中に、これほど図体のでかい余所者《よそもの》がお屋敷うちへ忍び入り、にぎり飯を二十も三十も盗み食らうまで、気づかなんだと申すのか」

漸《ようや》く番士らは、幸隆の怒りの意味を理解し、恐れ入ったようすを示す。慥《たし》かに職務怠慢である。

「首刎ねられるのは、おのれらのほうだ」

番士ら全員、悔恨と恐怖に身を硬《こわ》ばらせたが、それを幸隆は無視して、玄尊と少年に視線を当てる。

「そのほうら、腹が空いたからとて、守護所へ押し入るとは、ちと頭《つむり》が足りぬな。坊主なら、物乞《ものご》いをいたせばよかろうに」

「物乞いするくらいなら、餓死《がし》いたすわ」

玄尊はなぜか胸をはってみせる。

「武士でもないのに、おかしなことを云うやつだ。それとも、そのほう、或《あ》いはどこぞの間者《かんじゃ》か」

間者とは、今日でいうスパイのことである。途端に、玄尊がむっとした顔つきになる。

「真田どの。間者などではありませぬよ、その坊主は」

と義輝が横から割って入った。

「ほう、霞どの。何故《なにゆえ》に、こやつが間者ではないと申される」

「善人の眼をしています」

義輝は、玄尊の前まですすんで、微笑をもって、その双眼をのぞきこんだ。

玄尊は、見知らぬ若者のひどく無邪気な態度に、びっくりしたものか、やや狼狽《ろうばい》気味に顔を伏せてしまった。

少年のほうは、小首を傾《かし》げる。義輝が笑顔を向けると、大きな眼をぱちくりさせた。

「町屋や百姓の家を荒らすのは、非道。またご城下でそのようなことを起こせば、武田晴信公のご威光に傷をつけることにもなる。そう慮《おもんぱか》れば、押し入るのはここしかない。ただし、自分たちにとっては命懸けになる。が、やむをえぬ。腹をへらしたまま地獄へ行っては、閻魔《えんま》とまともに戦えぬ」

そこまで一気に玄尊へ語りかけてから、

「そういうことではないのか、玄尊どの」

「な、なぜ、拙僧の名を」

玄尊は、自分が遜《へりくだ》った云い方になっているのに、気づかない。

「さっき喚《わめ》いていたろう、この石見坊玄尊も地に堕ちたと。一里も離れていてもきこえそうな大声だった。僧侶《そうりょ》としてよほどに修行を積んで鍛えあげた声と聴いた」

「こ、これは、恐れ入る……」

今し方までの元気はどこへやら、玄尊は蚊《か》の鳴くような声を洩《も》らし、大きな躰《からだ》を団子虫みたいに縮こまらせてしまった。

当人たちは知る由《よし》もないが、義輝と玄尊の出会いは、奇縁《えにし》というものであろう。鬼《おに》若《わか》というひねくれた糸を通じて、この二人は繋《つな》がっている。

玄尊を頭《かしら》とする叡山《えいざん》の荒法師衆と、無頼者をまとめて妓楼《ぎろう》を営んでいた鬼若との闘争は、最初は意地の張り合いから起こったものだが、やがて寺院の焼き討ちや、妓楼への殴り込みといった大事に至り、終《しま》いには血をみるようになった。だが、この両者の遺恨は、義輝によって右腕を断たれた鬼若が行方を晦《くら》ました後、互いに晴らしようがなくなってしまう。玄尊のほうも、あまりの乱暴狼藉《ろうぜき》が師の怒りをかい、ほどなく破門されたのである。

ともあれ、玄尊の遽《にわか》の神妙な態度に、幸隆まで笑いだしてしまった。

「両人とも牢につないでおけ。坊主のほうは力がありそうゆえ、金掘りでもやらせれば役に立とう」

番士らは困惑の態《てい》であった。守護館へ盗みに入った者を、極刑に処さぬ法はない。

「案ずるな。このことは、お屋形さまと、おぬしらの宰領に、わしから伝えておく。おぬしらにも咎《とが》めなきよう計らおう」

幸隆は請け合った。このあたりは、さすがに戦国武士といえよう。義輝の花のあるとりなしに、実をつけて、この場に清々しい結着をつけたのである。

「お屋形さまは、馬場にて、馬責めをなされておられまする」

奥小姓らしい前髪立ちの者がやってきて、真田幸隆にそう告げた。

「それがし、これより御前へ挨拶《あいさつ》に罷《まか》り出るが、お屋形さまに霞どのがことをお話し申し上げる。暫時《ざんじ》、これにて待たれよ」

よしなに、という義輝の返辞に頷《うなず》いてから、幸隆は、諏訪御寮人に随って、馬場の出入口のほうへ向かう。

「卒爾《そつじ》ながら……」

玄尊が、引っ立てられる前に、義輝へ声をかけた。

「そこもとのご尊名を承《うけたまわ》りたい」

「霞新十郎。おぬしと同じ、牢々《ろうろう》の身さ」

馬場より、甲高い嘶《いなな》きが轟《とどろ》き、

「お屋形さま」

「妲己《だっき》を押さえよ」

その悲鳴と怒号が噴《ふ》きあがったのは、このときである。

玄尊は、眼を剝《む》いた。義輝が瞬時に身を翻《ひるがえ》し、馬場廻りの土手をひと跳びで躍り越えたからである。その迅《はや》さたるや、疾風《はやて》にもひとしかった。

三

馬術にも達した義輝の耳は、馬の嘶きが狂的な興奮状態を示すものだと聞き分けた。周りに人がいれば、踏み殺すに違いない。

案の定、馬場の中央で、総身、燃えるような赤毛の巨馬が、棹立《さおだ》ったり、後肢《あとあし》を高く蹴《け》りあげたり、首を烈《はげ》しく振ったりして、暴れ回っていた。妲己と名付けられたからには、牝馬《ひんば》に違いない。殷《いん》の紂王《ちゅうおう》の寵妃《ちょうひ》妲己は、残忍無比にして、天をも畏《おそ》れぬ悪行の限りを尽くしたことで、毒婦の代名詞とされる。

その背から振り落とされたのであろう、鞍と人とが、妲己の足元近くの地に転がっている。振り落とされた人は、足首を挫《くじ》きでもしたものか、立ち上がれない。

(武田晴信だな)

馬場に敷かれた砂の上を、滑るがごとくに走りながら、義輝は見当をつけた。

妲己をなんとか晴信から離そうと、屈強の家来たちが右往左往するが、かえってこの悍馬に翻弄《ほんろう》されている。血を流して倒れている者も数人おり、義輝が急接近する間にも、ひとり、尾髪のひと振りで吹っ飛ばされた。

遠巻きの人々の中に、弓矢を持ち出してきた者がある。

「弓矢はならぬ。妲己を傷つけるでない」

見咎《みとが》めて怒鳴りつけたのは、もっとも危険な場所にいる他ならぬ武田晴信であった。

妲己はよほどの名馬なのであろう。それにしても、今にも暴れ馬の馬蹄《ばてい》に踏みにじられそうな状況下で、周りが見えているとは、武田晴信、さすがに尋常の人ではない。

その冷静な晴信を驚かせたのは、妲己が棹立った一瞬を捉《とら》えて、その背へ跳び乗った者である。

義輝が鬣《たてがみ》にしがみつくのを見て、晴信は、地にあって手綱《たづな》をつかんでいる家来たちに、すかさず命じた。

「手綱をはなせ」

家来たちも躊躇《ちゅうちょ》しない。この場は妲己の背に跨《また》がった者に任せたほうがよい、と主君同様、素早く判断したのである。このあたりは、さすがに甲州騎馬軍団の者共といえよう。

伸びきっていた手綱が緩んで、義輝の手元へきた。義輝は、それを両手につかんで引き寄せるや、奥歯を嚙《か》みしめ、腹を張り、両股《りょうもも》に力を入れた。鐙《あぶみ》がないから、常人ならば股に力が入りきらぬが、義輝の強靭《きょうじん》な足腰は、妲己の背から脇腹《わきばら》へ吸いついている。

義輝は、最初は妲己の馬首を強引に転じさせた。晴信から遠ざけるためである。

義輝の思惑通り、妲己の怒りは、おのれの背にある人間へ向けられ、これを振り落とすことに全力を傾け始めた。その隙に、家来たちが晴信と怪我《けが》人を抱き起こして、馬場の一隅に建てられた亭《ちん》のほうへ逃げていく。

義輝と妲己の闘いは、小半刻《こはんとき》にも及んだ。人と馬、双方の体力の消耗戦ともいえたが、この激戦を制したのは、人のほうであった。

とうとう義輝は、妲己を意のままに御し始めた。褻道《けみち》、はしり、はやばしり、と速度を変え、馬場いっぱいに大きな輪を描いて妲己を廻《まわ》らせる。

「見事なものよ」

亭に据《す》えられた床几《しょうぎ》に腰を落ち着けていた晴信が、素直に感嘆の言葉を漏らす。すでに挫いた足の手当てを済ませていた。

「まことに」

と応じた真田幸隆は、義輝が妲己と闘っている間に、晴信のもとへ伺候《しこう》し、帰館の挨拶《あいさつ》を述べるとともに、諏訪社で起こった一件と、義輝のことを話し終えている。もちろん義輝のことは、廻国修行中の剣士霞新十郎なる者、と紹介するほかなかったが。

諏訪御寮人も、亭を去らず、義輝と妲己の烈しい闘いを、息を詰めて熱っぽい視線で見入っていた。

義輝が、背から下りて、長い平頸《ひらくび》を撫《な》でてやると、妲己は甘えるような仕種《しぐさ》をした。

すぐに走り寄ってきた御馬番へ、義輝は手綱を手渡した。

「もう鞍をつけても暴れぬでしょう」

そのどこやら気品の漂う義輝の容姿と物言いに、御馬番は、ごく自然に頭を下げ、礼を述べる。

「霞どの。これへまいられよ」

亭から、幸隆が声をかけた。

義輝は、ゆったりとした足取りで、亭のそばまですすむと、むろん廂《ひさし》の下へは入らず、地に折り敷いた。

「こちらにおわすが、甲斐守護職、大膳大夫武田晴信公にあらせられる」

義輝は無言で深々と頭《こうべ》を垂れる。許しがあるまで、直答はできない。

「よい、霞新十郎。面《おもて》をあげて、なんでも話せ」

晴信が鷹揚《おうよう》に許しを出す。

面をあげた義輝の顔から胸元へかけて、汗が光っている。健康な若者の体臭が匂《にお》い立つようであった。

その義輝の眼の前に、ふうわりと舞い落ちてきたものがある。紅梅染の手巾《しゅきん》であった。

「汗を拭《ぬぐ》いやれ」

投げて寄越したのは、晴信の横に席を設けた諏訪御寮人である。

義輝は、礼を述べると、手巾を拾いあげ、御免と断ってから、顔の汗を拭った。手巾には、香を薫《た》き染めてあるのだろう、甘い香りが鼻をついた。諏訪御寮人の体臭も混じっている筈《はず》である。

「あの妲己を乗りこなしたのは、霞新十郎、そのほうがはじめてぞ。あれほどの巧みな馬術、いずれの名人上手に習い覚えた」

「それがし、田舎者《いなかもの》ゆえ、師はおりませぬ。ただ父が馬好きゆえ、幼いころより、見よう見まねで鞍上《あんじょう》に遊んでおりましたのみ」

「うむ。それが大事よ」

乗馬などは、乗り方を習うよりも、まず馬に馴《な》れ親しむことから始めるのが、上手になる早道だと晴信は経験から熟知している。

「そのほう、信濃では、この諏訪の危ういところを助け、いままたこの晴信を危地より救うてくれた。礼をせずばなるまい」

「いずれも偶然のことにて、礼などご無用に願いまする」

「国主が恩知らずでは、民に示《しめし》がつくまい。何なりと叶《かな》えて遣《つか》わす。遠慮のう申せ」

お屋形さまの仰せじゃ、申されよ、と幸隆も口添えする。

「では」

と一息ついて、義輝は後ろを見返った。御馬番に曳《ひ》かれて、おとなしく厩《うまや》へ戻っていく妲己の後ろ姿を、視線の先に捉《とら》える。

晴信の表情が変わりそうになるのが、義輝には感じられた。妲己をもらいたいと申し出られたら、という不安が晴信の心によぎったのであろう。馬は戦国武士の命である。

晴信へ向き直った義輝の顔に、いたずら少年のような微笑があった。晴信の喉仏《のどぼとけ》が上下する。

「にぎり飯を二十盗み啖《くら》いおりました、あの破戒坊主と男の子をもらい受けとうござりまする」

あまりに意外な義輝の申し出であった。

わけが分からず、きょとんとしている晴信へ、幸隆が、急いで、玄尊の一件を語ってきかせた。

聞き終えた晴信は、喉首を反《そ》らせて、哄笑《こうしょう》を放った。

「霞新十郎、そのほう、おかしな男よ」

「恐れ入りましてござりまする」

「よい、よい。その坊主も子供も、そのほうが家来にいたすがよい」

「ありがたき幸せ」

義輝は、むろん玄尊らを家来にするつもりはない。なんとなく面白い二人組だったので、縛《いまし》めから解き放ってやりたいと思ったにすぎぬ。

「霞新十郎。思うさま、逗留《とうりゅう》いたせ」

四

その夜、城でいえば本丸にあたる中曲輪《なかくるわ》の主殿の広間で、酒宴《しゅえん》が催された。

武田二十四将といわれる甲斐軍団の錚々《そうそう》が幾人も居並び、晴信の妻妾たちも同席する華やかな宴《うたげ》に、一介の素牢人たる義輝も、末席ながら列《つら》なることを許された。

酒宴の途中で見世物《みせもの》があるのだろう、庭には舞台が設《しつら》えてある。

義輝は、宴席に全員が揃《そろ》ったところで呼び出され、皆に挨拶をしたのだが、そのときの義輝の挙措《きょそ》に、こういう場の作法をよく知るひとりの女性《にょしょう》が、

（水際立つとは、あのような……）

と息を呑《の》む思いをもった。晴信の正室三条ノ方である。三条家の左大臣公頼の息女《そくじょ》で、婚儀が調《ととの》った天文初年当時、これほどの名門公卿《くぎょう》の姫君が、地方へ輿入《こしい》れするというので、諸国の評判になった。そうした女性だけに、義輝の作法を弁《わきま》えた見事な挨拶の仕振りに瞠目《どうもく》したのだといえよう。

列座の武田の部将たちは、義輝の作法の見事さより、その男振りの清々しさに惚れ込み、盛んに盃《さかずき》をとらせた。中には、夜叉美濃《やしゃみの》の異名をとる原美濃守虎胤《とらたね》のように、主君晴信をさしおいて、

「わが手に仕《つか》えてみぬか」

本気で申し出る者もあった。それで義輝に丁重に断られると、原虎胤はいかにも残念そうに、太いため息を吐いた。

「ことわられてよかったわ」

と晴信が、笑いながら云う。

「夜叉美濃の手に、霞新十郎のような豪の者がおっては、わしはおちおち床に就くこともできまい」

一同、どっと哄笑し、原虎胤も、これはきつい仰せじゃて、と皺首《しわくび》を撫でて苦笑する。この原虎胤は、信虎・晴信二代に仕える老将だが、一方で熱烈な日蓮宗徒であり、昨年、浄土宗徒との争いが起こったとき、主君晴信に改宗を迫られて服さず、相模《さがみ》の北条氏康《ほうじょううじやす》のもとに逸《はし》ったが、今春の甲駿相三国同盟の成立を機に帰参した。実は、今夜の酒宴は、原虎胤の帰参祝いも兼ねている。

（晴信と虎胤、この腹蔵《ふくぞう》のなさはどうだ）

義輝は感心せざるをえない。一時、決裂したことが、主従の絆《きずな》をかえって強めたとしか思われなかった。

（六郎晴元と三好長慶も、こうはいかぬものかな……）

ふと京へ思いを飛ばせた義輝の耳に、晴信の上機嫌の声が届く。

「皆に、これより、めずらしき踊りをみせて遣わそう」

晴信がそう云っただけで、皆がやんやの拍手をする。酔いが回りはじめたらしい。

「はじめよ」

晴信が命ずるなり、戸を取り払った広間の前にひろがる庭から、高く笛の音《ね》が鳴り、夏の夜気を顫《ふる》わせた。

燭《しょく》を灯《とも》した舞台中央に、踊り手の一組の男女。

女は、商家の女房ふうの装いで横座り、少しはだけた胸元へ夏扇で風を送っている。当時の常識では、かなり淫《みだ》らといってよい。三条ノ方が眉《まゆ》をひそめたのを、義輝は遠く末席から気づいた。

女の横に、こちらへ背を向けて立つ男は、両腕を高く差し上げて、白い小袖《こそで》を頭からひっかけ、全身を被《おお》っている。鞘《さや》の鐺《こじり》の突き出ているのが、小袖のふくらみで分かった。

囃子方《はやしかた》は舞台奥に、笛・鼓《つづみ》・大鼓・太鼓が居並び、謡《うた》い手は二人。

鼓の音が加わり、謡いが始まった。亭主のいない留守、早く愛《いと》しいあの男がきてくれないかしら、女は妖《あや》しく胸をときめかせている、といった歌詞であった。随分きわどい内容と云わねばなるまい。

踊り手の男が、白い小袖をふわっと投げ棄て、こちらへ振り返った。広間の見物衆の、はっと息を呑んだ音が、はっきり義輝の耳に聞こえた。

（婆娑羅《ばさら》な……）

京という文化の先進地に生まれ育った義輝にさえ、それは眼を瞠《みは》らせる扮装《ふんそう》であった。

金更紗《きんさらさ》の袖無し胴着を唐織《からお》りの小袖に重ね、黄金の鎖と十字架《じゅうじか》と水晶《すいしょう》のロザリオで胸元を飾り、白鮫鞘《しろざめざや》に黄金造りの鐔《つば》の太刀《たち》を佩《は》き、これも金の張鞘の大脇差《おおわきざし》をはね差しにしている。腰の回りには瓢簞《ひょうたん》やら巾着《きんちゃく》やら鉄炮《てっぽう》の火薬入れやらまで吊《つ》るすという、なんとも派手というか、異風の極みといえた。

ちなみに、フランシスコ・ザヴィエルが来日したのは五年前のことである。滞日二年余りの後、目的を果たせず、こころざし虚《むな》しく離日したザヴィエルだが、日本に数百人の信者をつくった。

義輝は、ザヴィエルに会って入信したという商人から、南蛮人の信ずる神の話をきいたさい、更紗を献上され、ついでに十字架とロザリオをみせてもらったことがある。何やら心うたれるものがあったことを、義輝は今も憶《おぼ》えている。

婆娑羅な扮装の男が、鼓の打つ拍子《ひょうし》に合わせて、舞台奥から前へ出てくる。若々しく、女と見紛《みまご》う細面《ほそおもて》の顔と、華奢《きゃしゃ》な躰《からだ》つきの持ち主であった。

義輝は、宴席の最末席ゆえ、庭の舞台にはいちばん近いところにいる。婆娑羅ぶりの若者の顔がよく見えた。

（はて……）

どこやら見憶《みおぼ》えがある。どこで会ったものか。義輝は凝《じ》っと瞶《みつ》めた。

（憶《おも》いだせぬな……）

歌詞が一層淫らなものになり、若者が商家の女房を口説き始めた。亭主も家も棄て、わたしと一緒に逃げようという。二人の仕種は、煽情的《せんじょうてき》でありながら、どこか滑稽《こっけい》でもあり、その妙味に見物衆はすっかり引き込まれている。笑いも起こった。

軈《やが》て若者が、義輝のほうへ顔を振り向けた。双方が、瞶め合ったのは、ほんの一、二秒であったろう。そのわずかの時間に、義輝は二度の驚きを味わった。

（あれは女だ）

男装の女の双眼がなぜか大きく見開かれ、次の動作へ移るときには、その頰《ほお》から首へ紅《べに》が散っていた。義輝の二度目の驚愕《きょうがく》は、このときのことである。女の仕種の中に、少女時代の俤《おもかげ》が重なったのである。

（真羽《まは》）

義輝は、わずかに身を乗り出した。膚《はだ》が粟立《あわだ》ち、胸は高鳴った。

（いや、まさか……）

ありえぬ、と否定しつつも、男装の女を食い入るように凝視する。

慥《たし》かに女が、真羽だという確信はもてぬ。七年も会っていないし、それだけの歳月があれば、若いころは驚くべき変貌《へんぼう》を遂げる。義輝自身がそうであった。少女時代の真羽の俤を一瞬、想起させたからといって、同一人物と決めつけるのは愚かしい。それに考えてみれば、義輝と真羽が近江《おうみ》坂本の常在寺で共有した時間は、たった十日ばかりの短さにすぎなかったではないか。

義輝は今、自身に問うてみる。

(お前は、真羽の顔をはっきりと憶えているのか……)

憶えてはいまい。だが、女のほうも驚いた表情をみせたではないか。

(もし真羽だとして、何故《なにゆえ》この武田館にいる。或《あ》いは、芸能の徒となって、漂泊《ひょうはく》の旅をしているのか)

この間に、見物衆の間にも漸《ようや》くざわめきが起こりつつあった。

「あれは女子《おなご》ではないのか」

「おぬしも、そう思うか」

「何やら妙な気分になるわい」

そういう会話が交わされている。広間奥の中央に座す晴信だけが、にやにやと悪戯《いたずら》小僧《こぞう》のような笑みを浮かべていた。やっと分かったか、とでも云いたげである。

商家の女房が散々迷ったあげく、婆娑羅武士と逃げる決意をし、手に手を取り合ったところへ、舞台奥の幔幕《まんまく》をあげて、亭主が入ってきた。嫉妬《しっと》に狂った亭主が、婆娑羅武士の胸倉につかみかかる。それをはねのける婆娑羅武士。その襟《えり》が乱れて、紅梅の肌着と、抜けるような白い胸元が見物衆の眼にさらされる。誰《たれ》かが、ごくりと生唾《なまつば》を呑み込んだ。

踊りはいよいよ佳境に入ったとみえたのに、突然、座を立った者がある。

「奥《おく》」

晴信の叱声《しっせい》がとばされたが、三条ノ方はかまわない。袿《うちぎ》の裾《すそ》を引きずりつつ、なかば走るようにして、庭に面した縁まで出ると、舞台へきっと鋭い視線を投げつけた。

「やめよ」

切り裂くような一声は、舞台を凍りつかせるに充分な迫力があった。さすがに名門公卿の出を思わせる毅然《きぜん》さがある。舞台の者たちは、直《ただ》ちに踊りも謡いも囃子もやめ、それぞれの場所に平伏した。

三条ノ方は、いったん夫の晴信を凄《すご》い眼で返り見てから、挨拶もせずに立ち去ってしまった。侍女たちが、おろおろしながらあとを追う。

座は一瞬にして白けた。

が、さすがに武田晴信は、並の神経ではない。おかしそうに、笑い出した。つられて笑い声をあげたのは、原虎胤である。

「お屋形さま。今夜は御台《みだい》さまの血の道をお慰めして差し上げねばなりますまいて」

三条ノ方には刺激が強すぎた、その興奮を鎮めるには抱いてやるしかない、と虎胤は云っている。後世の感覚からすれば、家臣が主君に向かって云うべき言葉ではないが、この時代の主従というものは、これくらいくだけていた。

「たわけ」

口とは裏腹に、晴信は笑い顔のままである。云わずもがなのことを云うな、ぐらいの意味合いであろう。

つまり晴信は、今夜ははじめから三条ノ方を抱くつもりでいた。何故《なぜ》なら三条ノ方が、お屋形さまは今夜は帰館したばかりの諏訪御寮人と枕をともにされる、と思い込んでいるからであった。

なんといっても諏訪御寮人は、晴信の側妾《そばめ》の中でも寵愛《ちょうあい》随一の女性である。それが長旅から戻ってきたのだから、晴信はすぐにでも抱きたい筈。そう思う嫉妬《しっと》があればこそ、あの慎《つつし》み深い三条ノ方が、遽《にわか》に怒りを発したのである。淫らな踊りを見物したことは、そのきっかけとなったのにすぎぬ。

そんな三条ノ方の寝所《しんじょ》を、今夜晴信が訪れることは、正室の自尊心を満足させる。

側妾は所詮《しょせん》、側妾にすぎぬ、わが生涯の伴侶《はんりょ》はそなた一人ぞ、というわけである。今《いま》頃《ごろ》、三条ノ方は自分の大人げない中座を後悔している筈だから、晴信は尚更《なおさら》訪れねばなるまい。

一方の諏訪御寮人に対しても、晴信はやさしさをみせる。長旅の疲れがとれるまでは、ゆるりと躰をやすめるがよい。実は、酒宴の途中ですでに、その言葉を諏訪御寮人にかけておいた。

武田晴信、のちの信玄は、後世、何かと越後《えちご》の上杉謙信《うえすぎけんしん》と比較されて、謙信の生涯不犯《ふぼん》に対して、放埒《ほうらつ》なまでに好色だったといわれる。好色は事実だったろうが、無闇《むやみ》に女体を漁《あさ》っていたわけではない。女性には随分と気を遣ったのである。

「お屋形さまと御台所さまの仲睦《むつ》まじきことこそ、お国の繁栄のもとにござる」

たわけと叱《しか》られたのにもかかわらず、虎胤が大きな声で云った。さよう、さよう、と列座の者一同が和し、わあっと明るい笑い声が広間にはじけた。

義輝も、隣の者に背中をどやされて、仕方なく笑う。

いかなるときでも、義輝の剣士としての本能は停止していない。庭のほうから飛んできたものを、振り向きざまに左手に摑《つか》み止めた。銭の触れ合う音がした。布袋《ぬのぶくろ》ではないか。鮮明に記憶に残っている。

「ああ……」

おぼえず義輝の唇から、溜《た》め息が洩《も》れた。あの夏の終わり、常在寺の小さな桟橋から小舟で、坂本の船着場へ出かける真羽に、義輝が投げ渡したものに紛れもない。義輝が真羽を見た最後のときであった。

義輝は、再び舞台へ視線を戻す。

平伏していた男装の女が、ひょいと頭だけ起こした。

「真羽……」

義輝の万感の思いがこもったその呟《つぶや》きは、武田武士たちの笑い声に掻《か》き消される。

真羽が、ぺろりと舌を出した。

第六章　烈女たちの夜

一

義輝《よしてる》の宛《あて》がわれた宿所は、中曲輪《なかくるわ》の庭園の南西隅にある二層式楼閣建築の亭《ちん》であった。

真田幸隆の話では、八代将軍足利義政《よしまさ》の観音殿《かんのんでん》（洛東慈照寺の銀閣）に倣《なら》ったものらしく、晴信《はるのぶ》はよほど気に入った者しかこの亭に泊めぬという。足利義政といえば、義輝にとっては、曾祖父政知《そうそふまさとも》（堀越公方《ほりごえくぼう》）の兄にあたる。

義輝は、むろん本物の観音殿を知っているが、そんなことはおくびにも出さぬ。厚遇を謝したのみであった。

夜具の用意された上層は、三・三間《けん》（約六メートル）四方ほどの板敷きの部屋になっており、三方に花頭窓が設けられ、室外の縁には勾欄《こうらん》をめぐらせてある。

義輝は、いったん縁へ出て、庭園を眺《なが》め下ろした。池の水面が、かすかにきらめいている。軽い酔いで火照《ほて》った膚《はだ》に、夜風は心地よい。

それから中へ戻った義輝だが、胴服を脱いだものの、袴《はかま》は着けたままで、夜具も敷き延べぬ。そのまま、明かりも灯《とも》さず、闇《やみ》の中に黙念と端座していた。

(真羽がくる)

その期待があった。だが、一方で義輝は、そういう自分をもてあましている。なんということだ、と思う。

(わしは、真羽のことを思い切った筈《はず》ではなかったのか……)

果たして、戸外に忍びやかな足音がして、ほどなく階段の軋《きし》む音が下から這《は》いのぼってきた。衣擦《きぬず》れの音が混じる。

身内はかっと熱くなり、胸の鼓動が大きな音をたて始める。義輝はうろたえた。

稍《やや》あって、芳香が匂った。昼間、馬場の亭において、諏訪御寮人が投げてよこした手巾《しゅきん》に薫《た》きこめられていたそれと同じ匂いである。義輝の動悸《どうき》は消えたが、

(諏訪御寮人が何の用か……)

かわりに好奇心が首を擡《もた》げた。

花頭窓から射《さ》し込む仄《ほの》かな外光に、裾《すそ》を引きずる女の姿が、ぼうっと浮き出る。手手《て》燭《しょく》も持っていないが、まさしく諏訪御寮人であった。

　諏訪御寮人は、義輝の眼前に立つと、袿《うちぎ》をはらりと足元へ脱ぎ落とした。下は、白い肌着一枚しか着けていない。

「霞《かすみ》新十郎。妾《わらわ》を欲しくはないかえ」

　切なげな吐息《といき》と一緒に、諏訪御寮人の唇からねっとりとした声が滴《したた》り落ちる。それだけで、若くて健康な男なら、躰《からだ》の敏感な部分を撫《な》であげられたような強烈な刺激をおぼえて、蕩《とろ》かされずにはいられまい。その女が、一国の国主を夢中にさせているほどの名家の美姫《びき》ともなれば、尚更のことであろう。

　そして、諏訪御寮人自身にも、その計算があったのに違いない。義輝の返辞を待たずに、妖艶《ようえん》な笑みを投げて、

「欲しくば、やろうぞ。妾の願いを聞き届けてくれたら」

と言葉を接《つ》いだ。すると義輝が、たまりかねたものか、やにわに諏訪御寮人の両脚に抱きついた。

「そうであろう。妾には分かっておった。新十郎は、諏訪の御社で妾を見たときから、妾を欲しいと思うたのであろう」

義輝は、諏訪御寮人の躰を横抱きにし、重なって板床へ倒れ込んだ。

「待ちやれ、新十郎。それは、妾の云うことをしてのけて後のこと」

「何をせよと仰せられる」

諏訪御寮人を掻《か》き抱いて、義輝はかすれた声で問う。

「いかようなことでも、肯《き》くか」

「御寮人さまがわがものとなるのなら」

「されば……」

諏訪御寮人は、熱い吐息を義輝の耳に吹きかけた。そのさいに、おそるべきことを囁《ささや》いたのである。

「なるほど」

ふいに義輝の声音が、平常のそれにかわった。

「諏訪御寮人。いまの話、聞かなかったことにいたしましょう」

義輝は、やおら起き上がり、諏訪御寮人に手を差しのべた。実は義輝は、諏訪御寮人が願いがあると云《い》ったので、それがどんなことなのか聞き出してみたくなって、色香に迷ったふりをしたのにすぎぬ。

義輝の手は、繊手《せんしゅ》によって払いのけられた。諏訪御寮人は、眸子《ひとみ》に屈辱と怒りの炎《ほむら》を燃やして、義輝を睨《にら》みあげている。

（やりすぎたらしい……）

有無を云わせず追い出せばよかったか。義輝は、いささか後悔した。

諏訪御寮人が、刀架《とうか》へ腕を伸ばし、義輝の脇差《わきざし》に手をかけた。

「見苦しゅうござりましょうぞ」

義輝は、たちどころに諏訪御寮人の手を押さえている。

「お父上が滅びたは、武門のならい」

ぴしり、と義輝は告した。

諏訪御寮人の美しい面が悲しげに歪《ゆが》んだ。たちまち涙が吹きこぼれる。

（哀れな……）

この女性《にょしょう》も、戦国の世の犠牲者なのだ、と義輝は思う。一国の国主の側室という、傍目《はため》には栄華と映る身分でも、その実は、父を殺した男の囲い者にすぎぬ。怨《うら》みを晴らしたいと思うのは、人の情として当然のことではあるまいか。

しかし、怨みを晴らすにも、晴らし方というものがあろう。諏訪御寮人のそれは、陰湿にすぎる。

諏訪御寮人は、裾から白い脛《はぎ》を出したあられもない恰好《かっこう》で、義輝の脱いだ胴服の上に顔を押しつけて泣きじゃくった。さすがに声を殺してはいるが、それだけに一層、痛々しい姿と映る。

義輝は、泣きやむのを待つ。

軈《やが》て、漸《よう》く自制心を奮い立たせたものか、泣きやんだ諏訪御寮人は、立ち上がった。そして脱ぎ棄てておいた袿を着けて、身仕舞いすると、義輝を振り返りもせず、無言で階段を下りていったものである。

(ここには長居できぬ)

義輝は、深々と溜め息をついた。

外から聴き慣れた声が忍び入ってくる。

「大樹《たいじゅ》……」

「浮橋《うきはし》か。よいぞ」

ほっとしたような義輝の声音であった。杉戸を開けて、浮橋の黒影が這入《はい》り込む。

「大樹。いま出ていかれたのは、諏訪御寮人のようでございますな」

「うん」

ばつが悪そうに頭をかいてから、義輝は、忠告が身にしみた、と笑った。数日前に浮橋から、諏訪御寮人には気をつけるように、と釘《くぎ》を刺されたばかりだったのである。

「何か悪事をたのまれましたな」

布袋《ほてい》顔の浮橋の、眼《め》だけが微《かす》かに鋭い光を帯びた。

「十七歳の若者を殺《あや》めてくれと」

「太郎義信《よしのぶ》さまで」

さすがに浮橋である。義輝は頷《うなず》いた。

武田太郎義信は、晴信と正室三条ノ方との間に生まれた甲斐《かい》武田宗家の嫡子である。すでに元服を済ませ、駿河《するが》の太守今川義元《よしもと》の息女《そくじょ》を妻に迎えている。先刻の酒宴《しゅえん》に、義信は父晴信と並んで座っていたが、義輝から見て、さして気になる若者ではなかったので、印象は薄い。義信夫妻は、この躑躅《つつじ》ケ崎館では、晴信の居住する中曲輪とは、水濠《みずぼり》で隔てられた西曲輪を住まいとしている。

これは随分と先の話だが、武田義信は、妻の実家今川家が、当主義元を織田信長に討たれて昔日の威勢を失っていく中、信長打倒を父晴信に迫って容《い》れられず、腹心と謀《はか》って叛《そむ》かんとするが、事前に事が露顕《ろけん》し、切腹させられてしまう。それによって、結果的には、諏訪御寮人の子の諏訪四郎勝頼《かつより》が、武田宗家を嗣《つ》ぐことになる。

だが、諏訪御寮人自身は、薄幸の人で、わが子が武田家当主になるより、はるか以前に没してしまう。

それはともかく、今の義信の跡取りとしての地位には、まったく揺るぎがない。

義信と同腹の男子は、他に二人いるが、ひとりは生まれついての全盲、もうひとりは病弱である。となれば、もし義信が死ねば、妾腹とはいえ晴信の四男である勝頼が嗣子《しし》と認められることは疑いがない。そう諏訪御寮人は考えたのである。

女の身ひとつで、晴信を父の仇《かたき》として討つのなら、これは天晴《あっぱ》れである。しかし、牢人者《ろうにんもの》の手をかりて晴信の嫡子を暗殺した上で、わが子を武田の当主に据えようというのは、義輝が眉をひそめたように陰湿にすぎるやり方といえよう。むろん、事がうまく運べば、世の評価は違ったものになるかもしれぬが。

「もし、わしが仕遂げていたら、どうなったであろうな、浮橋」

「申すまでもなきこと。大樹のお命もございますまい」

諏訪御寮人は、義輝一身に義信殺しの罪を背負わせて、口封じのために殺してしまうに違いない。

「では、事が済んだあと、睦言《むつごと》の最中にでも、わしを殺すつもりだったのかな」

「それでは、時を移してしまいますて。諏訪御寮人は、大樹が義信どのを殺害なされたら、直《ただ》ちにその場で、諏訪家忠義の者たちに襲わせる手筈《てはず》だったに相違ございませぬ。おそらく大樹は、村上義清あたりが放った刺客ということで片付けられましょうわい」

　かつて北信濃に四郡を領した村上義清は、侵攻してきた晴信の武田軍団を二度まで撃破した実力者だが、信濃守護小笠原氏の没落と道連れに勢威を失い、昨年ついに越《えち》後《ご》に逃れて長尾景虎《ながおかげとら》（上杉謙信）の客将となった。だが、旧領奪回の執念は消えやらず、絶えず武田晴信の動静を窺《うかが》っているのである。

「なるほどなあ」

　義輝が真面目《まじめ》な顔で感心するので、浮橋は笑ってしまった。

（なんとまあ暢気《のんき》な……）

　だが、こうしてはおられぬ、と浮橋は思っている。義輝に大事を打ち明けてしまった諏訪御寮人のことが気にかかる。或《あるい》いは、今すぐにでも義輝へ刺客を差し向けてくるやもしれぬ。

　現実に浮橋は、人の気配を感じた。まだ遠いが、何者かが、足音を忍ばせてこの亭へ近づいてくる。

「大樹」

　浮橋の声に緊張が滲《にじ》む。

「浮橋らしくもない」

と義輝は笑う。

「あれは、女子《おなご》の足音だ。むろん諏訪御寮人ではない。それに害意もない」

「こ、これは恐れ入り……」

浮橋は、慚《は》じ入って、顔を赧《あか》らめた。刺客の心配をしていたまさにそのとき聞こえてきた足音だけに、浮橋ほどの者でも心気を乱されたものといえよう。

「なれど……」

諏訪御寮人でないとすれば、何者か。浮橋は暗がりに義輝の顔をのぞきこんだ。

「浮橋。姿を消せ」

「へ……」

「逢《お》う瀬《せ》をじゃまするな」

「た、大樹」

浮橋の眼がまるくなる。

「きょう、この躑躅ケ崎館にまいられて、はや女子衆にお手を……」

「そちの仕込みだ。おぼえのよい弟子だろう」

「な、な、なりませぬぞ。露顕いたせば、いかなる災いが……」

「案ずるな。この屋敷の者ではない筈だ」

「ない筈だとは、いかなることで」

「分からないということさ」

「大樹」

「もうそこまでまいっておるぞ」

　あっ、と浮橋は、ひと跳びで杉戸の前へ移動するや、義輝へちらりと恨めしげな視線を送った。が、すぐに、杉戸を細めに開けて、そこからするりと抜け出ていく。

　義輝は、階段の下まで来ながら、思い迷っているのか、なかなか上がってこようとしない人へ、穏やかに声をかけた。

「わしへの土産は買《こ》うてきたか」

　七年前の晩夏、真羽は、坂本の船着場へ買い物に出たまま、帰ってこなかったのである。静かな夜のことで、義輝の声は充分に下まで届いた筈であった。

　返辞のかわりに、階段の板が軋《きし》んだ。

二

「お久しゅうござりまする」

義輝が燭《しょく》を灯すのを待って、真羽はきちんと両手をついて挨拶《あいさつ》をした。その物言いと仕種《しぐさ》は雅《みや》びて、それでいてごく自然なものであった。
義輝はぽかんと口をあけてしまう。
「おかしゅうござりまするか」
真羽が小首を傾《かし》げる。美しかった。あの色の黒い、くしゃっとした顔ではない。そ
れなのに、俤《おもかげ》はぴたりと重なる。
（女とは不思議なものだな……）
圧倒されるような思いに戸惑いながら、義輝はおうむ返しに云っていた。
「おかしいさ」
真羽は、微笑する。
「公方さまが御存知のわたくしは、まるで山猿みたいな女子でござりましたものね」
うん、と義輝は頷く。山猿とは云わぬが、かなり割り引いても、真羽は野生児その
ものであった。それが今は、どうだ。地味な色合いの小袖《こそで》に帯をつけただけの装《なり》だが、
どこぞの大名の息女《そくじょ》だといっても通用しそうではないか。熊鷹《くまたか》に悪態を吐《つ》いたり、自
分を引っ立てようとする男衆の手足に噛《か》みついたり、ひとりで逞《たくま》しく舟の艪《ろ》を操った
りした真羽とは、あまりの落差があるといえよう。

「霞新十郎さまとか……」

「気随気儘《きずいきまま》の旅に出てみたくなったのだ。足利義輝では、それは叶《かな》わぬ」

「お供もお伴《つ》れあそばされずに」

「ひとりいるよ。影みたいな男だがね」

　義輝が、浮橋のことを、余人にこれほど不用意に告げたのは、初めてのことである。義輝は、そういう自分に気づかない。

　そこで、ふっと二人とも押し黙ってしまった。

（何を話せばいい……）

　義輝の頭の中は、にわかに空白になった。真羽がここへやってくると期待していたつい今し方までは、会えば話は尽きぬと思っていたのに、一体どうしたことなのか。

「わたくし……」

　真羽が、何か云いかけて、やめた。

「どうした、真羽」

「いいえ、あの……」

「話してくれ。今のわしは足利将軍ではない。そなたも申したように、霞新十郎という一介の牢人者なのだ」

ただそれだけのことを云うのに、義輝は躰《からだ》じゅうが火照《ほて》るのをおぼえている。

真羽は、小さく頷いた。

「わたくし、父の供をして、この躑躅ケ崎館へまいりましてござりまする」

「父……」

真羽は天涯孤独ではなかったか。

「養い親にござりまする。堺の商人で、橘屋又三郎《たちばなやまたさぶろう》と申します」

「橘屋とは、あの鉄炮又《てっぽうまた》とか申す……」

「御存知にござりましたか」

「いや、名を聞いたことがあるだけだ」

義輝は、言葉を濁した。橘屋又三郎とは、五日前、諏訪社の拝殿前で出会っている。だが、それを話せば、熊鷹のことも隠してはおけぬ。真羽と再会したばかりで、義輝は熊鷹の名など出したくなかった。

それにしても、これで義輝は、諏訪社での別れ際に、橘屋又三郎に対して後ろ髪ひかれる思いをもったことが、腑《ふ》に落ちた。

（神仏のお引き合わせかもしれぬ……）

心よりそう思わずにいられなかった。

「養父《ちち》は、日本中のお大名衆に鉄炮を売り歩き、わたくしも些《いささ》か手伝いを。こたびは、大膳大夫さまよりご註文を賜り、養父はひと足先に堺へ帰りましてござりまする」

「そなたは何故《なにゆえ》残っている」

「大膳大夫さまがあの踊りを痛くお気に召されましたので……」

真羽は、そう云って、帯の前にたばさんでいた扇子《せんす》を抜くや、ひょいと額《ひたい》のあたりにかざして見せる。

その仕種に、真羽の生来の野放図さがのぞいた。義輝の表情は、ふと和《なご》んだ。

真羽は、あわてて、扇子を帯へ戻した。その襟元《えりもと》から顔のほうへ、肌に赤みがさすのが、火明かりの中ではっきりと見えた。義輝は、どぎまぎする。

「舞台にあがっておりました人たちは、門付《かどづけ》の衆にて、旅の途中で道連れになりましてござりまする」

門付とは、人家の門口に立って音曲、踊り、万歳などの芸能を披露《ひろう》し、金品を貰《もら》い受けることをいう。

「わたくし、堺では手すさびに曲舞《くせまい》などをおぼえましたので、旅先のあちらこちらで、あの人たちに混じりまして……」

義輝は、あの婆娑羅《ばさら》な装《なり》と踊りは、きっと真羽みずから考え出したものに違いないと思った。

「そうではないか」

と試しに訊《き》いてみると、真羽は羞《は》ずかしそうに俯《うつむ》いて、はい、と小さく返辞をする。

「舞台からお姿を拝見致しましたとき、わたくし、遁《に》げだそうかと……」

「なぜそう思うた」

「わたくし、あられもない姿をしておりましたゆえ」

「それだけか」

「…………」

真羽は、義輝から眼を逸《そ》らせる。

「真羽」

義輝は、強《し》いて自身を奮い立たせ、訊くまいと思っていたことを、竟《つい》に口走った。

「何故、わしのもとへ戻ってこなかった」

真羽は、一瞬、どきりとしたようだが、深く項垂《うなだ》れることで、表情を隠す。たちまち義輝は後悔した。

「いや、よいのだ。詮《せん》ないことを訊いた。ゆるせ」

「ゆるせなどと……」

真羽が、面《おもて》をあげる。寂しげであった。

「お話し申し上げまする」

「話したくなければよいのだ」

「いいえ」

真羽は、ゆっくり頭《かぶり》を振り、小さく吐息をついた後、

「お信じあそばされぬかもしれませぬが、わたくしはあの日、坂本の泊《とまり》にて、鬼若《おにわか》と申す悪人にさらわれたのでござりまする」

と七年前の出来事から語り起こした。

「鬼若は、京にいかがわしき見世《みせ》をかまえておりました。わたくしは、そこへ連れて行かれ、土蔵につながれました。そこを、日吉丸《ひよしまる》と名乗る少年に助けられ、脱け出すことができたのでござりまする」

そのあたりのことは、すでに知っている義輝だが、口を差し挟むのを控えた。あのころの自分に対する真羽の気持ちを測りかねているのに、云うべきことではない。

「日吉丸は、尾張の百姓の子で、義父と折り合いが悪くて、家を飛び出したそうにござりまする。わたくしも他人《ひと》のことは云えませぬが、お猿さんそっくりの顔をした男子《おのこ》にござりました。それから半年ほど、二人連れ立って、摂津《せっつ》、河内《かわち》、和泉《いずみ》、大和《やまと》、

播磨《はりま》などを旅しました。日吉丸は、どういうものか、小商《こあきな》いをやるのが上手で……」

真羽の唇《くち》もとが微《かす》かに綻《ほころ》ぶ。思い出し笑いのようである。その風情《ふぜい》に、義輝の身内はまた、熱くなった。嫉妬《しっと》に駆られたというべきか。

「日吉丸のそうしたところが、今はわたくしの養父の橘屋又三郎の眼にとまり、二人して奉公がかなったのでござりまする」

真羽も日吉丸も、又三郎に大層可愛がられた。又三郎には子がなかった。やがて日吉丸は、立派な武士になる夢を抱いて、ひとり橘屋から去ったという。

「日吉丸は、必ず一国一城の主となって、わたくしを迎えにくると申していたそうにござりまする」

「真羽を迎えに……」

「はい。ご側室のひとりに加えていただけるらしゅうござりまする」

真羽は、またおかしそうに笑った。

義輝は笑えぬ。日吉丸にはもちろん会ったことはないが、その猿面をなんとなく想像できる。よほど愛嬌《あいきょう》があるのに違いない。

これで義輝には、真羽が歓喜楼《かんぎろう》を脱して、自由の身となった後も、義輝のもとへ戻ろうとしなかった理由を納得できた。

むろん柳営《りゅうえい》の下婢《はしため》暮らしが窮屈だったことも、戻りたくなかった理由のひとつに挙げられよう。だが、そんなことより、身寄りのない真羽が、おのれを命懸けで救ってくれた少年に想《おも》いを寄せ、これと行を共にしようと決意したとて、誰《たれ》がそのことを責められようか。

日吉丸の存在に関わりなく、もし真羽が義輝への思慕を微かでも抱いていたのなら、歓喜楼から脱出した後、そのまま行方を晦《くら》ましはすまい。真羽の身を案じているに違いない義輝に、一度なりとも会いに戻る筈ではないか。事実は、真羽は戻らなかった。一切の消息を絶《た》った。となれば、真羽は義輝に対して、最初から、さほどの想いを抱いていなかったことになる。

（わしの片恋だった……）

自身の長い間の想いをそう断じると、脳裡《のうり》にふとよぎった俤《おもかげ》があった。

（お玉《たま》……）

幼少期の義輝が母とも姉とも、そして恋人とも慕った侍女、お玉。もとはといえば、少女時代の真羽の面差《おもざ》しが、そのお玉を彷彿《ほうふつ》とさせたことから、義輝の感情は真羽へ傾いていったのである。

今の真羽は、十七、八歳なのだろうか。或《あ》いは、義輝と同じ十九歳か。いずれにしても、お玉とは似ていない。

（わしは幻に恋をしたのか……）

だとすれば、たいしたことではない。では、この胸の痛みは何なのか。鋭い刃物で、何度も抉《えぐ》られつづけているような、今のこの痛みは。

（幻ではない）

真羽は現実に眼の前にいる。お玉ではない女である。そして義輝は、紛れもなく真羽を恋《こ》うていた。

（今となっては……）

それでも、激情が衝《つ》きあげてくる。それを抑えこもうとするあまり、義輝の表情は一変していた。

「こわいお顔を……」

真羽が、微かに怯《おび》えたように云ったので、義輝は、はっとした。

戸外に大勢の乱れた足音が響いたのは、このときである。義輝は、立ち上がると、刀架《とうか》の大小を素早く取り上げた。

「公方《くぼう》さま。一体、何が」

「わからぬ」

かなりの人数らしい。もし斬《き》り込まれたら、この狭い室内では逃げ場がない。

「真羽。下りるぞ」

義輝は、真羽の手をとると、階段を駆け下りた。

二人が階下の踊り場へ下り立つと同時に、外からどっと人数が走り込んできた。戸外の者が何人か、立《たち》あかしを灯している。その火明かりを背にした者共の影は、曲者《くせもの》ではなく、武田の侍たちのものではないか。

「方々《かたがた》。何事にござる」

義輝は、問答無用の空気を察しながら、落ち着いて問うた。

「霞新十郎。迂闊《うかつ》であったな」

頭《かしら》立つ男が、義輝に向かって左腕を伸ばし、余の者に用意の火明かりを近づけさせる。その左手が、印籠《いんろう》を突き出してみせていた。義輝のものではないか。

「西曲輪に落ちておったわ」

「待たれよ。それは一体……」

「しらを切っても無駄だ。村上の狗《いぬ》めが」

男は、印籠をあけて、中から小さく折り畳まれた紙きれを取り出し、披《ひら》いてみせた。

「この村上義清の密書、おぼえがないとは云わさぬぞ」

村上義清は、武田晴信に領地の北信濃を奪われて、越後へ逃げた武将である。その間の経緯《いきさつ》を、義輝は、真羽の来る前に、浮橋から聞かされたばかりであった。

（そうか。諏訪御寮人だな）

先刻、諏訪御寮人は、義輝の脱いだ胴服の上に泣き伏したとき、印籠を盗んだのに違いない。そして、その印籠を刺客に託して、西曲輪の太郎義信を襲わせたものであろう。殺害現場に、村上義清の密書入りの義輝の印籠が落ちていれば、下手人《げしゅにん》は一目《いちもく》瞭然《りょうぜん》である。

「義信どのはご無事か」

肝心のことに義輝は触れた。

「こやつ、ぬけぬけと」

「ご無事かと訊《き》いているのだ」

義輝の叱咤《しった》には、気迫がある。

「ご無事に決まっておろう。貴様は、諏訪忍びの者に斬りたてられ、正体を暴かれずに逃げたはいいが、印籠を落としたのだ。天罰と思い知れ」

義輝は、ふっと唇もとを綻《ほころ》ばせる。

（浮橋。ようしてのけた）

太郎義信の命を刺客から救ったのが、諏訪忍びなどであろう筈がない。かれらは、諏訪御寮人の子飼いである。救ったのは、浮橋のほかにありえぬ。

「おのれ、この期《ご》に及んで、不逞《ふてい》なやつ」

武田侍は、義輝の笑みを、居直りとうけとったらしい。

「こやつを斬れい」

命令一下、武田侍たちが、一斉に抜刀した。戸外にまで溢《あふ》れた人数は、すでにこの亭を取り囲んでいるらしい。とすれば、十人二十人ではない。剣の天才義輝といえども、斬り抜けられるものではなかろう。

「お待ちなされて下さりませ」

真羽が前へ出ようとするが、義輝は押し止《とど》める。

「真羽。さがっておれ」

だが、真羽は、そうされながらも、口だけは動かした。

「何故、この御方をお斬りになろうとなされます」

「なんだ、女。そのほう、橘屋の……」

頭立つ者が、暗がりをすかし見て、驚いたように云った。

「そうであったか。女、そのほうも村上の間者《かんじゃ》だったのだな」

「何を仰せられます」

「かまわぬ。この女も斬り棄てい」

「皆様は、こちらにおわす御方をどなたとお心得か」

真羽の精一杯張り上げた声は、しかし、踏み込んできた武田侍の気合声に消されてしまう。その胴を、義輝は抜き打ちに払った。背打《みねう》ちである。武田の衆を殺したくない。

「真羽、よしたがいい。もはや何を云うたところで、この者たちは信ぜぬ」

もし信じてもらえたとしても、となれば諏訪御寮人の陰謀を話さねばならぬ。話せば、武田の家は動揺し、血で血を洗う内紛が起こるであろう。それは義輝の本意ではない。

「真羽、この場は、わしとともに遁《に》げるほかはない。離れるな」

「はい」

義輝は、あらためて真羽の手をとった。

「ゆくぞ」

三

濠の水面へ、高いところから一筋の湯水が注がれ、飛沫《しぶき》を散らしている。

「よい月よのう、小四郎《こしろう》」

路上に、天を見上げて、気持ちよさそうに呟《つぶや》いた大きな人影は、石見坊玄尊《いわみぼうげんそん》のものである。湯水と見えたのは、この巨漢の立ち小便であった。

玄尊の装《なり》は、昼間のみすぼらしいそれではない。僧衣は真新しいし、ひげも頭髪も青々と剃《そ》り落としてあった。傍らに立つ小四郎とよばれた少年も、どこぞの富裕な商家の子のような装をしている。

この二人は、霞新十郎の口利きで、死罪を免れたあと、いったん牢《ろう》に繋《つな》がれたが、一刻《いっとき》もたたぬうちに、真田幸隆がやってきて、放免じゃ、と宣されたのである。

「いかなる理由にござる」

不審顔の玄尊に、幸隆は、馬場で起こった出来事について話した。

「霞新十郎どのは、おぬしらを解き放ってくれよと申された」

「なんと」

二人に風呂をつかわせ、新しい衣類と路用まで用意させたのも、霞新十郎の慈悲だと玄尊はきかされた。

義輝が善人の眼《め》をしていると看破したように、玄尊は悪い男ではない。ただ、おのれの感情に正直すぎるあまり、ときに乱れることがあるのである。そういう男ゆえ、

(世の中に、霞新十郎どののような御方がいたのか……)

と素直に感動した。そのため、幸隆の前でも憚《はばか》らずに、おいおいと泣きだした。

「石見坊とやら。おぬし、これより心を入れ替えて、仏道の修行に精励いたせ。それが、霞どのへの唯一の恩返しであろう」

こうして玄尊と小四郎は、躑躅ケ崎館から解き放たれ、晴れて自由の身となったのである。

躑躅ケ崎館を出るときには、すでに玄尊の心は決まっていた。

(たとえ霞新十郎どのが迷惑だと申されても、この石見坊玄尊、家来にしていただく)

玄尊が、躑躅ケ崎館の周囲をうろついているのは、そうした理由による。霞新十郎が館から出てくるまで、何日でも野宿して待つつもりであった。

「さてと……」

立ち小便を終えた玄尊は、今夜のねぐらをどこにしようかと、あたりを見回す。

正面上方に、濠を隔てて、躑躅ケ崎館の中曲輪、南西角の土居《どい》と塀が聳《そび》えている。その向こうに、こけら葺《ぶ》きの屋根の上部がのぞくが、まさかに、その屋根の下を義輝が今夜の宿所としていることなど、外にいる玄尊は知る由《よし》もない。

小四郎が玄尊の袖を引いた。

左方に、馬出《うまだし》の土塁が見える。これは、西曲輪の南側の門の正面に、濠の土橋を隔てて築かれたものである。この門は普段閉じられたままなので、門番の姿はない。

「おう。あの土塁によりかかって寝るとしよう」

すると、突然、夜気を切り裂く怒号が、玄尊の耳に届いた。

「遁《に》がさぬぞ、霞新十郎」

躑躅ケ崎館の塀内からであった。思いの外、近い。理由は分からぬが、命の恩人が危地に追い込まれている。それだけで充分であった。

玄尊は、躊躇《ためら》うことなく、ざんぶ、と濠へ飛び込んだ。そうして、たちまち濠を泳ぎ渡り、ずぶ濡《ぬ》れの巨体を高い土居にとりつかせるや、意外に素早くこれをよじ登った。

それより迅《はや》かったのが、小四郎である。この少年の動きは、泳ぐのも走るのも、どこか獣じみていた。

塀を乗り越えるのは、たやすかった。この館は、本格の城郭《じょうかく》ではないので、忍び返しなどの備えがない。

木立越しに、火明かりが揺れ、何人もの人影が動き回るのが眺《なが》められる。

小四郎が木立を駆け抜け、鞠《まり》のように弾んで、いちばん手近の侍の頭に、後ろから蹴《け》りを食らわせた。

侍の取り落とした刀を、玄尊は拾いあげ、振り返った者を二人、つづけて斬った。だが、叡山《えいざん》随一と称された膂力《りょりょく》にまかせて斬りつけたせいで、刀は折れ曲がってしまう。

「玩具《おもちゃ》のような刀だわ」

玄尊は刀を投げ棄てた。僧兵時代は、途方もない重さの大薙刀《おおなぎなた》と大太刀《おおたち》を軽々と揮《ふる》っていた男だけに、大刀ならば少なくとも刃渡り三尺以上のものでなければ、かえって扱いかねる。

「何者だ」

「どこから入ってきた」

皆が巨漢の不意の登場に驚き始めた。

「昼間の盗人坊主と餓鬼《がき》ではないか」

誰かが、漸《ようや》く、そうと認めた。

「盗人ではない。昼餉《ひるげ》をよばれただけよ」

と玄尊は、ぬけぬけと嘯《うそぶ》く。

この折り、亭の屋内から、一組の男女が出てきた。男は、剣を八双《はっそう》にかまえて、武田侍たちを威嚇《いかく》しつつ、背後に寄り添う女にも気を配っている。

「おお、霞新十郎どの」

嬉《うれ》しそうに叫ぶや、玄尊は、武田侍をひとりつかまえ、そやつを楯《たて》にして、義輝のところまで達した。達するなり、楯とした侍の躰《からだ》を、いったん頭上まで高々と持ち上げたあと、これを敵に向かって放り投げた。玄尊の着衣から、細かい水飛沫《みずしぶき》が飛び散る。

「石見坊玄尊か」

さすがに義輝もびっくりした。玄尊は牢から解き放たれて、とうに何処かへ旅立ったと思っていたからである。

「拙僧、今日ただいまより、あなたさまの家来になり申した。たとえことわられたとて、ついてまいりますぞ」

「見ての通りだ。ことわることもできまい」

「ありがたき仰せ」

「ならば、玄尊。血路を開け。だが、武田の衆を殺してはならぬぞ」

「これはしもうた。はや二人ばかり、あの世へ送って進ぜ申した」

「あきれた坊主だな」

「お褒めにあずかり……」

「褒めてなどおらぬ。三人目はならぬぞ」

「かしこまって候」

玄尊は勇躍する。このころには、武田方の人数が増えて、足軽の鑓《やり》隊まで出張《でば》ってきていたが、これが玄尊にとって幸いとなった。

「嬉《うれ》しや」

玄尊は、言葉通り、本当に嬉しいのか歯をみせて、鑓襖《やりぶすま》に向かって五体を躍らせた。

そのあまりに無謀な動きに鑓隊は面食らい、足並みを乱す。玄尊は、ひとり突出してしまった足軽の、鑓の太刀打のあたりを、むずと摑《つか》むや、その躰もろとも手前へ引き寄せ、易々《やすやす》とこれを奪い取った。地へ転がった足軽は、玄尊に蹴《け》られて悶絶《もんぜつ》する。

玄尊は、鑓をりゅうりゅうと扱《しご》いて、

「これで戦いやすうなったわ」

大言を吐き、その言葉を証明するべく、鑓を片手持ちに、ぶんぶんと頭上で旋回させ始めた。武田方は、恐れて後退する。

「うおおお」

巨体から獅子吼《ししく》を噴かせながら、玄尊は、鑓を縦横無尽に揮い、血路を開いていく。

「玄尊、そのまま突っ走れ。馬場へ出るのだ」

この西曲輪から、東曲輪の馬場へ出て、

（妲己《だっき》に乗って遁げる）

その考えを義輝は湧《わ》かせていた。厩《うまや》から妲己を引き出すとき、他の馬も全頭解き放って走り回らせ、武田方を混乱に陥れる計略である。

玄尊を先に立て、義輝は真羽の手を引いて、亭の東側の木立と、その前に広がる園《えん》池《ち》との間を駆けていく。

そこを抜けると、主殿南側の晴信が弓場に使う空き地が広がり、その向こうは南北に長い塀に遮られるが、これを越えれば馬場に出る。馬場への出入口の木戸は夜間は閉じられ、番士に固められている。

「遁がすな」

「討ちもらしてはならぬ」

義輝らが弓場へ出たとき、園池の向こう側から回り込んできた新手が前方を塞《ふさ》いだ。

これを斬り崩さんと、玄尊の鑓が唸《うな》る。義輝は、背後に迫った敵と斬り結ぶ。

ふいに真羽が、義輝のそばを離れ、玄尊の横を駆け抜けていった。

「何をする、真羽」

狼狽《ろうばい》した義輝は、あとを追わんとするが、敵三人に回り込まれて、たたらを踏んだ。

「小四郎」

玄尊が名を呼ぶと、その意を察した小四郎は、すかさず真羽の後ろについた。

小四郎は、横合いから真羽に襲いかかろうとする者を、恐ろしいほどの敏捷《びんしょう》さで地へ転がしていく。いずれも、その小さな躰を利して、敵の脚を下から蹴り払った。

小四郎の蹴りにもんどりうって園池へ転落する者もあり、高い水音があがった。

真羽の前を塞ごうとする敵も、次々に、悲鳴を発しては、或いはよろけ、或いは尻《しり》餅《もち》をついたりする。その都度、ぴしっ、ぴしっ、という鋭い音があがった。

（印地打《いんじうち》だ）

義輝は、思い出す。少女時代の真羽は印地打の名手であった。

（いつのまに小石を拾い集めたのか）

義輝は、いささか呆れる思いをもちはしたが、同時に嬉しくもある。真羽は、やはり真羽であった。

真羽は、おのれの行く手を塞ぐ者を悉《ことごと》く倒してしまうと、馬場の木戸めざして、驀地《まっしぐら》に駆けていく。裾《すそ》の乱れなどかまうものではなかった。股《もも》の付け根近くまで剥《む》き出しにして、風のように疾《はし》る。まさしく少女時代の野生児、真羽の姿がそこにあった。

木戸の門番たちは、騒ぎそのものもさることながら、その渦中からひとり駆け出てきた者が、若い女で、しかも夜目にも白い脛《すね》をとばしているのを見て、ほとんど仰天した。かれらもまた、額や、鼻柱に小石を浴びて、ひっくり返る。

真羽は、木戸まで達すると、貫木《ぬきぎ》をはずすのに成功した。だが、木戸を開こうとしたとき、背後に矢唸りの音が迫った。これを躱《かわ》す余裕はない。飛来した矢は、真羽の右袖を木戸の板へ縫い止めた。

主殿の廊下に、立あかしがいくつも揺らいでいる。その中央に立つ白い寝衣姿の男は、弓をひっさげていた。武田晴信であった。

真羽に向かって、立あかしをかかげた五、六人の侍が駆け向かってくる。

「なんや、こんなもの」

おぼえず真羽は地金を出していた。その罵声《ばせい》と同時に、細い躰を思い切りひねる。右袖が、びりびりと音たてて、肩口から裂けてはずれた。勢いあまって、真羽は前へつんのめる。

そこを、走り来たった武田侍たちに取り押さえられてしまった。そのまま真羽は、主殿のほうへ引っ立てられていく。

助けようとした小四郎は、武田侍に斬り立てられ、とんぼをきって、後退した。

「真羽」

義輝は、包囲陣の一方を斬り崩し、弓場まで出て玄尊に合流したが、そこまでであった。敵の人数は更に増えている。その絶え間ない攻撃を、玄尊と背中合わせで防ぐのが精一杯であった。

「霞新十郎。かんねんいたせ」

主殿の廊下から、武田晴信が、大音声《だいおんじょう》に呼ばわった。

四

「こなたさまこそ矛《ほこ》をおさめられませ」

晴信の立つ廊下の階段の下まで引きずられてきた真羽は、斬りつけるように叫ぶ。

「黙れ、女。御前であるぞ」

晴信の近習《きんじゅう》に怒鳴りつけられるが、真羽はひるまず、

「黙りませぬ。あの御方は、霞新十郎などという名ではござりませぬ」

「黙れというのが分からぬか、この村上の間者《かんじゃ》めが」

真羽の頬《ほお》が鳴った。平手打ちを食らった。

「よい。云わせてみよ」

晴信が、怖い眼で真羽を見下ろしながらも、ゆるしを出す。

「あの御方こそ、征夷大将軍《せいいたいしょうぐん》足利義輝公にあらせられまする」

晴信が眼を剝いたのは一瞬のことにすぎぬ。すぐに、その顔は緩み、口が大きく開かれる。晴信は哄笑《こうしょう》した。周りの者も、腹を抱えんばかりに笑い出す。

真羽は、切れた唇から一筋、血を滴らせながら、屹《き》っと晴信を睨《にら》んだ。義輝の云っ

た通り、やはり信じてはもらえぬらしい。

「橘屋の娘よ。そのほう、人を愉《たの》しませる天賦《てんぶ》の才があるのう。命惜しさに、騙《かた》るに騙ったりじゃ」

稍《やや》あって、ふいに晴信は笑いやめた。眼に冷たい光を宿す。

「太郎の命を奪えと命じたは、村上義清ではあるまい。たとえ義清がそれを欲したとしても、刺客を放つようなまねを、あの長尾景虎がゆるす筈はない」

村上義清は今、越後の長尾景虎のもとに客将として迎えられているが、事実は居候みたいなもので、つまり、何事も景虎の意のままに動かなければならぬ立場にある。そして、越後の虎とよばれ、合戦にはみずから先陣を切って、無類の強さを誇る若き景虎は、暗殺などという陰惨な手段を、もっとも忌む男なのであった。

だから晴信は、霞新十郎が逃げるさいに落とした印籠の中に、村上義清の密書が入っていたという点には首をひねった。どこやら作為の臭《にお》いがする。このあたりは、さすがに武田晴信、思慮が深い。

「何者の命令だ。正直に申せ。申さねば、そのほうの養父、橘屋又三郎も同罪とみなして、今度はこの晴信が、堺へ刺客を差し向けることになろうぞ」

「いま一度、申し上げまする。あの御方は、公方さまにあらせられまする」

「まだ将軍家を騙るか。二度目は笑えぬぞ」

「では、あの御方の素生の儀につきましては、もはや申しませぬ。なれど、ご嫡子を殺《あや》めようとしたなど、濡《ぬ》れ衣《ぎぬ》にござりまする。もし霞新十郎が刺客でありましたならば、さきに大膳大夫さまが目通りをおゆるしになった折り、ご慧眼《けいがん》をもって看破あそばされておられます筈。そうではござりませぬか」

一歩も退かぬ決意で晴信へ当てた真羽の視線は、鋭く、そして曇りがない。武田晴信ほどの者、真羽の言葉には頷《うなず》くところが慥《たし》かにあると思った。

(まことの素生を隠しておるな)

それが晴信の霞新十郎に対する第一印象であり、

(名ある武将の縁者かもしれぬ……)

と想像したものだ。それほど霞新十郎の風貌《ふうぼう》には明るさと気品があった。だからといって、将軍足利義輝だというのは到底信じがたいが、少なくとも刺客特有の暗さや卑しさとは無縁の若者ではある。

しかし、逆に云えば、霞新十郎のような風貌の持ち主なればこそ、刺客にはうってつけといえなくもない。霞新十郎が諏訪社で異形の剣をつかう男と闘いながら、橘屋又三郎が割って入ったことで、これを逃がしたことなども、三者の共謀による諏訪御寮人へ近づくための芝居だったかもしれぬ。そうして、先に躑躅ケ崎館へ逗留《とうりゅう》していた真羽の手引きによって、霞新十郎が太郎義信を襲ったのではないか。こういったことは、疑えば限りがない。

（まさかに諏訪が……）

晴信は顔色を変えた。脳裡に、ある場面が浮かんだからである。馬場において、諏訪御寮人が、霞新十郎へ熱い眼差《まなざ》しを送りつつ、手巾を投げ与えた場面が。

（ありえぬことではない）

晴信は、諏訪御寮人が復讐心《ふくしゅうしん》を秘めていることを知っている。知っていて、この美しい女を溺愛《できあい》していた。太郎暗殺未遂に、もし諏訪御寮人が関わっているとすれば、この一件は、

（速《すみ》やかに闇に葬らねばならぬ）

何故なら、そのようなことが万一、この真羽や霞新十郎の口から語られるようなことになったら、晴信は諏訪御寮人を断罪に処さねばならぬ。いかに側室とはいえ、もともと敵将の息女《そくじょ》であった女への情に溺《おぼ》れて、その罪を赦《ゆる》すような主君では、家臣に見限られてしまうのである。

それと同時に、このことをきっかけに、漸《ようや》く治まった諏訪地方一円の土豪や地侍が、

またぞろ晴信に叛心を抱くやもしれぬ。その結果、今度こそ本当に村上義清が越後から出てくるであろう。波紋が大きすぎる。

こうしたときの晴信の決断は迅《はや》かった。

「源助」

晴信は、傍らに控える美男の青年を呼んだ。春日源助は、今では侍大将のひとりとして、信州小諸城代をつとめるが、少年時代は晴信の寵童《ちょうどう》だった者である。こうして夜になっても、原虎胤や真田幸隆など他の部将のように、躑躅ケ崎館周辺の拝領屋敷へ戻らぬのは、そうした特別の関係によるものであろう。

「霞新十郎を逃がすでない。この場にて討ち取れ。何としてもじゃ」

晴信のその命令を、真羽は信じられぬ思いで聞いた。

「大膳大夫さま」

なおも云い募《つの》ろうとした真羽だが、再度、武田侍の平手打ちを食らい、沈黙を強《し》いられた。

「あとは任せたぞ」

晴信は、春日源助にそう云うと、もう真羽に一瞥《いちべつ》すら与えず、背を向け、建物の中へ引っ込んでしまった。

「女、覚悟いたせ」

廊下から階段を下りて、真羽の前に立った春日源助が、大刀を抜いた。月明を浴びた刀身は冷たい光を放つ。

真羽の周りは、何人もの侍が掲げる立あかしで皓々《こうこう》たる明るさに満ちている。そのせいで、十五、六間《けん》（三十メートル近く）ほど離れたところで包囲されている義輝の眼にも、その状況がはっきりと見てとれた。

大刀を抜いた春日源助が、跪《ひざまず》かせた真羽の左側へ身を移す。

「真羽あっ」

義輝は、大般若長光《だいはんにゃながみつ》の刃を、くるりと返した。かと見るまに、その五体を包囲陣の一方へ猛然と躍り込ませる。

肉を截《き》り、骨を断つ音が連続し、断末魔の悲鳴が噴きあがって、宙に、地に、水面に、黒い血飛沫《ちしぶき》が振り撒《ま》かれた。

「ありがたい」

玄尊は、義輝がみずから刃を返したことで、敵を殺すなという厳命は意味を失ったものとみなした。

「おりゃああっ」

満を持《じ》していたというべきであろう、玄尊の鐺のひと突きは、敵の足軽の胸から背まで穂先を貫通させた。その串刺《くしざ》し状態のまま、玄尊は足軽の躰を空中へ放りあげた。途方もない膂力である。

だが、本殿の階段下では、今しも真羽の細い頸《くび》へ刃が振り下ろされようとしている。

（間に合わぬ）

義輝の全身を絶望感が疾《はし》った。

助け人が参上したのは、まさにこの絶体絶命の瞬間である。

馬場の出入口の木戸が、馬場側から凄《すさ》まじい音をたてて開け放たれ、馬が弓場へ跳び込んできた。一頭、二頭ではない。蹄音《ていおん》を轟《とどろ》かせ、埃《ほこり》を舞い立てて、続々と駆け入ってくる。

義輝と玄尊の包囲陣は、木戸に近いところだったから、たまらない。武田侍たちは、仰天し、算を乱して逃げ散った。

「大樹、早《はよ》う馬にお乗りめされよ」

全部で三十頭ほどの馬群の半《なか》ほどに、上体を低くして一頭の馬の背にある者が叫んだ。浮橋である。

義輝めがけて赤毛の馬が駆けつけてきた。妲己だ。このじゃじゃ馬は、主人となる者を、みずから思い定めたとみえる。

義輝は、妲己の背へ跳び乗りざま、素早く手綱を捌《さば》いて、本殿の建物のほうへ馬首を転じさせた。

庭園内は、馬が縦横無尽に駆け回り、人が右往左往するので、大混乱に陥った。

「坊主どのも、馬に乗られよ」

馬上の浮橋が、まだ弓場で暴れ回っている玄尊に声をかける。

「拙僧は、御免被《こうむ》る」

玄尊はわめき返した。

「どうしてまた。遁げねば殺されるぞ」

「馬は要《い》らぬ。要らぬと云うたら、要らぬのだわい」

「坊主のくせに、人の情けを仇《あだ》で返すものではない」

「生き物をいじめては、御仏《みほとけ》の罰《ほ》があたるのだ。分かったか」

やけくそのように玄尊が吼える。浮橋は、あきれた。今、玄尊は、浮橋の眼の前で、殺生《せっしょう》を繰り返しているではないか。人間は生き物ではないらしい。

「ははあ。坊主どのは、馬に乗れぬのか」

「何を云うか。この石見坊玄尊に、できぬことなどないわ」

「べつに恥ではござらぬよ」

武士でもなければ、乗馬などしないのが、当時の世である。

「見ていろ」

玄尊は、眼の前の空馬に向かって、巨体を揺らせて走った。

そのころ義輝は、本殿の階段の下まで到達しながら、馬上に身を凍らせていた。

「刀を棄てて、馬から下りよ」

真羽の頸にぴたりと刃をあてた春日源助から、その言葉を投げつけられたのである。

早くも妲己の周りも包囲された。

義輝と真羽との距離は、五間（約九メートル）ほどか。いかに天才的な武芸をもってしても、真羽の頸が胴につながっている間に、その身を奪い返すことは不可能である。義輝は、唇を嚙《か》んだ。

「真羽の命を助けると約束いたせ」

馬上から義輝が取引を申し出る。

「たわけが。女もおぬしも、斬首《ざんしゅ》を免れぬ。おとなしく縛《ばく》につけば、別れを惜しむ刻《とき》ぐらいは与えてつかわす」

春日源助の返答は、情け容赦《ようしゃ》のないものであった。

「わたくしにはおかまいになりませず、お遁げくださりませ」

真羽が叫んだ。義輝を見る眼差しに必死の思いがこめられている。

「真羽」

ふっと義輝は表情を和《やわ》らげた。

「わしのために、そなたを死なせたとあっては、尾張の猿どのに申し訳が立たぬ」

「何を仰せられますする。日吉丸とわたくしは兄妹のようなもの。わたくしは、生涯、嫁《とつ》ぐつもりはござりませぬ」

義輝の双眸《そうぼう》が大きく瞠《みひら》かれる。真羽は日吉丸と将来を云い交わした仲ではなかったのか。

「七年前の夏より、わたくしの想《おも》いを寄せる御方は、ただ御一人《ごいちにん》。叶《かな》わぬ恋にござりまする」

死を目前にした、真羽の告白である。嘘《うそ》いつわりのあろう筈がない。義輝の胸はうち顫《ふる》えた。

「真羽……そなた……」

なんということか。真羽の失踪《しっそう》の真の理由を、今にして翻然《ほんぜん》と義輝は悟った。

あの夏、真羽は、義輝へ恋心を抱いたおのれに気づいて、愕然《がくぜん》としたのである。将軍御所へ戻って、義輝の姿を眺める日々を送れば、悲しみが募るばかり。所詮《しょせん》は、身分が違いすぎる。いかに想いを寄せようとも、犬神人《いぬじにん》の子が足利将軍と添い遂げることなど、叶《かな》う筈もない。当時、十歳か、或いは十一、二歳だった真羽が、そこまで思いめぐらせることができたのは、幼女時代のあまりに悲惨な経験によるものだったかもしれぬ。

「ゆるせ、真羽」

絞り出すように、義輝は云った。真羽の悲痛な心を察することのできなかった詫《わ》びである。

「勿体《もったい》のうござりまする」

真羽の双眼から、大粒の泪《なみだ》がこぼれる。

「大樹、早くお遁げあそばされよ」

浮橋のわめき声が届いた。愚図愚図していれば、いずれ混乱がおさまり、義輝はみずから遁げる機会を逸することになる。

「霞新十郎。如何《いか》に」

春日源助が、義輝に最後の返答を迫って、大刀を振り上げた。

「源助」

ほとんど殺気をともなったその一声に、春日源助の動きはぎくりとして止まる。背後を振り仰ぐと、廊下に、寝衣に袿《うちぎ》を着けた三条ノ方が、侍女を従えて立っていた。

「御台《みだい》さま、お口出し、ご無用。これはお屋形さまの御下知《おげち》にござる」

晴信の命令をうけている春日源助は、きつい口調で切り返した。

「お屋形さまは、この方々を傷つけることなく、屋敷の外へお送り致せと仰せじゃ」

「ばかな」

「この三条に、ばかなと申したな」

三条ノ方が、高貴の出自独特の、何ものをも恐れぬ気炎を吐いた。これには百騎の将たる春日源助もたじろいだ。

「奥」

あたふたと廊下を駆けてきたのは、武田晴信である。つい今し方、引っ込んだばかりなのに、どうやら三条ノ方の行動にあわてたものらしい。

「お屋形さま」

晴信のほうを振り返りもせずに、三条ノ方は冷たい声を放つ。

「諏訪明神がことは忘れて進ぜまする」

この一言は効いた。三条ノ方の肩へ、後ろから伸ばした晴信の手が止まった。

諏訪明神が諏訪御寮人のことを指すのは、云うまでもない。晴信の怒りの表情は、苦虫を嚙みつぶしたようなそれに変わった。

（女は怖いわ……）

晴信は、つくづく、そう思った。三条ノ方は、義信への刺客のことを聞くまでは、晴信の腕の中で狂おしいまでに燃えあがっていたのである。豹変《ひょうへん》といってよい。

「お屋形さま。御下知を」

三条ノ方に促され、晴信は小さく溜め息をついてから、

「皆の者、刀をひけい」

と戦場鍛えの大音声を発した。途端に、あちこちで、武田衆の動きが止まる。春日源助も、渋々ながら、大刀を鞘《さや》におさめた。

「真羽」

馬上から手を差しのべた義輝は、真羽の細身をすくい上げて、おのが胴前に横抱きに座らせる。

「三条ノ方さま。霞新十郎、この御恩、終生忘れ申さぬ」

馬上よりの無礼を承知で、義輝は誠意溢《あふ》れる言葉を三条ノ方へ投げた。

三条ノ方は、穏やかな微笑みを返しながら、ゆっくりと頭《かぶり》を振る。この聡明《そうめい》な婦人は、義輝のことを驚くほど身分高き都人《みやこびと》だと見抜いているようであった。

「霞新十郎。妲己から……」

下りよ、と晴信は云おうとしたが、三条ノ方がわずかに自分のほうへ頭を動かしたのを見て、苦笑を洩《も》らす。

「妲己をくれてやる。牝《めす》の悍馬《かんば》は、この晴信には乗りこなせぬようじゃ」

悍馬とは果たして、三条ノ方への皮肉か、或いは諏訪御寮人を指すのか。たしかな事実は、この後、前者は十六年間を生きて五十歳で病没し、後者は一年も経《た》つか経たぬうちに十九歳の若さで黄泉《よみ》へ旅立ったことである。諏訪御寮人の死因は詳《つまび》らかではない。

躑躅ケ崎館の大手門から、三頭の馬が堂々と出てきたのは、間もなくのこと。妲己に義輝と真羽、他の二頭に、それぞれ浮橋と玄尊が騎乗している。小四郎は、玄尊の前にちょこなんと座っていた。

玄尊の乗り方はどこか危なっかしいが、浮橋の教授よろしきを得て、なんとか鞍にしがみついている恰好《かっこう》である。その姿が滑稽《こっけい》で、義輝と真羽の笑いを誘う。

「わしは鬼若の腕を斬り落とした」

笑いに紛らせて、義輝が云った。

「えっ……」

「歓喜楼に乗り込んだとき、そなたはもう脱け出したあとだったのだ」

「それでは、公方さまは、わたくしをお探しに……」

真羽は、心底より驚いたようである。

「あのときの想いは、今も渝《かわ》らぬ」

「………」

もはや言葉の出ない真羽であった。

「二度と離さぬぞ」

義輝は、真羽の可憐《かれん》ともいえる小柄な躰を強く抱き寄せた。その逞《たくま》しい腕の中で、真羽が嗚咽《おえつ》を洩《も》らす。

「菊さま……」

小さく呼んで、真羽は愛《いと》しい人の胸にしがみついた。

東の山の端《は》が明るくなり始めている。どこかでキョッキョッ、キョキョキョキョという啼《な》き声がする。水鶏《くいな》であろう。

真羽の髪が匂った。汗臭い。

（あの夏と渝《かわ》らぬ……）

義輝は、早暁の爽気《そうき》を胸いっぱいに吸い込んだ。

第七章　鬼神城夜討始末

一

月下に、城砦《じょうさい》が見える。湖岸に落ち込む断崖《だんがい》の上である。

鬼神城《きしんじょう》、という。

小城《こじろ》だが、本曲輪《ほんくるわ》、北曲輪の他に、小さな入江の岸を取り込んだ水曲輪をもつ。岸には十余艘《そう》の小舟が繋《つな》がれ、入江の出入口の湖上にも、小早《こばや》が二艘、碇《いかり》を下ろしている。小早は、いずれも全長三十尺足らずで、積み石数《こく》も四、五十石程度であろう。総じて水深の浅い霞《かすみ》ケ浦《うら》では、荷船はこうした小型船がほとんどであった。尤《もっと》も、この鬼神城の小早は、湖上を往来する荷船を襲う際に使用するもので、いわば海賊船である。

その水曲輪の入江に、一艘の小舟が、夜陰を利して忍びやかに滑り入ってきた。人影は二つ。

本曲輪は、この水曲輪より内陸に、高く土塁を盛り上げて築かれている。そこでは酒宴の最中なのであろう、男たちの野卑な笑い声や女たちの嬌声《きょうせい》が、入江まで降ってくる。

二つの影は、小舟を岸へ着けると、あたりを警戒するふうでもなく、ひょいと陸へあがった。どこにも見張り番の姿が見えぬ。城の者は、皆が皆、本曲輪と北曲輪に集まって酒色に耽《ふけ》っているようであった。

「不用心なことだのう」

やや小太りのほうが、のんびりとした口調で云《い》った。この人物、頭を剃《そ》りあげており、かなり老齢とみえる。

「虎三郎《とらさぶろう》め、鬼神城に忍び込む者などおらぬと慢心《まんしん》いたしておるのでございましょう」

伴《つ》れはどうやら老入道の従者のようである。

「では、まいろうかの」

老入道が従者を促した。

本曲輪では、仕切り戸を取り払った広間で、酒盛りが酣《たけなわ》であった。月明かりに照らされた庭が、霜をおいたように白々と見える。その小石を敷きつめただけの庭へ、突然、真っ白い塊が放り出された。女の裸身である。

「皆、庭へ出い」

広間とは廊下で鉤《かぎ》の手曲がりに繋《つな》がっている別棟の一室から、男が出てきて、吼《ほ》えた。頭が鴨居《かもい》につかえるほどの長身で、素裸の肉体は荒磯《ありそ》の岩を思わせる。悪人を絵に描いたような顔つきであった。鬼神城城主、源法寺《げんぼうじ》虎三郎という。

源法寺虎三郎は、もとは筑波山《つくばさん》の西北麓一帯の真壁《まかべ》郡を領する真壁氏の被官だったが、主家との間に感情的な諍《いさか》いを起こすと、真壁氏を見限って、敵方である小田氏の重臣菅谷政貞のもとへ奔《はし》り、その麾下《きか》の将として戦場を馳駆《ちく》するようになった。菅谷政貞は、鬼神城からほど近い土浦の城主である。

虎三郎は、戦場では常に先陣にあって、長さ一丈余（約三メートル）という、筋金入りで鉄鋲《てつびょう》を植えこんだ赤樫杖《あかがしじょう》を揮《ふる》い、敵をばたばたと薙《な》ぎ倒しては、菅谷政貞の命を幾度も救った。その抜群の働きによって、小さいながらも一城を預けられた。

ただ虎三郎は性残忍にして、民を苦しめることを屁《へ》とも思わず、菅谷氏の領内外で乱暴の限りを尽くしつづけている。無頼の徒を手下として、押し込みは働く、霞ケ浦を航行する荷船は襲う、女とみれば犯す、逆らう者は殺す、と手がつけられない男であった。

それでも菅谷氏が虎三郎を矯正《きょうせい》しようとしないのは、やはり戦場における虎三郎の無類の強さが必要ゆえである。それに、今では鬼神城に二百人からの手下を抱える虎三郎を意のままにするのは、菅谷氏にしても容易なことではない。それで虎三郎の乱行は、ますますひどくなっている。

虎三郎の声に、広間の者たちが、何事かとぞろぞろ庭へ下りてきた。三十人ほども蝟集《いしゅう》した男どもは、どいつもこいつも悪相で、下種《げす》そのものだ。

虎三郎は、女の喉首《のどくび》へ足をかけ、その夜目にも眩《まぶ》しい裸体を地へ押さえつけている。

「おお、こいつは、お頭《かしら》。昼間、とっつかまえた武家娘じゃねえか」

「なんともたまらぬ眺《なが》めよ」

「おれらに食わせてくれるのか、お頭」

女を取り囲んだ男どもは皆、獣心をおこし、眼《め》をぎらつかせている。

「ばか者が」

お頭とよばれた源法寺虎三郎は、女の裸身をさわり始めた手下のひとりを殴《なぐ》りとばす。虎三郎の凄《すさ》まじい一撃は、その者の顎《あご》を砕いた勢いで脛骨《けいこつ》までへし折ってしまった。

「おのれらに食わせるのは、わしが味見をしてからに決まっておろうがや」

「お頭、ここでおやんなさるか」

「おうさ。そのために、おのれらをよんだのよ。女を泣かせる仕方をとくと見物せい」

手下どもは、淫《みだ》らな歓声をあげた。お頭の次はおれだ、おれだ、と揉《も》める声も出る。

「ねえ、あんたは見物しないのかえ」

庭での騒ぎをよそに、広間でひとり黙然と酒を飲む見事な体軀《たいく》の男に、白粉臭《おしろいくさ》い女郎がしなだれかかっている。

「じゃまくさい」

男は、女郎を邪険に突きとばした。

（源法寺虎三郎……見限る潮時らしいわ）

男は、盃《さかずき》を放り棄てると、傍《かたわ》らに横たえてあった異形の大剣をとって立ち上がった。この男、熊鷹《くまたか》である。

熊鷹が鬼神城に逗留《とうりゅう》しているのには、むろん理由がある。

熊鷹は、十日前に、いったん鹿島《かしま》まで行き、塚原卜伝《つかはらぼくでん》のようすをうかがった。松岡《まつおか》兵庫助《ひょうごのすけ》の姿を見かけたことで、これは義輝《よしてる》が早くも卜伝のもとへ到着していたかとみたのだが、義輝の姿はどこにもない。

(公方《くぼう》は必ず現れる)

その確信のある熊鷹は、ここは気長に待ってやろうと思いきめた。といって、何もせずに待つのは、この男の性分に合わぬ。

源法寺虎三郎の悪名は、いやでも耳に入っていたことだし、鹿島の土地の者から、虎三郎がかつては卜伝の弟子だったという事実を、熊鷹はきいた。それも、虎三郎は破門されたが、たぶん卜伝門下随一の遣《つか》い手ではないかという者もいた。

熊鷹の闘争の血が騒いだ。卜伝・義輝と戦う前に、虎三郎を血祭りにあげてやる。

そう決心し、単身、鬼神城へ乗り込んだ。

虎三郎は、意外に潔《いさぎよ》いところのある男であった。異形の大剣を構えた熊鷹と対峙《たいじ》するや、直《ただ》ちにおのれの赤樫杖を投げ出した。

「とても敵《かな》わぬわ」

こうして熊鷹は、鬼神城に客人として迎え入れられた。

だが、熊鷹は、鬼神城に寝起きして、虎三郎と鼻を突き合わせてみると、どうにもこの男を好きになれなかった。酒、博打、女、盗みに殺人、この五つのみで虎三郎は生きている男だ。虎三郎が戦場を好むのも、そこがこの五つと密接な関係にある場所だからにすぎぬ。

熊鷹も、随分と悪いことをしてきたが、一剣に生きようという決意には揺るぎがない。そのために必要と思えば、酒や女など寄せつけぬし、まして理由なき殺人も犯さぬ。かつて松岡兵庫助に敗《やぶ》れて逃げる途中、傷の手当てをしてくれた百姓家の娘を殺してしまったことがあるが、あれは熊鷹にすればもののはずみであった。娘から自分にはいいなずけがいると聞かされて、つい頭に血を昇らせたのである。熊鷹は、娘を好いていた。なぜなら、

（なんとのう真羽《まは》に似てる……）

と思ったからである。打ち明けたことはなかったが、真羽は熊鷹にとって初恋の少女であった。

熊鷹は、庭の南隅に霞ケ浦へ向けて築かれてある遠見櫓《とおみやぐら》を、ちらりと見上げた。その向こうには、星空が広がっている。

（小城とはいえ、城をもつ柄《がら》やないな、源法寺は……）

熊鷹の滞在中、昼といわず夜といわず、遠見櫓に見張り番がおかれていたためしがない。こんな夜に、敵が星明かりをたよりに船をこの城の湖側に着けて上陸、奇襲を仕掛けてきたらどうするのか。虎三郎は所詮《しょせん》は猪《いのしし》武者《むしゃ》にすぎぬ。

（世話になったな、源法寺）

庭へ下りた熊鷹は、心中でその言葉を吐くと、淫《みだ》らな言葉を飛び交わさせる男どもの輪に背を向け、本曲輪の門扉のほうへ向かって歩きだした。

「いやあ」

女の絶叫が迸《ほとばし》ったのと、遠見櫓の裾《すそ》の闇《やみ》の中から、二つの迅影《はやかげ》が走り出てきたのは、ほとんど同時のことである。

「源法寺、敵やぞ」

熊鷹が踵《きびす》を返して叫んだときには、二つの迅影は、凌辱《りょうじょく》の輪の一方へ、腰間《ようかん》から銀光を噴かせて斬《き》り込んでいた。

口笛にも似た斬人音《ざんじんおん》が連続し、悲鳴と怒号が飛び交った。

虎三郎は、いち早く輪の外へ逃れ出た。その際、女の躰《からだ》を小脇《こわき》にひっ抱《かか》えた。敵がもしこの女を救いにきた者ならば、楯《たて》にできると咄嗟《とっさ》に思いついたからである。粗暴なだけかと思えば、虎三郎には、こうした油断のならぬところもあった。

手下どもは、恐慌状態に陥った。源法寺虎三郎の鬼神城を襲う命知らずがいようとは、かれらは夢想だにしていなかったのである。それに、深夜のことで敵の人数を見極めることができないのが、更に恐怖を煽《あお》った。

それでも、武器をとりに広間へ駆け戻った何人かが、刀槍《とうそう》やら長巻やら薙刀《なぎなた》やらを片端から庭へ放り出し、

「皆、得物《えもの》をとれ」

「戦え」

と叱咤《しった》する。門扉のほうへあたふたと駆け向かった者もいるが、これは北曲輪へ急を知らせに行くのであろう。北曲輪は、本曲輪より低いところに築かれており、そちらでも虎三郎の手下どもが酒を食らって騒いでいる。

虎三郎は、女体を抱えたまま、廊下へあがっていたが、手下が次々と血の海に沈んでいくにつれ、奇襲者がたった二人であることを、漸《ようや》く見分けることができた。

「杖《じょう》だ、おれの赤樫杖をもってこい」

虎三郎は廊下伝いに広間のほうへ走る。その足元へ、刀を摑《つか》んだままの誰《たれ》かの右腕が、血の尾を引いて飛んできた。

その刀を拾い上げた虎三郎の前に、庭から跳び上がって立ちはだかった者がいる。

虎三郎は、胆《きも》を潰《つぶ》さぬばかりに驚いた。

「ぼ……卜伝」

虎三郎は、総身の毛が逆立つ恐怖をおぼえた。が、すかさず、失神している女の喉《のど》首《くび》に刃を当てる。

「寄るな、卜伝。この女を殺すぞ」

「ほう。虎三郎、昔の師匠をおぼえていたとは、感心じゃな」

塚原卜伝が虎三郎に、その体軀《たいく》と勇猛さに見合った杖の技を伝授したのは、この乱暴者がまだ悪事を働く以前のことである。だが、破門したからといって、一度、師弟関係を結んだ事実は消えるものではあるまい。虎三郎の眼に余る悪行に終止符を打つべき人間は、かつてこの男に武芸を仕込んだ自分をおいてない。これこそ、卜伝が鬼神城へ乗り込んできた理由であった。

「刀を棄てろ。棄てねば、女を殺す」

虎三郎は必死の形相《ぎょうそう》である。対手《あいて》が対手だけに、これは無理もない。

「殺すがよい」

あっさりと卜伝は云う。動じるようすはまったく見られず、その飄然《ひょうぜん》たる風姿は、虎三郎をますます不安にさせる許《ばか》りであった。

「なれど、虎三郎。おぬしがその女子《おなご》に刃をつける刹那《せつな》を、このト伝が見逃すと思うのかの」

ト伝は、虎三郎が女を斬る瞬間に、自分も虎三郎を斬ると宣言したのである。つまり、虎三郎にすれば、刃を女の肉へ食いこませたときにト伝に斬りかかられるわけだから、これは禦《ふせ》ぎようがない。

虎三郎は、愕然《がくぜん》とした。ト伝が宣言通りのことをしてのける希世《きせい》の達人であることは、もとは弟子だっただけに、いやというほど知っている。

人質をとっているほうが窮した。虎三郎は、庭へ視線を向けたいが、それもできぬ。ト伝は、その一瞬の隙《すき》すら見逃してくれぬからである。

庭では、手下が二十余名、すでに斬り倒されていた。半数は絶命し、残りは手足などを切断されて、激痛にのたうちまわっている。立っている手下は、わずかに二名のみで、これがト伝の従者を前後から鑓《やり》で挟み討とうとしているが、いずれも及び腰であった。

ト伝の従者は、松岡兵庫助《ひょうごのすけ》である。

「虎三郎。その女子を放せば、おぬしが杖を手にとるまで、待ってやるぞえ」

ト伝が穏やかに云うが、虎三郎は承知しない。

「そんな見え透いた手にのるか」

「いやかの」

「聞くまでもないわ」

「では、致し方もあるまいのう。その女子には不憫《ふびん》じゃが、重ねて刃にかけると致す」

「げえっ」

虎三郎は、女を楯にとったまま、あわてて後退した。眼の中に恐怖の色がありありと浮かんでいる。

卜伝は、しかし、動かなかった。いや、動けなかったというべきか。背に恐るべき殺気が突き刺さってきたのである。

「あっ、熊鷹ではないか」

鐺の二名を倒した松岡兵庫助が、卜伝の背後四間《けん》ほどのところに立つ大兵《だいひょう》の男を、それと認めた。

「おお、熊鷹。天佑《てんゆう》とは、このことだぞ」

白くなっていた虎三郎の満面に、途端に血の気が戻る。

「強うなったのう……」

卜伝は、振り返りもせずに、熊鷹へ言葉をかけた。殺気だけで、熊鷹の力量を推し測ったのである。

「公方の眼の前で仆《たお》してやるつもりやったが、せっかくご老体から飛び込んできたんや。ここで結着つけたる」

不敵の台詞《せりふ》を吐いて、熊鷹は、双刃《もろは》の大剣をゆっくり引き抜いていく。それに合わせたように、卜伝も熊鷹のほうへ向き直る。

兵庫助が、熊鷹と戦うべく、駆けてきたが、卜伝に制せられた。

「兵庫。虎三郎を討ち洩《も》らすでない」

卜伝は、今の熊鷹に対して、兵庫助では危ういとみた。

この隙に虎三郎は、廊下から跳び下りると、兵庫助めがけて女の躰を投げつけざま、庭を突っ切って、広間へ転がり込んだ。

得意の赤樫杖を執《と》って、再び庭へ出てきた虎三郎は、

「この勝負、貴様らの敗《ま》けよ」

おめきざま、兵庫助へ、猛然と打ちかかった。

兵庫助は、血刀を投げつけてこれに応じると、背の大刀を抜いた。卜伝も兵庫助も、多勢を対手《あいて》とする場合に備えて、師弟それぞれ大刀を三振りずつ携えてきている。腰

に一刀、背に二刀である。

「いまにわが配下がどっと駆けつけてくるわ。もはやこの鬼神城から生きて出られぬと思え」

長大な鉄鋲打ったる赤樫杖を軽々と振り回しながら、虎三郎が兵庫助に向かって余裕の言葉を吐きかける。嵩《かさ》にかかったときの虎三郎は強い。兵庫助は押された。

（無念だが、虎三郎の云う通りだ。北曲輪の手下どもがやって来ぬうちに遁《に》げねば、袋の鼠《ねずみ》になる）

兵庫助は、ちらりと廊下のようすを窺《うかが》った。そこでは、剣聖卜伝と、異形の大剣を構える熊鷹とが、双方身じろぎもせず、対《むか》い合っている。

熊鷹さえ現れねば、今頃は卜伝が虎三郎を屠《ほふ》って、師弟は水曲輪から舟で湖上へ逃れ出ている筈《はず》であった。だが、今更それを悔やんでも始まらぬ。

（時を移してはなるまい）

勝敗を一挙に決するには、赤樫杖の下をかいくぐって、虎三郎の手もとへ跳び込むより法はない。

兵庫助は、間合いを詰めた。あと一歩踏み出せば、虎三郎が猿臂《えんぴ》をのばして振り下ろす赤樫杖に脳天を叩《たた》き割られる。が、そのひと振りを躱《かわ》せば、勝ちを制するのは兵庫助ということになる。

（乾坤一擲《けんこんいってき》……）

青眼《せいがん》につけた刀鋒《きっさき》を、兵庫助はぴくりと動かした。

（くるな）

と虎三郎も予測し、頭上で旋回させていた赤樫杖を、遽《にわか》に右肩へ担《かつ》ぎ寄せて、すうっと腰を落とす。

双方の間に、死を予感させる一瞬の沈黙がよぎった。そして、双方同時に、静から動へ移ろうとする転瞬の間が訪れたそのとき、

「虎三郎、敗《やぶ》れたり」

卜伝の声が掛かった。

二

「なにい」

動揺した虎三郎の眼玉が、思わず卜伝のほうへ動いた隙を見逃す兵庫助ではない。

「むっ」

低い気合声を発すると、兵庫助は、一足に虎三郎の手もとへ跳び込み、横薙《よこな》ぎの一閃《いっせん》を走らせた。

だが、さすがに虎三郎だ。咄嗟《とっさ》に腰を引きざま、右肩に担いだ赤樫杖を振り回さずに、手もとへきて駆け抜けていこうとする兵庫助の頭上へ、そのまま突き下ろしている。

「うっ」

背中を強打されて、息を詰まらせた兵庫助だが、四、五間も走ってから向き直ったのは、さすがといえよう。虎三郎のほうへ突き出した刀鋒が、黒く濡《ぬ》れている。

「ぐあああっ」

喉《のど》を裂くような悲鳴をあげて、仁王立ちに兵庫助を見返った虎三郎の股間《こかん》から、夥《おびただ》しい血が流れ落ちていた。男の証を切断されたのである。それでも虎三郎は倒れぬ。

「お、おのれは……」

虎三郎は、痛みよりも、怒りのために眼が眩《くら》んだ。ずんずん地響きたてて兵庫助へ歩み寄りながら、赤樫杖を投げつけた。

背の痛みに体勢を崩していた兵庫助は、飛んできた赤樫杖を、片手斬りに斬っ払った拍子に後ろへのめる。そこへ虎三郎の巨体が跳びかかって、組み打ちとなった。

卜伝と熊鷹も、廊下から庭へと戦闘の場を移している。といって、まだ一合もしていない。睨《にら》み合ったままであった。

だが、互角の力量でないことは、一目瞭然《いちもくりょうぜん》とみえた。卜伝は涼しい顔をしているのに、熊鷹のほうは顔から胸もとへかけて玉のような汗を流しつづけている。

（卜伝は、おれと対峙《たいじ》しとりながら、虎三郎と兵庫助の闘いの趨勢《すうせい》までみていたんか……）

その事実が、熊鷹を遽《にわか》に恐怖の底へ突き落とした。

「虎三郎、敗れたり」

兵庫助と虎三郎双方の呼吸をはかった上で、この時をおいてないという刹那に、その卜伝の一言は、発せられた。なればこそ、虎三郎を動揺せしめる効果があった。熊鷹ほどの手錬者《てだれ》と対峙の最中に、そのような余裕があったとは。

（このおれが、取るに足らぬ対手《あいて》やとでもいうのんか……）

強うなった、と卜伝が熊鷹を褒めたのは、卜伝自身と対等の段階における強弱ではなかったのか。

「いかがした、熊鷹。顔色が悪いぞよ」

卜伝は労《いたわ》りまでみせた。

「くっ……」

熊鷹は歯ぎしりを洩《も》らす。口惜しいが、こうなってはもはや、動くに動けず、切り返す言葉すら出てこない。

「一《ひとつ》ノ太刀《たち》をみせて進ぜようかの」

稽古《けいこ》をつけるような口調で卜伝が云う。

「一ノ太刀……」

「わが秘剣じゃ」

「…………」

熊鷹は、絶句し、卜伝の余裕の源を垣間見《かいまみ》た思いがしたが、

「よし、見せい。うけたるわ」

新たなる闘志を自らに強いてかき立たせた。

「見たときが、熊鷹。そのほうの最期《さいご》のときとなろう」

「ほざきさらすな」

「なんとなれば、一ノ太刀は……」

あくまで穏やかだった卜伝の表情は、一変する。宛然《さながら》、翁《おきな》の能面が突然、般若《はんにゃ》に付

け替えられてしまったような塩梅《あんばい》であった。

「絶対不敗の剣」

卜伝のこの一言は、熊鷹の耳には死の宣告と聞こえた。

(絶対不敗の剣やと……)

そのようなものを会得《えとく》しているとすれば、卜伝はまさしく天下無敵の剣士。熊鷹がどれほど修行を積もうと勝ち目のない筈であった。熊鷹は、われにもなく、心底から恐怖に駆られた。闘志は一瞬にして消し飛ばされる。

(殺される……遁《に》げるんや)

凍りついて動かない足に、動け、と叱咤《しった》しつつ、熊鷹が後退しかけると、

「火だあ。火をかけられたあ」

そのわめき声が噴きあがった。北曲輪のほうからである。

熊鷹の幸運は、このとき開け放たれたままの門扉から、本曲輪へ雪崩込《なだれこ》んできた虎三郎の手下どもの中に、鉄炮《てっぽう》を持つ者がひとりいたことであったろう。この者が、主屋《おもや》のほうへ向けて闇雲《やみくも》に射放《いはな》った一発が、偶然にも卜伝の足もとに着弾したのである。

卜伝は、横へ跳んだ。と見るや、熊鷹も跳び退《すさ》り、くるりと背を返して、遁走《とんそう》にか

かった。卜伝が敢《あ》えてこれを追走しなかったのは、この夜討ちの唯一無二の目的を、まだ達成していないからであった。
七、八間《けん》向こうで、兵庫助と虎三郎が血みどろの格闘を繰り広げている。兵庫助の中肉中背の躰《からだ》が、巨漢の虎三郎に胸倉をつかまれて浮き上がっていた。卜伝は、そちらへ馳《は》せ寄りながら、
「兵庫」

弟子にひと声かけた。以心伝心である。兵庫助は、首吊《くびつ》りされた状態のまま、虎三郎の左右のこめかみへ、手刀を打ちおろした。

たまらず虎三郎が、兵庫助を放り出し、こめかみを押さえたところへ、

「虎三郎、悪行の報いじゃ」

卜伝から引導が渡された。虎三郎の首は、宙高く舞い上がった。卜伝の駆け抜けざまの一刀である。

首を失った虎三郎の巨体が倒れてゆくところを見もせず、卜伝は、地に横たえられた女の裸身を軽々と左肩へ担ぎあげた。虎三郎との組み打ちで死力を振り絞った兵庫助には、女を担いで走れるだけの余力が残っていない、と卜伝はみたのである。

「つづけ、兵庫」

「はっ」

卜伝は、何を思ったか、地に転がっている虎三郎の生首を、血濡《ちぬ》れた刀の刀鋒《きっさき》に突き刺してから、門のほうへ走りだした。雪崩込んできた虎三郎の手下ども、ざっと五十人ばかりと真正面から衝突するかっこうであった。

渠《かれ》らは、北曲輪にあって、野天で酒盛りをしていた連中である。そのため、本曲輪から夜討ちを知らせる者が駆け下りてきたのに、いち早く対応することができた。他にまだ百人余りの荒くれがいるが、これらは寝小屋内で騒いだり、女を抱いたりしているので、駆けつけるのが後れている。

「源法寺虎三郎の首級《しるし》ぞ」

卜伝は、敵中へ駆け込みざま、串刺《くしざ》しにした虎三郎の生首を、高々と掲げてみせた。

「お、お頭《かしら》の首じゃ」

動揺した手下どもの間を走り抜けるのは、造作もないことであった。師弟は、本曲輪の門を出た。

この折り、北曲輪のほうから、わあわあと多勢の新手が駆け上がってくるのが、間近に見えた。

「おっ」

兵庫助は眼を瞠《みは》った。鬼神城の荒くれどもの群れを、追い上げている二つの迅影を認めたのである。この迅影が動くたびに、悲鳴があがった。

その向こうに、めらめらと燃え始めている小屋が何棟も見える。慥《たし》かに何者かが火を放ったらしい。

そのうちの本曲輪寄りの一棟が、轟《ごう》っ、と高く炎を噴き上げ、火光の中に、迅影の正体をくっきり浮かび上がらせた。

ひとりは巨軀《きょく》の坊主で、薙刀《なぎなた》をぶんぶん唸《うな》らせており、見知らぬ人物である。が、いまひとりを、兵庫助が見忘れるものではなかった。

「公方さま」

義輝は、大般若長光《だいはんにゃながみつ》をきらり、きらりと閃《ひらめ》かせて、荒くれどもを次々と斬り伏せている。薙刀坊主が、石見坊玄尊《いわみぼうげんそん》であることは、云うまでもない。

兵庫助は、ちらりと卜伝を見た。が、卜伝の姿は、すでに門前にはなく、水曲輪へ向かって走り下りていくところである。卜伝の肩に担がれた女の白い裸身が、闇に上下しつつ小さくなっていくのが見えた。

遁げるときは遁げる。さすがに生涯に四十回近くも出陣しながら、一度も不覚をとらなかった卜伝らしく、徹底したものである。

「兵庫、無事だったか」

玄尊共々、めざましい迅《はや》さで門前まで駆け上がってきた義輝が、安堵《あんど》の色をみせた。

「公方さまは何故《なにゆえ》に、この鬼神城へ」

「子細《しさい》は後だ。舟で逃げるぞ」

実は、義輝主従は、卜伝・兵庫助が虎三郎を討つべく発したのに一足後れで、鹿島の塚原城へ着いた。

霞《かすみ》新十郎と名乗る武芸者が訪れたら、何なりと言いつけをきくように、とかねて卜伝から言い含められていた塚原家の家士が、今夜の鬼神城夜討ちのことも話してくれたのである。

それで、剣聖卜伝の真剣を揮《ふる》う場面に立ち会いたいと欲した義輝は、急ぎ鬼神城に駆けつけた。真羽《まは》は塚原城に残してきた。

「大樹《たいじゅ》、ここでござる」

義輝、玄尊、兵庫助の三人が、入江の全景を見渡せる位置までくると、岸辺から手を振る者があった。北曲輪に火をかけたのは、この浮橋《うきはし》である。

「彼奴《きゃつ》ら、水曲輪のほうへ逃げた」

「逃がすなあ」

怒鳴り声が、追いかけてくる。荒くれどももも、落ち着きを取り戻し始めたらしい。

三人は、入江まで下りると、かねて用意の舟に乗り込んだ。すでに、卜伝と気絶した女が先客として乗っている。

浮橋が、舟の艫《とも》を押して岸から離れさせるや、ひょいと跳び乗り、艪《ろ》を漕《こ》ぎ出す。

数筋の矢が飛んできたが、いずれも届かぬ。

入江の出入口をなかば塞《ふさ》いで碇を下ろす二艘《そう》の小早《こばや》の間をすり抜けるとき、両方の船上から、火の手があがった。と見るまに、一方の小早の船縁《ふなべり》を越えて、小さな影が、義輝たちの舟へ乗り移ってきた。小四郎である。

岸辺に繋《つな》がれた十余艘の小舟にも、すべて底に穴をあけてある。これで鬼神城の荒くれどもは、義輝らを追走できぬ。

「戦《いくさ》上手におわします」

小舟が星明かりにきらめく湖面の沖合へ悠々と滑り出たところで、兵庫助は義輝に賛辞を贈った。

その言葉は、義輝の耳には入っていない。何故なら義輝は、卜伝が血を拭《ぬぐ》って傍らに横たえた大刀に、眼を奪われていたからであった。

(刃こぼれひとつない……)

多勢を対手《あいて》とした乱戦の中で、しかも何人もの敵を斬り伏せたらしいのに、こんなことがあるのだろうか。

茫然《ぼうぜん》とする義輝の向こう、遠ざかる湖岸上に、鬼神城が赤々と燃えていた。

第八章　鹿島の空

一

暑熱のあまりの苛烈《かれつ》さに、雲も閉口して逃げ出したものか、蒼穹《そら》には、夏の太陽ばかりが我が物顔に居すわっていた。

野に陽炎《かげろう》が立ち昇り、その向こうにゆらめいて見える三笠《みかさ》山の緑から、蟬《せみ》の鳴き声が流れ出てくる。蟬時雨《せみしぐれ》とは云《い》い条、暑さを層倍にさせるだけの大合唱であった。

鹿島《かしま》神宮の神域を三笠山と称す。鬱蒼《うっそう》たる樹林を背負う鳥居が崩れかけているのは、兵乱に損なわれたものであろう。その鳥居をくぐって、広大な神域へ、ひとりの若い武士が入っていく。足利義輝《あしかがよしてる》であった。

杉、松、椎《しい》などの巨木老樹が頭上に広げる緑の傘の隙間《すきま》から、無数の光の箭《や》が射《さ》し込む参道に人影はない。この炎暑の最中に参詣《さんけい》する人間は、よほどの大願ある者だけに違いなかろう。

義輝には、その大願があった。すなわち、剣の奥旨《おうし》を会得《えとく》することである。

義輝らが、鬼神城を脱し、舟で霞《かすみ》ケ浦《うら》を横断、そのまま水路、北浦へ入り、その東岸沿いに、鹿島神宮前から一里ばかり北上したところの塚原《つかはら》の地に着いたのは、十日前のことである。

塚原は、現今《いま》の茨城県鹿嶋市須賀のあたりをさし、塚原氏はこの地に小城《こじろ》を構える三、四千石《ごく》程度の小領主であった。卜伝《ぼくでん》は、しかし、塚原氏の出ではない。

武神武甕槌神《たけみかづちのかみ》を祀《まつ》る鹿島神宮には、古来より剣法が伝わり、その神官が代々これを受け継いできたが、卜伝は、そのひとつ卜部《うらべ》吉川家の次男として生まれた。実父覚賢は常陸大掾《ひたちだいじょう》鹿島家の家老をつとめ、祖父呼常《よびつね》は鹿島七流の剣の遣《つか》い手として高名であった。この呼常に剣を学んだ塚原土佐守安幹《やすもと》が、幼児より武芸に天稟《てんぴん》を顕《あらわ》した卜伝に惚《ほ》れ込み、卜伝十歳のとき、乞《こ》うてこれを養嗣子《ようしし》としたものである。

卜伝の養父土佐守安幹は、天真正伝神道流《てんしんしょうでんしんとうりゅう》を開いた飯篠長威斎家直《いいざさちょういさいいえなお》より鑓《やり》を学んでもおり、この鹿島という地は、人も風土も歴史も、剣聖卜伝が生まれるべくして生まれる環境を備えていたといえよう。

その卜伝に、義輝は、塚原城に着いた翌日、久しく待望していた仕合いを乞い、これを快諾してもらった。

その仕合いで義輝は、卜伝の姿は隙《すき》だらけと見えたのに、一度も打ち込むことができなかった。打ち込もうとすると、自分が敗《ま》けると咄嗟《とっさ》に分かった。こんな恐怖を味わうのは初めてであった。それでも勇気を奮い起こして、一回だけ踏み込んだ。おのれの木剣の太刀《たち》ゆきは迅《はや》く、卜伝のそれはひどく緩慢に義輝の眼《め》には映った。なのに、かっ、と短く鋭い音がした後、義輝の手から木剣が落ちていた。腕を打たれたわけではないが、その日の夜まで痺《しび》れが止まらなかった。

敗《やぶ》れた義輝の心に口惜しさは湧《わ》いてこなかった。ただ呆気《あっけ》にとられた。剣の力量と品格において、天地ほどの開きがある。

それより、卜伝のような神のごとき剣士に教えを受けられると思うと、胸が躍った。敗れたその場で、義輝は弟子入りを願った。

卜伝は、微笑を浮かべつつ、静かに頭《かぶり》を振った。

「この老骨が、公方《くぼう》さまにお教えすることなど、何ひとつござりませぬ」

つまり、卜伝の眼から見れば、義輝の剣は所詮《しょせん》は殿様芸にすぎず、教える甲斐《かい》なしという意味なのか。

「是非とも、ご門弟の端にお加えいただきたい」

再度、義輝は乞うた。だが、卜伝は、微笑を絶やさず、同じ返辞を繰り返しただけである。竟《つい》に義輝の願いは、肯《き》き容《い》れられなかった。

これには玄尊《げんそん》などは大いに腹を立てた。

「公方さまが礼をもって指南をお望みあそばされておらるるに、あの態度は何か。世に剣聖などと持《も》て囃《はや》されて天狗《てんぐ》になっておるに違いないわ、あの爺《じじい》め」

松岡兵庫助《ひょうごのすけ》だけは、口にこそ出さねど、卜伝の真意を測ることができた。

兵庫助の見るところ、剣の業前《わざまえ》において、義輝は天才と言ってよく、慥《たし》かに卜伝の言葉通り、教えるべきことは何ひとつない。むろん、卜伝の剣が、それよりもなお高《たか》処《み》に在ることは瞭《あきら》かだが、その卜伝が鍛えれば、義輝の剣は更に上達しよう。いや、上達などという生易《なまやさ》しいものではなく、義輝の剣は無限の可能性を秘めている。間違いなく、不世出の剣士となるであろう。そんなことは、卜伝が誰《たれ》よりもよく承知している筈《はず》であった。なのに、教授しないということは、

（義輝公が独力で開眼されんことを切に望んでおらるる……）

そうとしか兵庫助には思われなかった。義輝にはそれが出来る、と卜伝は信じて疑わぬのに違いない。それほどの熱い思いを卜伝に抱かせた剣士は、数多《あまた》の門弟中に、

兵庫助自身を含めて、一人もいない。

「或いは、義輝公のご天稟《てんぴん》は、伊勢守《いせのかみ》さまにも優るのやもしれぬ」

そこまで兵庫助の思いは到った。伊勢守とは、上泉《かみいずみ》伊勢守秀綱《ひでつな》のことである。

日本剣道の始祖といわれる上泉秀綱は、塚原卜伝と同じく、一城（上野国《こうずけ》大胡《おおご》城）の主でありながら、早くから武芸の道を志し、愛洲移香斎《あいすいこうさい》に影流を学んで、これをおさめた。同時に、小笠原流兵法をきわめ、更には武道発祥の地たる関東の名人上手の教えをうけ、後に新影流を創始することになる。

このころの上泉秀綱は、すでに上州一本槍《いっぽんやり》の武名を関東一円に轟《とどろ》かせていたが、関東管領家《かんれいけ》（上杉氏）を扶《たす》ける箕輪《みのわ》城主長野業政《ながのなりまさ》の麾下《きか》にあって日々、戦塵《せんじん》にまみれている。むろん、いまだ廻国修行の旅に出ていないし、大和の柳生宗厳《やぎゅうむねよし》とも出会っていない。

この上泉秀綱が、年少の頃《ころ》、短期間だったが、鹿島にきて卜伝の教えをうけており、兵庫助はその稽古《けいこ》風景を目撃している。そのとき、兵庫助が神とも仰ぐ卜伝が、

（負けるのではないか）

と何度も膚《はだ》の粟立《あわだ》つ思いをもったことを、今でも兵庫助は憶《おぼ》えている。それほどの麒麟児《きりんじ》だった上泉秀綱に、十九歳の義輝はひけをとらぬ、と兵庫助は感じる。

だが、卜伝が何も語らぬ以上、弟子の兵庫助が、差し出がましい助言を義輝に与えるべきではなかった。

義輝は、悶々《もんもん》とした思いを隠して、つとめて明るく振る舞った。その苦悩は、将軍のそれではなく、まさしく一介の剣士のものといえた。

そういう義輝を、真羽《まは》は愛《いと》おしいと思った。何故《なぜ》なら、ごくふつうの若者らしいからである。将軍という、真羽とは途方もなく身分の懸絶した人間ではない。

一夜、真羽は、自分から義輝の寝間を訪れた。二人が契《ちぎ》るのはこれが初めてであった。

淫蕩《いんとう》の母親を悪《にく》んで、その情夫もろとも焼殺したという陰惨な過去をもつ真羽にとって、おのれの躰《からだ》が女に変貌《へんぼう》していくことを感じるたびに、母親の姿に自身を重ねて地獄を見る思いがした。だが、義輝とならば地獄へ落ちてもかまわない。旅のあいだにその決意が固まって、義輝の前にみずから裸身を投げ出したのである。

真羽は泣いた。泪《なみだ》は歓喜によるものであった。母親の幻影は現れなかった。

真羽と契ったことは、義輝の心にも急激な変化をもたらした。

「わしは、鹿島に参籠《さんろう》する」

義輝が、浮橋《うきはし》を前にして、決意を洩《も》らしたのは昨夜のことである。

古来より、武芸の始祖とよばれる者は、神威の強い霊地に独り何年間も籠《こ》もって、独自の法をみずから会得してきた。愛洲移香斎は九州の鵜戸《うど》明神に、飯篠長威斎は下《しも》総《うさ》の香取《かとり》神宮に、そして塚原卜伝は鹿島神宮に参籠した。

「この世に卜伝どのをこえる剣士はおらぬ。その卜伝どのに教えをうけられぬとあらば、神仏を師として修行に励むよりほかはない。一剣のみにたよる廻国修行の旅に出たからには、それくらいの覚悟がなくてどうしよう。そうは思わぬか、浮橋」

当時は、乱世でありながら、いや乱世だからこそ、神仏の御加護とか御怒りとかいったことが信じられていた時代である。義輝とて例外ではなかった。

「一年かかるか、二年かかるか。あるいは、五年十年か……」

「む、むちゃなことを仰せられるものではありませぬぞ。ご修行もそこまでなされては、お道楽と申すもの」

「わしが云い出したら肯《き》かぬことは、知っていよう」

「あ、先手をお打ちあそばすとは、ひどい」

「好きなようにさせてくれ」

「やつがれが、大樹《たいじゅ》のわがままをきかなんだことがございましたか」

布袋《ほてい》顔で、義輝を精一杯睨《にら》みつけながら、浮橋は溜《た》め息をついた。

「ただし、たとえご参籠中にても、やつがれがよびにまいったときは、一大事と思し召されて、従うていただきまするぞ」

「わかった」

「真羽どのがことは、いかがあそばされますので……。大樹にお供して鹿島に参籠すると云い出しかねぬ御方ゆえ」

「もう真羽には話した。玄尊に堺まで送らせる」

こうして今朝、真羽と玄尊と小四郎を堺へ旅立たせたあと、義輝はひとり、鹿島神宮へやってきたものである。義輝の鹿島参籠について、卜伝は何も云わなかった。

義輝は、拝殿に向かって掌を合わせたあと、樹叢《じゅそう》のさらに濃くなる奥宮のほうへ分け入った。奥宮まで達すると、道が左右に分かれる。右へ行けば、土中深く根を張って掘り出すことは不可能だといわれる要石《かなめいし》を見ることができよう。義輝は、しかし、左へ道をとり、坂を下った。

坂を下りきったところに、御手洗池がある。鹿島神が天曲弓で地を穿《うが》ったところ、迸《ほとばし》り出たという清水を、こんこんと湧出《ゆうしゅつ》させるこの池は、いかなる旱魃《かんばつ》にも涸《か》れたことがないそうな。池底に石が敷かれてあり、修行者の精進潔斎に都合がよい。卜伝も、若年の修行時代、この池の冷水に身を浸して、鹿島の武神に祈ったのである。

御手洗池も通り過ぎて、更に奥へと義輝は入っていく。やがて、昼でも薄暗い木立の中に、そこだけぽっかりと円《まる》い大きな陽溜《ひだ》まりのある場所へ出た。直径のさしわたし七間《けん》ほどの空き地である。夏草が伸びているが、この程度なら刈るのに造作はない。

空き地を囲む木立を見回す。二丈ほどの高さのところから、大きな枝を張り出して葉群れの傘を広げている一木がある。寝小屋を建てる場所も決まった。

(きょうより、ここがわが道場だ)

義輝の身は引き緊《し》まる。東のほうに海の気配が感じられた。

二

黒雲に被《おお》われた空の下、青緑色の途方もなく巨大な蛇は、腹を上下に高く低く波打たせながら、轟然《ごうぜん》と吼《ほ》え、大地を呑《の》み込もうとしている。その延々と横に長い白い舌先が、砂浜を急速に這《は》い上り、そして退《ひ》いていく。

鹿島の大海原は、まもなく雨を運んでくる烈風によって、陸へ陸へと押しやられていた。鹿島灘《なだ》に注ぐ常陸《ひたち》川流域の水郷地帯の人々は、水害を予想して戦々恐々としていることであろう。

だが、この荒れ狂う大海に真正面から対して、猛々《たけだけ》しい風圧にも微動だにせず、砂浜に木剣をかまえて立つ男がいる。頭髪もひげも伸びるにまかせ、千切れそうな弊衣《へいい》に六尺余の痩身《そうしん》を包み、すっかり肉の削《そ》げ落ちた顔の中で、双眸《そうぼう》にやや困惑の光を湛《たた》えているこの男こそ、義輝であった。

（剣の奥義《おうぎ》とは何なのだ……。わしの剣は所詮《しょせん》は殿様芸なのか）

義輝が鹿島の杜《もり》に籠《こ》もってから、はやくも足掛け三年目の夏を迎えようとしている。その間に、改元のことあって、世は天文から弘治となった。今は弘治二年（一五五六）の四月である。

三笠山の樹林の中に建てた小屋から未明に起きだし、御手洗池に身を清めた後、奥宮を拝するのが、義輝の一日の始まりであった。あとは、二度の食事以外、夜更けまで修行に没頭する。みずから炊《かし》いで口にするものは、稗《ひえ》や粟《あわ》ばかりというところに、義輝の並々ならぬ決意のほどが窺《うかが》えた。暖衣飽食では、神意を得られる筈《はず》はない。

日中は、浜辺まで出ていき、そこで海風と打ち寄せる波と足を重くする砂地に負けぬよう、木剣を揮《ふる》いつつ走り、跳び、舞う。陽が落ちれば、神域に戻り、立ち木を対《あい》手《て》に木剣に唸《うな》りを生じさせる。小太刀《こだち》の名手だった侍女のお玉《たま》に無理やり剣をとらされた幼少期の稽古とも、武芸百般に通じる朽木鯉九郎《くつきこいくろう》による手取り足取りの教えとも、まったく異なる苛酷《かこく》きわまる修行といえた。

何よりも、ここまでという限界点を見極められぬため、心気朦朧《もうろう》とするまで木剣を揮いつづけるよりほかに、義輝は修行のすべを知らなかった。

ただ、見えざる敵は、常に存在した。塚原卜伝である。義輝は、対峙《たいじ》する海を、風を、砂浜を、木立を、絶えず卜伝その人の化身とみて、これらに挑みかかった。だが、卜伝は、あまりに巨大であった。あの一度限りの仕合いのときと同様、幻の卜伝との戦いにも、義輝は完敗しつづけた。

「殿は、お若きころ鹿島に千日参籠し、神意を得て剣の奥義を極められ、同時に絶対不敗の秘剣一ノ太刀をご会得なされました」

その秘剣がどのようなものか、誰も知らない、と兵庫助は云った。絶対不敗の秘剣を編み出した神の如き達人に、どうして義輝が勝てようか。

それでも、気負い込んでいた当初はよかった。卜伝に倣《なら》った修行を経《へ》て、いずれト伝の域に達し、これを凌《しの》ぐ自分を夢見ることで、木剣を握る手にも清新の力が漲《みなぎ》っていた。だが、いつまでたっても、幻の卜伝に敵《かな》わず、また神より啓示を受けた感触も得られないとなると、次第に義輝は焦慮《しょうりょ》に駆られはじめた。そのときから義輝は、外界との接触を完全に断って、たったひとりで修行する者が必ず直面する、最も苛酷な試練と対決せねばならなくなった。

孤独、である。

傍らに人の温《ぬく》もりのないことが、これほど堪《た》えがたいものなのか、と義輝は初めて思い知った。気の張っている間はいいが、気力が萎《な》えてくると、人気《ひとけ》のない浜辺に立てば、絶海の孤島に取り残されたような心細さをおぼえる。鬱蒼《うっそう》たる樹林の中の小屋に身を横たえれば、人知の及ばぬ魔物が襲ってくるのでは、という妄想に眠れぬ夜を過ごさねばならなかった。

畿内《きない》の覇者三好長慶《みよしながよし》が、播磨《はりま》・丹波《たんば》へ進出し、戦国大名中、最大の版図《はんと》を拡げつつあったころ、本来ならば長慶の遥《はる》か上に君臨する筈《はず》の足利十三代将軍義輝は、孤身、鹿島の杜《もり》にあって、幽鬼《ゆうき》のように木剣にしがみついていたのである。

義輝は病を得た。凄《すさ》まじい修行と、栄養失調と、精神の不安定からくる睡眠不足が、さしもの義輝の若い肉体からも、抵抗力を奪い去ったのである。

このときばかりは、浮橋も遠くから見戍《みまも》るだけというわけにはいかず、義輝の命に背《そむ》いて看病にあたった。

義輝が生気を取り戻したのとほぼ同じ時期、尾張《おわり》の風雲児織田信長《おだのぶなが》が、守護代織田信友を攻め殺して、清洲《きよす》城に入り、舅《しゅうと》斎藤道三《どうさん》の待望する尾張国内統一への大きな一歩を踏み出している。

義輝は、おのれの病が、浮橋がいなかったら落命していたかもしれぬほど重いものだったことを、はっきりと感じていた。

（一度なくした命と思えば、焦《あせ》ることもあるまい……）

義輝の修行に変化が生じた。無理をしなくなった。それまでは気にとめる余裕すらなかった森や浜の景色を愉《たの》しむようになり、鳥獣たちに温かい眼差《まなざ》しを向けた。木剣をとらぬ日さえあった。

幻の卜伝に敵わぬことは相変わらずだったが、そのたびに心中で、参りました卜伝どの、と頭《こうべ》を垂れていた。悟りを開いたわけでは、無論ない。時には不意に虚しいような、切ないような、何とも知れぬ激情が衝《つ》きあげてきて、叫び出したくなることもある。

今こうして、季節はずれの嵐《あらし》を呼び寄せる烈風と、荒れ狂う海に、木剣をもって対しているのも、その激情ゆえであった。

「てええええいっ」

義輝の口から、喉《のど》も裂けよとばかりの、凄《すさ》まじい気合声が、いや、苦悶の叫びが迸《ほとばし》り出た。叫んでも、しかし、天空を揺るがせる雷鳴によって、掻《か》き消されてしまう。

烈風に、雨が混じった。横殴りの雨が、顔を叩《たた》く。痛かった。だが、義輝は、叩かれるにまかせた。

（鹿島の神にかわって、天がわしの不甲斐《ふがい》なさを怒っているのか……）

一介の若き悩める剣士の姿が、ここにはあった。翻《ひるがえ》って云えば、今が義輝の最も幸福な時期なのかもしれぬ。京にあれば、有名無実の足利将軍として、守護大名以下の政争の具とされ、左顧右眄《さこうべん》の日々を余儀なくさせられているであろう。

その都の政争の火の手が、何とこの常陸の片隅にまで延びてきていたことを、義輝はもうすぐ、思い知らされることになる。その邪悪な気配に、ゆっくりと振り向くと、砂の段丘を越えて、黒装束の一団が駆け向かってくるところであった。数えて二十人、明らかに忍びの者たちである。

（また松永弾正《だんじょう》の刺客か……）

咄嗟《とっさ》に義輝は、そう見当をつけた。

三好長慶の股肱《ここう》、松永弾正久秀《ひさひで》は、以前も独断で義輝暗殺を試みて失敗している。弾正は、阿波《あわ》の足利義維《よしつな》・義栄《よしひで》父子を手懐《てなず》けているので、機会があれば義輝を亡き者にしたいと考えていよう。

（いや、早計かもしれぬ……）

義輝が京を離れて三年近くになる。その間に、三好政権の中で、利害関係がどのように変化しているか知れたものではない。義輝の予期せぬところから、暗殺の魔手は伸ばされてきたかもしれなかった。

いずれにせよ、迫りくる二十人の黒装束が畿内から放たれた者共だとすれば、義輝が独旅をつづけているという秘事を、すでに知られてしまったということになる。とすれば、義輝も鹿島に留《とど》まってはいられぬ。

（何も得られぬままに、修行を了《お》えねばならぬのか……）

その落胆と口惜しさとの暗澹《あんたん》たる思いに、義輝は一瞬、茫然《ぼうぜん》となった。そのせいかどうか、砂を蹴立《けた》てて走り来たった二十人が二重の円陣を作って、自分を取り囲んでしまうまで、義輝は一指も動かさずにいた。

「誰の手の者か……と訊《き》いても、応《こた》えはすまいな」

義輝の言葉は、風に割れて四散する。暗殺団は、無言で、一斉に抜刀した。問答無用ということか。

義輝の双眸《そうぼう》に、ぽっと灯《とも》ったものがあった。怒りの炎《ほむら》である。

（わしを殺して、どうなるというのだ。戦乱に拍車をかけるばかりではないか……愚か者めが）

義輝は、木剣を八双《はっそう》につけた。義輝自身が枇杷《びわ》の木を削って拵《こしら》えたものだ。刃渡り部分は、今も腰に帯している愛刀大般若長光《だいはんにゃながみつ》と同じ二尺四寸余の長さにしてある。

誰が合図をしたのでもないのに、暗殺団の二重の円陣がゆっくり動き出した。内円の十人は右へ、外円の十人が左へ、横歩きに円を描いて回転を始めたのである。刀を、内円の十人が上段、外円の十人は下段につけた。

内円の直径は、およそ六間《けん》。したがって、そのひとりひとりと義輝との間隔は、三間ということになる。逃れようのない必殺の円陣であった。

この死地から義輝を救い出せる者は、ひとりしかいない。だが、その浮橋もまた、砂の段丘の向こうにひろがる松林の中で、生死を懸けて戦っていた。

三

「ぐふふ。公方は必殺の渦巻陣の中に入った。もう間に合わぬわ、浮橋」

松の太い幹に身を寄せて、その向こう側の気配を窺《うかが》いながら、嘲笑《ちょうしょう》を浴びせかけた黒衣の男は、多羅尾《たらお》ノ杢助《もくすけ》であった。六郎晴元《はるもと》を見限って、長慶のもとへ奔《はし》った伊《い》勢貞孝《せさだたか》の手飼いの忍びである。

松林に吹きつける雨まじりの海風は、木を薙《な》ぎ倒すかと思える勢いで、荒れ狂っており、実際、木々の根はみりみりと音をたて、枝葉などは数限りなくもぎとられていく。この松林の中は、黒雲と樹冠によって、日中というのに薄墨を流したような暗がりを呈していた。

「甲賀より手錬者《てだれ》ばかりを呼び寄せたのだ。公方は逃れられはせぬ。おぬしも、ここで果てよ」

杢助は幹を跳び離れ、薄闇《うすやみ》の中へたてつづけに手裏剣《しゅりけん》を投げうった。浮橋が動いたのを察知したのである。

杢助から五、六間しか離れていない地で、浮橋の黒い影が鞠《まり》のように転がり、松の幹の向こう側に隠れた。

（いかぬわい。杢助がいては、とても浜へ出ることはかなわぬぞ）

浮橋は、いつも松林の中から、義輝にそれと気づかれぬように見戍ってきた。だが、かつて一度も、義輝の孤独な稽古場に闖入者《ちんにゅうしゃ》が現れたことはない。況《ま》して今日は、嵐《あらし》のくる日。浜辺といわず、鹿島の境内といわず、朝から人っ子ひとり見当たらなかった。それを思えば、暗殺団の出現に気づくのが後《おく》れたのは、浮橋の罪ではない。

浮橋の足元を、赤や白や黄色の色彩の断片が通り過ぎてゆく。海岸に咲く花の花びらが風に吹き飛ばされたものであろう。

浮橋は、松の幹に背をはりつけたまま、するすると登りはじめた。

二丈も登ると、幹は二股《ふたまた》に分かれており、浮橋はその股の間にしゃがんで、くるりと振り向いた。三間ほど向こうの、同じくらいの高さの松の木の股に、ほとんど同時に杢助も駆け上がっていた。空中に、二人の忍びの眼光が、互いを射てはじけた。

「血迷うたな、浮橋。この多羅尾ノ杢助を対手《あいて》に、猿飛《さるとび》を挑むか」

杢助は、早くも勝利を宣言するように云った。猿飛とは、木から木へ猿が飛び移るのとかわりなく、樹林の中でおのが五体を着地させることなく飛翔しつづける術をいう。ただ飛翔するだけでなく、その間に他の技を同時に繰り出す。甲賀忍びの多羅尾ノ杢助は、この猿飛の名人といわれ、浮橋もそのことは承知している筈。

「猿飛とは、無粋《ぶすい》な術名にござるよなあ」

浮橋の云いざまは、杢助を小馬鹿にしている。

「何い」

「木々の間を滑空する技を、やつがれどもの判官流忍びでは、こいぬれ、と称するよ」

「こぬれだと……」

「むささびは木末《こぬれ》求むとあしひきの山の猟夫《さつお》にあひにけるかも」

と浮橋は歌う。杢助は、何だ、こやつは、という表情をした。

「万葉の古歌でござるよ。野人《やじん》の杢助どのには、ちと難しゅうござったかな」

にっ、と浮橋は笑うや、その残像を杢助の眼に焼き付けて、ぱっと別の松の木へ飛び移った。その姿は慥《たし》かに、猿ではなく、むささびに似ている。

「この多羅尾ノ杢助を愚弄《ぐろう》しおったな」

杢助の、黒覆面からのぞいている三白眼《さんぱくがん》が、眦《まなじり》を吊《つ》り上げた。

杢助は、浮橋のように飛ぼうとはせず、さらに幹をおそろしい迅《はや》さで駆け登ると、その松の頂に近いところの一枝の先までつつっと進んで、そのしなりを利して、五体を高く舞い上がらせた。

そのまま杢助は、空中を飛翔して、隣の松の木の一枝に足を着けるや、また同じように、枝のしなりを用いて、おのが躰《からだ》を飛ばせている。三本目へ移るときも、同様であった。

そうしてたちまち追いついてくる杢助に、浮橋の肝《きも》は冷えた。

（こんな凄《すご》い滑空術は見たこともない）

猿飛を用いるときは、ふつう木へ飛び移ったとき、枝に懸垂したり、腹を巻きつけて回転したり、蹴上《けあ》がりをしたりする。杢助のように手を使わぬということはありえぬ。名人といわれるだけのことはあった。

（この手は、失敗だったかもしれぬて）

浮橋は、めずらしく焦った。

「どうした、浮橋」

早くも杢助が先回りして、これから浮橋が飛び移ろうかという木の高処に、悠然と腕を組んで佇《たたず》んでいた。浮橋は、枝に懸垂した状態の、隙だらけの姿をさらしている。

「おぬしのこぬれの術とやらは、子供の木登りにも劣るではないか」

「ものは相談だがの、多羅尾ノ杢助どの。べつの術で勝負いたさぬか」

「ふざけるのも、たいがいにせい」

杢助の右腕が動き、二本の手裏剣が浮橋めがけて空を疾《はし》った。

同じころ、風雨の吹きすさぶ浜辺では、暗殺団の渦巻陣の回転が、最高潮に達していた。立っているだけでも辛《つら》いような激甚《げきじん》の風雨と、足運びを妨げる濡《ぬ》れた砂地という悪条件下にもかかわらず、渠らの動きには一糸の乱れもみられぬ。多羅尾ノ杢助が選《よ》りに選った忍び衆だけのことはあった。

その渦巻の中心にある義輝は、暗殺団の次の動きを待っている。義輝には、この期《ご》に及んでも、渦巻陣の攻撃法がいかなるものか予測がついていない。むしろ何の予測もつけずにいた。ひとつの予測をもってしまえば、それに縛られてしまう。この場は臨機応変であるべきだ。あとは、反応の遅速が生死を決することになろう。

渦巻の円は、徐々に縮められ、半径二間ほどになっている。これがそのまま、内円の十人と義輝との間合いであった。どちらかが一歩踏み込めば、双方ただちに刃圏内に入る。

（来る）

義輝が感知した瞬間、内円の十人が、回転を急停止させて、半歩だけ踏み出し、上段の剣を一斉に振り下ろした。

（おとりだ）

咄嗟《とっさ》に見破った義輝は、ほとんど本能的に、海に背を向けて、地を蹴《け》っていた。地を蹴った義輝は、真正面のひとりの、踏み出した足の膝《ひざ》を、次いで肩を踏み台として、その頭上へ五体を跳躍させた。

同時に、その者の真後ろに位置していた外円のひとりが、舞い上がってくる。こちらは、内円の者の背を蹴って、その頭上を越えようというところであった。まったく同じ動きを、他の九組も行っている。

この渦巻陣は、内円の十人が上から下へ急激に剣を動かし、標的がそれに惑わされた一瞬を捉《とら》えて、外円の十人が下段の剣をはね上げざま、前の者の背を蹴ってこれを跳び越え、一斉に頭上から標的へ襲いかかる。まさしく必殺の陣形で、いったん渦巻陣の中に取り込まれたら、逃れる術《すべ》はない筈であった。

義輝は、舞い上がってきた外円のひとりと空中で跳び違いざま、この者の脳天を木剣で砕いた。義輝の跳躍には、強烈な海風に背を押された分、迅《はや》さがあった。これに反して、海風をまともに正面から受けた敵は、助走も跳躍も勢いを削がれていたことが、生死の分かれ目となった。

渦巻陣を破られた暗殺団の面々に、動揺の色がよぎる。今や十九人が、陣形を崩してひとかたまりになっている。

その中へ、くるっと振り返った義輝が、逡巡《しゅんじゅん》せず斬《き》り込んだ。

高波の向こうで、稲妻が疾《はし》った。風にあおられて、地から猛然と舞い上がってくるような雨の中に、真っ赤な飛沫《しぶき》が混ざり合う。人の骨を砕く打撃音や、断末魔の悲鳴は、大自然の咆哮《ほうこう》に呑《の》み込まれて、まったく聞こえない。ここに目撃者がいても、義輝と暗殺団の斬《き》り合いは、無言の舞踏劇としかその眼に映らなかったであろう。

松林の中の戦いも、終焉《しゅうえん》を迎えようとしていた。

こぬれの術を駆使する浮橋の表情に、疲労が色濃く滲《にじ》んでいる。背の忍び刀の鞘《さや》に一本、手裏剣が突き立っているが、これは先刻、杢助の投げうったのを躱《かわ》すべく、枝に腹をつけて回転した折りに食らったものであった。

「あっ」

枝から足を滑らせた浮橋の躰が、幹を背にして、べりべりという音とともに、ずり落ち、地上から十尺ほどのところで止まった。強風に引き剝《は》がされた幹の皮がささくれだっていて、それに帯をひっかけたのである。

頭上から杢助の声が降った。

「おもしろき眺めよな」

浮橋が振り仰ぐと、杢助はなんと、浮橋のひっかかっているのと同じ松の木の、上方にいたのである。二十尺ほど上だ。忍び刀を右手にひっさげている。

「怖がらずともよいぞ、浮橋。ひと太刀で地獄へ送ってやる」

杢助は、左下方へ跳んだ。そこに、葉の少ない、跳躍に適した一枝が伸び出ている。ちょうど、杢助のいたところと、浮橋との中間あたり。杢助は、これを一度踏んでから、狙《ねら》い定めて浮橋に斬りかかるつもりらしい。

浮橋は、宙ぶらりんの状態で、じたばたする。手足の短い、円《まる》い肥体であるだけに、裏返しになった亀が起き直ろうと、必死でもがく姿にそっくりではないか。

「お慈悲を」

と浮橋は叫ぶ。

「ばかめが」

空中に酷薄な笑いを撒《ま》き散らして、杢助は狙った枝にとんと足をつけた。刹那《せつな》、その枝が、烈しい音をたてて、付け根から折れた。

「くそっ」

杢助の五体は空中にもんどりうって、枝と一緒に落下していく。転瞬、頭を庇《かば》って身を捻《ひね》った杢助だが、右肩から背へかけて強《したた》かな衝撃があった。骨の砕ける異様な音がした。これこそ、浮橋の待っていた瞬間である。

猿飛の術で戦いを挑めば、それを最も得意とする杢助に慢心が生じることを、浮橋は計算に入れていた。そして、その慢心が、この烈風が木々に重大な傷を負わせていることを、杢助に気づかせないことを願った。浮橋は、いかにも折れそうな枝をつけた木へ杢助が飛び移るように、巧みに誘導しつづけた。この場合、浮橋の杢助を愚弄する物言いと、必死を装ったあわてぶりとが、奏功したといってよい。お慈悲をと叫んだのも、土壇場で杢助を油断させ、おのが死の瞬間までは逆転の勝利を信じるという浮橋の執念であった。唯一の計算違いは、自分が木の皮のささくれにひっかかってしまったことであろう。

浮橋は、忍び刀を抜いて、木の皮にひっかかっている帯を断ち切るや、十尺下の地へ降り立ち、間髪を入れず、杢助へ襲いかかる。忍び刀は、杢助の胸を深々と抉《えぐ》った。

「不覚……」

呻《うめ》いた杢助は、浮橋を睨《にら》みつけた。

「これも乱世の忍びの宿命じゃて。怨《うら》んでくれるな」

その一言を与えて、浮橋は忍び刀を杢助の胸から引き抜く。そして、杢助が口から血を噴き出させて仆《たお》れるより早く、これに背を向け、砂浜へ向かって走り出した。

松林から一歩踏み出した途端、浮橋は、猛烈な風雨をまともに受けて、暫《しば》したじろいだ。眼を開けてもいられぬほどであった。

（大樹に万一のことあらば、この浮橋、死んでも死にきれぬ）

不安で浮橋の胸ははち切れそうになる。

「大樹、大樹。何処《いずこ》におわします」

浮橋は、海へ向かって走った。砂の段丘をひとつ越えただけで、雨と波しぶきとで、浮橋の衣類は下帯までびしょ濡れになる。

次の段丘を越えたとき、波打ち際に近いところに佇立《ちょりつ》する人影が、浮橋の眼に飛び込んできた。その人の周囲には、いくつもの黒い塊が転がっている。

「大樹……」

暗天の下の遠眼でも、忍びの浮橋が義輝の姿を見違える筈はない。浮橋は、歓喜に衝き動かされたように、一息に義輝のもとへ駆けつけた。

風下に立った浮橋の鼻に、血臭が押し寄せる。鮮血に染まった木剣をだらりと下げた義輝の躰に怪我《けが》はないようであった。

「ようも、ご無事で」

浮橋は感涙に咽《むせ》んだ。

「それより、この者共は……」

と義輝が問う。

「やつがれは今、向こうの松林の中にて、多羅尾ノ杢助を仕留めましてございまする」

「では、伊勢が……」

その先を口に出さなかったのは、義輝には些《いささ》か信じ難いことだったからである。慥《たし》かに伊勢貞孝は、昔のように操り人形でなくなった義輝を憎み、また何年も前から義輝の身辺を密《ひそ》かに杢助に探らせてもいた。だが、仮にも貞孝は、義輝の傅役《もりやく》だった人間ではないか。義輝の失脚は願うところでも、そのために暗殺団を差し向けるほど非情になれる男ではない。衰えたりといえども、二百年以上もつづいている足利将軍というものへの敬意を、心の何処《どこ》かに蔵している点で、貞孝は三好長慶と同類といってよかった。

解《げ》せぬ、と義輝が首をひねったとき、地の底から湧き出たような不気味な哄笑《こうしよう》があがった。

「杢助」

浮橋が驚いたのは当然であろう。杢助の胸を貫いた一刀には、存分の手応えがあった。ほとんど即死していなければならぬ筈である。

しかし、杢助は、義輝と浮橋の立つ場所から、五間ほどの近さまで、よろよろと追いすがってきていた。出血のために黒衣が肌にべったり貼《は》りついている。覆面は脱いでおり、白蠟《はくろう》同然の色になった顔じゅうに、砂と泥がくっついていた。唇から流れ出る血は、顎《あご》に幾筋ものあとをつけている。今や多羅尾ノ杢助は、冥界をさまよう悪鬼さながらであった。

「杢助。成仏いたせ」

浮橋は、止《とど》めを刺すべく、杢助のほうへ駆け寄ろうとする。

「待て、浮橋。この忍びは、何か云いたいことがあって、ここまでまいったのだろう。聞いてやれ」

頷《うなず》いた浮橋は、這《は》いよってくる杢助に手が届くところまで進んだ。だが、ゆめ油断はならぬ。多羅尾ノ杢助ほどの忍びともなれば、死に際まで闘志を失わぬものである。

突っ伏している杢助がゆっくり顔をあげたところへ、云いたいことがあるのなら申せ、と浮橋は促《うなが》した。

「し……信じられぬ。わが配下の渦巻陣を破るとは……く、公方さまは、おそろしき達人よ」

聴き手が浮橋でなければ、ほとんど聴きとれぬほど、かすれきった低い声であった。

「さては、死に際になって、大樹にお赦しを乞いにきたか、多羅尾ノ杢助」

「ふふふ、そのようなものかな……。おれは……仕《つか》える主人を、ま、間違えたわ。浮橋、貴様が、羨《うらや》ましいぞ」

「その言葉、伊勢守にきかせたかった」

杢助が、力なく微かに頭《かぶり》を振る。

「こ、こたびの公方さま襲撃は……伊勢守さまのご命令では……ない」

「なんと」

浮橋は杢助の眼をのぞきこんだ。杢助の双眸《そうぼう》はすでに光を失い、表情がない。

「伊勢守さまは……公方さまがひそかに旅に出られたことを、気づいておられぬ」

「なれば、何者の命令だ」

浮橋は、身を乗り出し、おのが顔をほとんど杢助のそれにくっつけるようにした。

「お、おれに、めい……命令を……下された御方は……」

李助の意識は急速に遠のいていくようだ。命令者の名を云わずに死んでもらっては困る。浮橋は突っ伏している李助の顔を両手に挟んで、揺り動かした。

「多羅尾ノ李助、しっかりいたせ。命令したのは、一体誰なのじゃ」

「そ……それは……」

「それは」

「………」

李助は何か云ったが、さしもの浮橋にも聴きとれぬ。浮橋は、李助の脇《わき》の下に両腕を差し入れ、膝立《ひざだ》ちの姿勢まで抱え起こした。

「もう一度云うて……あっ」

浮橋は、李助の罠《わな》にはめられたことを悟った。李助の腹から煙が立ち昇ったではないか。短い火縄が燃えており、その尽きるところに両手に入るくらいの黒い玉が、懐におさまっていた。ほうろく（爆弾）の小型のものに違いない。甲賀忍者の火術は、古くからその世界ではつとに知られており、南蛮の鉄炮《てっぽう》伝来後は、更にその術は強力になったという。

「道連れだ、浮橋」

李助は、両手で浮橋の頸《くび》をがっしり摑《つか》んだ。これはまさしく、死力を振り絞ったものであり、浮橋の頸の血管を膨張させ、一瞬のうちに破裂寸前まで追い込んだ。

「浮橋」

直《ただ》ちに駆けつけた義輝の腰間《ようかん》から、大般若長光が鞘走《さやばし》った。

「ぎゃあ」

両腕とも肘《ひじ》から断たれた杢助が、後ろへひっくり返った。浮橋は、おのが頸に杢助の両腕をつけたまま、とんぼをきって、その場から逃れた。義輝も、杢助の両腕を切断しざま、杢助と浮橋の間を駆け抜けている。

爆発は、この直後に起こった。杢助の肉片が、臓物が、骨が、鮮血の尾を引いて、あたりに飛び散る。

（忍びの者らしい最期《さいご》よ……）

多羅尾ノ杢助の死にざまを、そう思った義輝だが、しかし、それにしてもあまりに酷《むご》たらしい。

義輝は、嵐の浜辺に凝然と立ち尽くすばかりであった。

四

暁闇《ぎょうあん》の密林に、薄霧《うすぎり》がゆっくり流れ往く。樹上で、梟《ふくろう》が眼を瞬《しばた》かせている。やがて、上空を被《おお》う紫紺《しこん》の色は、薄く薄く伸ばされ、地上も仄々《ほのぼの》と明るさを帯び始める。昨日の烈《はげ》しい雨に洗い流された後の、三笠山の木々は、鞣《な》めしたような色艶《いろつや》と、強い芳香を放って、今日一日の目覚めを迎えようとしていた。

（いま思えば、短い月日だった……）

小屋の中に身を横たえる義輝にとっては、これが鹿島参籠の最後の朝であった。最後だと思うと起き出るのが惜しい気がして、義輝は覚醒《かくせい》していながら、瞼《まぶた》を上げずにいる。

塚原卜伝のように参籠千日まではいかなかったが、それでも六百日を越える峻烈《しゅんれつ》な修行の日々であった。

（なれど、無為《むい》だったか……）

義輝は無念の思いを捨てきれぬ。もとより満願の日ではない。剣の奥義をきわめたのでも、神夢を見たのでもないのに、志なかばにして、修行の場を去らねばならぬとは。

義輝自身は、尚《なお》まだここで修行をつづけていたい。だが、今度ばかりは、

(致し方もない)

おのれを納得させざるをえなかった。

昨日の多羅尾ノ杢助指揮下の暗殺団による義輝襲撃の意味は重大である。何者か知らぬが、その命令者が義輝の所在を突き止めた以上は、次にどのような卑劣な手をうってくるか、まったく測りがたい。

となると、案じられるのは朽木《くつき》のことであった。これは、敵がどの程度の力の持主かによるが、場合によっては、朽木家の存在が危うくされるかもしれぬ。

思えば、旅に出て二年間余り。これだけ長期間にわたって、義輝不在を秘密にし果《おお》せるものではない。今まで秘密が漏れなかったのが不思議なくらいである。稙綱《たねつな》・鯉九郎《こいくろう》をはじめ、朽木館の人々の苦心は並大抵のものではなかったろう。

事ここに到っては、もはや義輝一個のわがままは許されぬ。一日も早く朽木へ帰還すべきであった。なればこそ、

(致し方もない)

と義輝は思い決したのである。

それでも尚、せめてあと一夜だけ鹿島に籠もりたい、と義輝が浮橋に云ったのは、六百日以上もおのが剣を研鑽《けんさん》してきた修行場に、静かに別れを告げたいと思ったからであった。

「一夜だけなら」

浮橋も、義輝の最後のわがままをきいてくれた。

鹿島参籠最後の夜が、今しも明けようとしている。今朝は、いつものように、御手洗池で沐浴《もくよく》をし、奥宮を拝して鹿島神宮に別れを告げたら、塚原城へ赴くつもりでいる。卜伝に別れの挨拶《あいさつ》をしてから、近江《おうみ》への帰途につく。

義輝は、強いて《し》瞼を押し上げると、暫く《しばら》粗末な小屋の天井を見上げていたが、軈て《やが》小さく吐息《といき》をついてから、半身を起こした。

（修行はおわった……）

立ち上がると、みずから何度も繕《つくろ》った継《つ》ぎ接《は》ぎだらけの寝衣を脱ぎ、下帯ひとつの姿になった。贅肉《ぜいにく》とは無縁の、陽に灼《や》けた義輝の裸身があらわになる。これから最後の沐浴に行くのである。

義輝は、真新しい白木の木剣を手にとった。

この小屋は、樹林の中のほぼ円形の空き地の片隅に建ててある。この円い空き地は、さしわたし七間ほどもあって、木剣を揮《ふる》うのに都合がよいので、選んだ場所であった。それに上空も円《まる》くぽっかりと切り取られているため、その中に瞬《またた》く星ばかりは自分のためだけにあるような気がして、義輝の孤独感をいくらか癒《いや》してくれた。その円い天空から武神が降りてくるやもしれぬ、と義輝は心のどこかで期待していたのかもしれない。

木剣を左手に下げ、下帯ばかりの裸形のまま、義輝は小屋を出る。見上げると、円い天空は、桔梗《ききょう》色を薄めて、夜明けのくることを知らせていた。あたりには薄霧が流れているが、未明の冷気にも、冬でもない限り、義輝の膚《はだ》は粟立《あわだ》ちはしない。強靭《きょうじん》なのである。

この霧はほどなく消え、今日は夏の到来近しと思わせる晴天になろう、と義輝は感じた。永く自然に馴染《なじ》んで暮らしてきたおかげで、今では鹿島の空の機嫌を窺《うかが》い知ることができる。

御手洗池へ向かうべく、小屋の前から一歩踏みだしかけて、はっとした。薄霧の向こう、なんと五間ほどの近さに、人が立っていたのである。

（いつのまに現れたのか……）

その驚きと同時に、これほど接近されるまで人の気配に気づかなかった自分に、義輝は腹が立った。

(何のための修行だったのだ)

こんな油断があるようでは、到底、塚原卜伝の域には達せられぬ。不覚者めが、と心中でおのれを詰《なじ》った。

それでも義輝は、左手に引《ひ》っ提《さ》げた木剣を、わずかに引き寄せる。またしても刺客か、と疑った。

だが、五間向こうに佇立《ちょりつ》する人の顔へ、よく視線を当ててみて、ぎくりとする。

(天狗《てんぐ》か)

そう錯覚したほどの異形の恐ろしい相貌《そうぼう》であった。そのくせ、首より下は、鶴《つる》のような痩身《そうしん》を、渋い薄茶色の小袖《こそで》と一重《ひと》袴《えばかま》に包んでおり、全体の風姿そのものは何やら冒しがたい気品を漂わせている。

更に凝視してみて、義輝はその人の異形の顔が、能面であることに気づいた。

(大癋見《おおべしみ》だ)

能面の大癋見の超人的な形相《ぎょうそう》は天狗のものだという。

(何者か……)

刺客ではないらしい。その証拠に、大癋見の能面士は、身に寸鉄も帯びてはいなかった。殺気を放ってもいない。

能面士はゆっくりした動作で腰を落とし、足もとに落ちていた小枝を右手に拾いあげた。椎《しい》の枝のようである。昨日の風に折られたものであろう。

それから、能面士は、だらりと両腕を下げたなり、一歩前へ出て、

「まいれ」

穏やかな口調で、義輝を促した。

(何のつもりだ……)

訝《いぶか》った義輝だが、次に能面士が右手にもった椎の小枝をすうっと青眼《せいがん》につけた瞬間、身も心も慄《おのの》いた。わずか一尺にも満たぬ長さの小枝が、ふいに途方もない大剣に膨れ上がった、と見えたのである。

武甕槌神《たけみかづちのかみ》が、失神していた神武天皇の皇軍を蘇生《そせい》させるため、天から投げ下ろしたとされる霊剣フツノミタマは、無反《むぞ》りの刃渡り七尺四寸という大業物《おおわざもの》で、この鹿島神宮に奉納されてある。そのことを咄嗟《とっさ》に思い出して、義輝は、頭がくらくらしそうになった。

(まさか……)

と義輝が思ったのとほとんど同時に、能面士の背を後光が射し染めた。鹿島灘の水

平線の向こうに昇りはじめた太陽の、最初の光が、海面をきらめかせ、地上を這《は》い、樹林を縫って、ここまで届いたのである。が、義輝の眼には、それはこの世のものならぬ光と映った。息が停《と》まりそうになる。

（この御方は、武神の化身に違いない）

義輝の身内を駆けめぐる戦慄《せんりつ》は、最初の恐怖から、歓喜に満ちたそれへと変わった。

（竟《つい》にわが願いが天に通じたのだ）

影流を創始した愛洲移香斎は、日向鵜戸《ひゅうがうど》明神の霊窟に籠《こ》もって、蜘蛛《くも》の化身の老翁《ろうおう》より秘伝を授かったという。また、天真正伝神道流の飯篠長威斎にいたっては、河童《かっぱ》に極意を伝授されたそうな。

現実に蜘蛛の化身や河童が出現したか否《いな》かは、どうでもよい。刀法、或いは槍法《そうほう》に玄妙不可思議なるものを求めて、自然界に存在するあらゆるものはむろん、おのが想像の産物までも、そのことのみに繋《つな》げてしまう一心不乱の境地こそが、大切なのである。その一心不乱の中でのみ、武芸の妙諦《みょうてい》は得られるといってよい。

ゆえに、眼前に立つ能面士は、義輝にとっては、鹿島の祭神武甕槌神《たけみかづちのかみ》の化身である以外の何ものでもなかった。

義輝は、なかば雲を踏むような夢見心地の中で、木剣を八双《はっそう》に構えた。

この空き地には、一草も生えておらず、地肌が剝《む》き出しになっている。ここを修行場と定めた義輝が、草をすべて刈り取ったのである。だが、早朝のひんやりした土の感触を愉《たの》しむような余裕は、今の義輝にはない。

天から降り立った武神の化身が消えてしまわぬうちに、教えをうけるのだ。その思いに駆り立てられ、義輝は能面士に向かって、早々と間合いを詰めた。

「鋭《えい》っ」

鹿島の神域に、義輝の気合声が響動《とよ》む。常人の眼には到底止まりえない、疾風《しっぷう》の如き打ち込みが、能面士の頭上を襲った。

瞬間、能面士の姿は、義輝の前から消えた。ふうわりと、羽毛が風に吹かれたように、実にふうわりと、能面士は舞い上がったのである。

振り仰いだ義輝のひたいが、ぴしりと鳴って、椎若葉が一葉、薄霧の中をひらひらと地へ舞い落ちた。白刃ならば、義輝の頭蓋《ずがい》は斬り割られていた。

能面士は、義輝の背後へ降り立っている。義輝は、右へ半転しざま、唸《うな》りをあげる横薙《よこな》ぎの一颯《いっさつ》を繰り出した。能面士の胴を払い斬ったと見えたが、手応《てごた》えがない。

「あっ」

義輝が狼狽《ろうばい》したのも無理からぬ。能面士は、義輝のすぐ左側に立っており、まるで、

「卒爾《そつじ》ながら……」

と見知らぬ人を呼び止めるような、ゆったりとした仕種《しぐさ》で上げた右腕を、ひょいと下ろしたところであった。右手の先には、椎の小枝がある。

義輝の左手首に、小枝の先が触れて、また若葉が一葉、はらりと落ちた。

義輝が、全知全能を傾けて撃つ。これを能面士が苦もなく躱《かわ》す。躱したときには、椎の小枝が義輝の躰のどこかに触れている。触れるたびに枝から若葉が一葉、落ちる。

この繰り返しが、小半刻《こはんとき》（約三十分）もつづけられた。神域に響き渡る声は義輝のものばかりで、能面士は終始無言であった。

その間に、旭日《きょくじつ》は昇りきり、修行場の上の円い空は青々と晴れ渡った。薄霧は消え失《う》せ、あたりには木漏《こも》れ日が満ちている。

義輝の陽灼《ひや》けて褐色の裸軀《らく》は、頭から水をかぶったように汗まみれとなった。睫毛《まつげ》の先にまで汗の粒を光らせた義輝は、両肩を烈しく上下させて喘《あえ》いだ。木剣が、両手で支えているだけでも辛《つら》いほど、ひどく重く感じられる。翻弄《ほんろう》されきって、疲労困憊《こんぱい》しているのであった。

対する能面士は、仮面の下の表情を窺《うかが》うことはできぬが、あくまでも涼しげとみえた。胸元に汗一粒浮き出ていないところをみれば、微笑を浮かべてすらいるやもしれぬ。右手にもつ椎の小枝には、今や一葉の若葉が残るのみである。

強い、というのではなかった。敢《あ》えて云うのならば、とらえどころがない、というべきか。いや、その表現も的を射ているとは云い難い。

能面士の躰からは、怒りも憎しみも、まして殺気など微塵《みじん》も感じられぬ。ただ森の木の葉が風に舞うようにして、

（このわしに戯《たわむ》れかけている……）

としか義輝には思えぬ。これを、なんと観ればよいのか。

この世のものならぬ武神の化身なれば当然のこと、とは割り切れぬ。眼前の能面士は、まさしく自分と同じ姿をした人間で、どう見ても、血肉が通っていると思える。

（なのに、わしとは違う）

能面士は、この鹿島の大自然の中に溶け込んでいる。そのあたりの草木や石と、何らかわるところなく、この広大で力強い生命の中で、同じ律動でもって息づいている。

だから義輝は、能面士一人と戦っているのではなく、鹿島の大自然を対手に、無闇《むやみ》に木剣を揮《ふる》っているような、どうしようもなくたよりない感覚をおぼえずにはいら

れない。対手は、義輝一個の武芸や刀法などを遥《はる》かに超越した巨大なるものであった。

おのが矮小《わいしょう》さを、義輝は思い知った。思い知った途端、かつておぼえたことのない虚脱感に襲われた。その虚を衝くようにして、

「まいる」

と能面士が宣言し、はじめて我から間合いを詰めてきた。

もはや朦朧《もうろう》とし、精も根も尽き果てた義輝には、生もなく、死もない。いや、おのれの存在すらないといってよい。この瞬間、義輝は、わが身も心も、そして剣も、この大地に溶け込んでしまうことを望んだ。

このあと自分が何をしたか、義輝は後日になっても記憶がまるでなかった。ただ、仮面の眼穴の中で、能面士の双眼が何かに驚いたように瞠《みひら》かれ、それと同時に、椎の小枝に右肩をはっしと打たれたことだけを、鮮明に憶えている。

義輝の視界にあるものが、ぐるぐると回転し始めた。それなり義輝は、気を失ってしまう。

地へ仰《あお》のけに倒れた義輝の面上に、椎若葉が一葉、はらりと落ちて留まった。

この義輝と能面士との不思議な戦いを、空き地から十間ばかり離れた木陰より見戍《みまも》

っていた者がいた。浮橋である。

加勢しなかったのは、対手のようすから、義輝への害意を感じられなかったからで、それに、たとえ二人掛りで挑んでも、

(到底勝てる対手ではない)

というのが、傍目《はため》に能面士を観察した浮橋の感想でもあった。

(或いは、卜伝翁《おう》を凌《しの》ぐやもしれぬぞ)

そこまで浮橋が思ったほど、能面士は義輝を軽くあしらっていた。

だが浮橋は、義輝が昏倒《こんとう》する寸前に、何気もなく突き出した木剣が、能面士の左肩を軽く突いたのを、はっきりと見た。その義輝の突きは、むしろ緩慢すぎるくらい緩慢な動作だったのに、これを神の如き遣い手とみえた能面士が躱しえなかったことに、浮橋はひどく驚いた。

能面士は、天を仰いで倒れている義輝の傍らに、片膝を落とすと、右腕をすうっと伸ばし、その掌《てのひら》を義輝の額《ひたい》へ軽く押し当てた。

(何をいたすつもりじゃろう……)

浮橋は、固唾《かたず》を呑《の》む。

能面士はそれなり、凝固したように動かなくなった。

（伝寫《てんしゃ》ノ術じゃ）

浮橋は、眼を瞠《みは》った。おのが思いや記憶していることを、口頭ではなく、ただ念じることによって別の人間の頭の中に、文字通り、伝え寫《うつ》す。忍びの世界では、これを伝寫ノ術とよぶ。

但《ただ》し、この術は、誰にでも出来るというものではない。浮橋ほどの忍びでも、ごく単純な言葉や物の形ぐらいは伝寫できるが、それとても受ける相手が集中力を高めていなければ、なしえることではない。さほどに高等な術を、能面士は気絶している義輝に向かって試みているではないか。浮橋が瞠目《どうもく》したのも無理はなかった。

ここに到って浮橋も、能面士を、人間ではなく、唐天竺《からてんじく》から飛んできた仙人か何かではないか、と疑った。

ほどなく、義輝が武神の化身と信じ、浮橋は仙人かと疑った能面士は、義輝の額から掌を離すと、おもむろに立ち上がった。

このとき浮橋は、仮面の下に微笑が湛《たた》えられているのを感じた。その見えざる微笑は、木陰に潜《ひそ》む浮橋の緊張を和らげるほどに、温かいものであった。

能面士は、悠然と去っていった。

浮橋は、木陰から修行場へ小走りに出て、義輝の裸軀を抱き上げる。そのまま小屋へ運び入れると、若き主人が気づくまで、その傍らに座して凝《じ》っと待った。

義輝の頬は、今の息を切らせた闘《たたか》いで上気したものか、薔薇色《ばらいろ》に輝いている。

（なんと無邪気な……）

修行を始めて六百数十日、これほど満ち足りた義輝の寝顔を、浮橋ははじめて見た。

五

それから二刻余り経《た》った頃合い、義輝の姿を塚原城内に見出すことができる。

「神夢を見られたのでござりまするな」

鹿島の神域における今朝の出来事を、義輝自身の口からつぶさにきいて、塚原卜伝はゆったりと頷《うなず》いてみせた。

卜伝の日常の居室には、卜伝と義輝のほかに誰もいない。戸を開け放してあるので、庭が見える。愛らしい淡紅色の花を咲かせた桃の木の枝で、雲雀《ひばり》が囀《さえず》っていた。

「武甕槌神の化身に、この義輝では到底敵すべくもなく、何ら為《な》すところなく敗《やぶ》れました。二年に及ばんとする鹿島参籠も、非才の身には益ないことにござりました」

義輝は嘆いてみせるが、さして落胆していない自分に気づいていた。武神の化身と闘う前までのわが心は、無念の思いに掻《か》きむしられていた筈ではなかったか。

(奇妙な……)

と自分でも思うが、説明がつかぬ。だから、その表情は意外なほど明るかった。

卜伝は、静かに立ち上がると、

「庭へまいられませ」

微笑を湛えて誘った。

誘われるままに義輝が、卜伝のあとから庭へ降り立つと、これを待っていたように、どこからか卜伝の家来が、二振りの木剣をもって現れる。

義輝は、別段、驚きもしなかった。こうなることを、自分はどこかで予想していたような気がする。義輝は、このことは宛然《さながら》、日課であったかのような自然さで、木剣を受け取っていた。

卜伝が、また微笑んだ。その卜伝へも木剣を手渡した家来は、素早く退《さ》がった。

「不調法なれど、餞別《はなむけ》に」

と卜伝は慈愛に満ちた声音で云うと、木剣を上段につけた。攻めの構えである。

これを松岡兵庫助が見れば、瞠目するに違いなかった。卜伝が門弟に稽古をつけるとき、われから攻めの構えをとることは、絶対にない。

義輝は、無意識のうちに、下段にとった。これは受けの姿勢である。

卜伝の立ち姿が、義輝の眼に、武神の化身と重なって映った。と見えたとき、義輝の身に不思議なことが起こった。

武神の化身の声が聴こえてきたのである。それは音楽の調べにも似ていた。

「生もなく、死もない。おのれの存在すらない。剣士がその無念無想の境地に立ち得たとき、人も剣も天地自然《じねん》の一つとなる。天地自然は、深遠不可思議なるものにて、矮小《わいしょう》なる人知の及ばざるところ」

眼前から卜伝の姿は消えた。義輝の五体が、遽《にわか》に浮き上がったからである。

義輝は上昇する。いかにしても越えられなかった高峰の頂から、長大な手が伸ばされてきて、躰を急速に引き上げられている。

雲の上へ出た。高峰の頂上に立った。

前面に、見霽《みはる》かす限り、大地の力瘤《ちからこぶ》ともみえる山嶺《さんれい》がどこまでもつづいている。

振り返れば、広大無辺の滄海《そうかい》は、穏やかな海面に無数の光を躍らせている。

大自然の中に、ただ一人、ぽつんと佇《たたず》みながら、孤独感はさらさらない。安息すらおぼえた。

ふと傍らを見やると、大きな巌《いわお》の上に、いつのまにか卜伝が立っている。

「卜伝どの」

義輝は、声をかけた。その刹那、義輝の木剣が卜伝のそれを巻き込み、高く撥《は》ね飛ばしていた。

「出来た」

瞭《あき》らかに称賛の声を発して、卜伝は、その場に折り敷き、義輝に向かって頭《こうべ》を垂れた。

むろん、高峰の頂上ではない。卜伝も、そして義輝も、塚原城内の卜伝の居室に面した庭にいる。

義輝は、我に返って、数間の向こうに転がっている木剣を眺めた。自分がどのようにして、卜伝の木剣を撥ね飛ばしたのか、まったくおぼえていない。こうして気づいた今、すでに勝敗は決している。

「これは……」

義輝は、なかば茫然《ぼうぜん》となった。一体、何が起こったのだ。

(わしが卜伝どのに勝てる筈はない)

卜伝は、故意に負けて、何も得られなかったという義輝への慰めとしたのか。餞別に、とはそういう意味であったのか。

そうした戸惑いの表情で見下ろしている義輝に、卜伝は静かに頭をふってみせた。

卜伝ほどの達人になれば、人の心を見抜くことは容易である。

「紛れもなく公方さまの御一手に、この卜伝、敗れ申した」

「揶揄《からか》われるのか」

「なんの。嘘いつわりはござりませぬ」

義輝には、まだ信じられぬ。

「卜伝どのは、絶対不敗の秘剣一ノ太刀を会得《えとく》されておらるる。何条もって、この未熟者の義輝如きが敵《かな》いましょうや」

「公方さま……」

卜伝は、微笑した。

「絶対不敗の秘剣など、ござりませぬよ」

「卜伝どの。この義輝を慰めんとのご厚情は有り難きことなれど……」

そこまで発した義輝の声に、卜伝のそれが重ねられる。

「わが新当流に限らず」

と卜伝は云い、

「剣の奥義とは、ただひとえに、天地自然と化すのみ」

語気は、静かだが、確信に満ちていた。

あっ、と義輝は思った。たった今、卜伝と対峙《たいじ》した、それこそ一瞬のうちに見た夢の中で聞いた言葉が、鮮やかに脳裡《のうり》に蘇《よみがえ》った。義輝は、それを口走る。

「生もなく、死もない。おのれの存在すらない。剣士がその無念無想の境地に立ち得たとき、人も剣も天地自然の一つとなる」

さよう、と卜伝があくまで微笑を絶やさずに頷《うなず》く。

「そうして天地自然に溶けた剣士の揮う剣を、秘剣と称するのでござる。今、公方さまが、わが剣を撥ね飛ばしたは、まさしく秘剣。それには技も型もござらぬ」

「では、一ノ太刀とは……」

もはや義輝には、そのこたえが分かっている。

「一ノ太刀とは、天地自然の心のありようを、そう称するにすぎませぬ」

義輝の口から、ああ、という祈りにも似た吐息《といき》が漏れた。義輝は天を仰いだ。魂を烈しく揺さぶる感動に、こみあげてきたものを堪《こら》えようとした。

だが、堪えきれぬ。ただ、熱い泪《なみだ》が、義輝の双眼から迸《ほとばし》り出た。剣の奥旨《おうし》を会得した、などという不遜《ふそん》の思いはさらになかった。われとわが身が新しき世界へ踏み出した感動に、義輝は頰《ほお》を濡らした。新しき世界は、純一無雑である。

泪が乾くまで、義輝はそうしていた。

やがて義輝は、腰を落とすと、まだ蹲《うずくま》っている卜伝の手をとった。

「師よ」

と義輝は卜伝によびかける。

「この御恩、終生忘れませぬ」

「勿体《もったい》なき仰せ。この老骨は何ひとつお教えいたすことができませなんだに」

卜伝の双眸には、慈父のような優しい光が湛えられている。その光を、義輝は真実、死ぬまで忘れなかった。

浮橋が庭へ入ってきた。

「大樹。ご出立の支度が調《ととの》いましてございまする」

つづいて松岡兵庫助も入ってきて、城下はずれまで見送りたいと申し出たのを、義輝は敢《あ》えてことわった。

塚原城の小振りの門を出たところで、別離の最後の挨拶《あいさつ》が交《か》わされる。義輝の素《す》生《じょう》を知る卜伝と松岡兵庫助だけが見送った。塚原家中の者や、門弟たちは、義輝のことを、西国から武者修行にきた一介の剣士と信じていた。

馬上の人となった義輝を振り仰いで、

「老婆心ながら……」

と前置きしてから、卜伝は最後の教えを口にのぼせた。

「剣を恃《たの》みとしてはなりませぬ」

剣の奥義は、天地自然の心のありようであって、決して白刃を揮って敵を仆《たお》すことではない。一度はその境地に到達した義輝だが、何分にも若い。そして、この乱世の紛《まご》うかたなき武門の棟梁《とうりょう》である。更には、周囲の思惑に左右される足利将軍であるという現実から、好むと好まざるとにかかわらず、義輝は逃れられぬ。それを思えば、義輝の前途が平穏である筈はなく、血腥《ちなまぐさ》い途《みち》を歩まねばならぬであろう。

そういうときこそ、剣を恃《たの》んではならぬ。武器とするならば、剣の心を武器とすべきである。義輝ならば、それが出来る。

卜伝の最後の教えには、その切なる願いが込められていた。が、そこまで卜伝は語らぬ。語らずとも、義輝には伝わる筈であった。

「師のお教え、胆《きも》に銘じまする」

義輝は、妲己《だっき》の背より、眼眸《まなざし》に深い感謝の念をこめて、卜伝を瞶《みつ》めた。

「おさらば」

小声で短く云うなり、義輝は馬首を転じさせた。あとは一度も振り返りもせず、義輝は妲己の尾を靡《なび》かせて走り去っていく。これも馬上の浮橋が、遅れじとつづく。あたりの新緑が、中天より降り注ぐ陽光に輝いて、義輝の旅立ちを祝しているようであった。

その義輝主従の急速に小さくなっていく背を見送る卜伝の唇が動いた。

「まことに忝《かたじけ》ないことにござった」

後ろに控える兵庫助は、意味が分からず、訝《いぶか》ったが、

「なんの」

という聞き覚えのある声に、驚いて振り返る。そこに温顔、痩身《そうしん》の壮年の武士が佇《ちょ》立《りつ》していた。

「伊勢守さま」

まさしく上泉伊勢守秀綱その人であった。

卜伝や秀綱など、超絶の達人は、雪の最初の一片が舞い落ちるようにして動く。いまだ未熟の兵庫助に、その近寄る気配を察せられた筈もなかった。

上泉秀綱が今日、塚原城を訪れることなど、兵庫助は何も聞いていない。が、卜伝は先刻、承知のようである。兵庫助は何も問わずに、二人から少し離れた。

秀綱は、卜伝のやや斜め後ろに立つと、おのが左肩のあたりに、そっと手をあてた。

今朝、鹿島の神域内の修行場で、義輝の木剣に突かれた箇所である。

大癋見《おおべしみ》の能面をつけ、武甕槌神《たけみかづちのかみ》の化身を演じたのは、この上泉秀綱であった。

「人も剣も不世出の大器におわす」

秀綱は、義輝の人間性と剣才をそう評した。その語気になぜか無念の響きがある。

「うむ」

と卜伝も、微《かす》かに哀《かな》しげである。二人の剣聖の思いは同じであった。

（足利将軍家などにお生まれあそばされねば……）

義輝の姿が、塚原卜伝と上泉秀綱の視界から消えた。

第九章　蝮《まむし》の遺言

一

義輝《よしてる》主従が、汗と埃《ほこり》にまみれた牢人者《ろうにんもの》と出遇《であ》ったのは、塚原城下を出外れた疎林の中の狭い路上においてである。

その牢人者は、主従の馬を避けて、昨日の雨でまだぬかるんでいる道の脇《わき》へ身を移した。馬上の義輝が、愛馬妲己《だっき》に並み足をうたせ、笠《かさ》のうちから軽い会釈《えしゃく》を送ると、これを仰ぎ見た牢人者は、

「卒爾《そつじ》ながら」

と声をかけてきた。牢人者も笠をつけている。何の警戒心も抱かず、義輝は、妲己の脚を止めさせた。

「お手前さまを霞《かすみ》新十郎どのとお見受け仕《つかまつ》った」

浮橋《うきはし》が馬上で懐に手を入れた。飛苦無《とびくない》をいつでも投げうてる。

「怪しき者ではござらぬ」

牢人者は、笠の下から皓《しろ》い歯をみせた。

（これは、かなり遣《つか》うわい……）

と牢人者の武芸の腕に、浮橋は見当をつける。油断がならぬ。

「案ずるな。こちらの御仁《ごじん》に害意はない」

義輝は、ゆったりと破顔すると、鞍壺《くらつぼ》から腰をあげて下馬し、先に笠をとった。

「いかにも、私は霞新十郎です」

義輝の挙措《きょそ》はごく自然なものである。却《かえ》って牢人者のほうが虚を衝《つ》かれたようなかっこうになった。

「これは、ご無礼」

牢人者も笠をとる。義輝より七、八歳は上であろうか。聡明《そうめい》さを証す秀《ひい》でた額《ひたい》と、青雲の志を燃やす眸子《ひとみ》をもつ、生気に満ちた風貌《ふうぼう》の持ち主であった。恃《たの》みとするは、おのれ一人のみ、という気概が感じられる。

大方の牢人者に特有の卑しさを感じさせぬ涼やかな佇《たたず》まいに、義輝は好感をもった。

「お呼び止めいたして、申し訳もござらぬ。それがし、姓名の儀、明智十兵衛光秀《あけちじゅうべえみつひで》と申す。いまだ主《しゅう》をもたぬ牢々《ろうろう》の身にござる」

下馬しかけていた浮橋は、危うく鐙《あぶみ》を踏み外しそうになる。

（この男が明智十兵衛とは……）

忘れられる名ではなかった。浮橋は、この明智十兵衛と八年前、ちょうど今頃《いまごろ》の季節に、三好《みよし》軍団の兵站《へいたん》基地ともいえる堺の海船政所《かいせんまんどころ》で、一度だけ刃《やいば》を交えている。

浮橋が夜陰に紛れて海船政所へ忍び込んだのは、松永弾正《だんじょう》の生命《いのち》を奪うためであったが、弾正の護衛についていた若侍に邪魔されて、その絶好の機会を逸《いっ》した。そのときの若侍こそ、明智十兵衛と名乗ったのである。

明智十兵衛が、三好長慶の次弟の安宅冬康《あたぎふゆやす》に召し抱えられた者で、あの事件の直後に三好氏のもとを出奔《しゅっぽん》したことを、浮橋は後日に知った。

弾正襲撃は深夜のことで、浮橋は、十兵衛の顔貌《がんぼう》を、はっきりと見たわけではない。姓名が同じだからといって、同一人物と決めつけるわけにはいかぬが、

（あのときの御仁に間違いないわ）

と浮橋は確信を抱いた。忍びの勘というものである。

「明智と申さば、美濃国の前守護土岐《とき》家の支族とおぼえるが……」

義輝が十兵衛の差料《さしりょう》をちらっと見てから云《い》った。鐔《つば》に、桔梗花《ききょうばな》の透かし彫りがある。土岐氏の紋所は、桔梗である。

「この鐔は父祖より伝来のものにござる。慥《たし》かに、わが明智家は、土岐氏一族の流れを汲《く》むらしゅうござるが、それがしは物心ついたころには若狭《わかさ》におりましたゆえ、美濃守護家とは何の関わりもござらぬ」

ただし、と十兵衛は付け加える。

「鷺山《さぎやま》の入道どのとは、いささか」

義輝の双眸《そうぼう》が、大きく瞠《みひら》かれる。

「斎藤道三《どうさん》どのがことにござるか」

左様、と十兵衛は頷《うなず》いた。義輝の面上にたちまち、懐旧の色が浮かびあがる。

美濃国鷺山城の老蝮《ろうまむし》は、その性、剛気《ごうき》にして豁達《かったつ》、人と接するに融通無碍《ゆうずうむげ》。でありながら、強烈な毒を蔵《ぞう》して、油断がならぬ。その道三の佇まいは、義輝の眼裏に焼きついている。

（蝮はどうしているだろう……）

鹿島に籠《こ》もりきりだった義輝は、その二年間余りの世の移ろいを、まったく知らぬ。

「道三どのとどのような関わりを」

「それがし、霞どののご同様、わが見聞を広めんと、諸国を経巡《へめぐ》っておるのですが、去年の暮れに稲葉山城下の井ノ口の町へ入ったところ……」

井ノ口へ入るや、十兵衛は一触即発の不穏の匂《にお》いを嗅《か》ぎとった。実際、往来の庶人の間にさえ、張りつめた空気が漂っていた。

驚いたことに、稲葉山のあちこちに翻《ひるがえ》る旗印が、桔梗紋ばかりではないか。稲葉山城主斎藤義竜《よしたつ》が、前美濃国主土岐頼芸《ときよりなり》の落胤《らくいん》であることは公然の秘密だが、形はあくまで斎藤道三の嫡流《ちゃくりゅう》である。家紋は、二頭立波《にとうたちなみ》でなければならぬ筈であった。

その一ケ月ほど前に、道三の実子二人が、稲葉山城内で謀殺《ぼうさつ》されたという風説を、耳にした十兵衛だったが、まさかここまで風雲急を告げているとは予想もしていなかった。この事件は、道三が実子に家督を譲るらしいとの噂《うわさ》が流れたことから起こったという。

状況は、道三にとって最悪であった。美濃の国人《こくじん》・地侍の大半は、難攻不落の稲葉山城に拠《よ》り、土岐氏の旗を掲げる義竜のもとに馳《は》せ参じていた。

十兵衛は、鷹狩りに出掛ける義竜を偶然、眼にすることができた。早くも道三に勝った気でいる倨傲《きょごう》の顔つきに、

（凡将だ）

と感じた。一国を統《す》べる器《うつわ》ではない。

かねてより、道三の黒雲を呼ぶような驍名《ぎょうめい》に魅《ひ》かれていた十兵衛は、躊躇《ためら》うことなく鷺山城を訪れた。別段、道三に召し抱えられて合戦に参加したいと望んだわけではない。戦国の申し子ともいうべき斎藤道三の人物を、一度はみておきたい。それだけの理由であった。

「おぬしで三人目よ」

一介の素牢人でしかない十兵衛に、気軽に会ってくれた道三は、十兵衛の風貌をまじまじと瞶《みつ》めて、面白そうにそう云った。

十兵衛は、問い返した。

「三人目とは……」

「見込みのある若造だ」

「つまり、山城守さま（道三）が見込みありと思われた若造が、それがし以前に二人いたという意味にござりまするな」

十兵衛のこの台詞《せりふ》は、自分に見込みがあるのは当然という前提で語られている。とりようによっては、傲岸《ごうがん》この上もない。

「こやつ、なかなか云うわ。なれど、十兵衛、この道三の眼はもはや曇っておるやもしれぬぞ」

「ならば、試されてみては如何《いかが》」

この一言を吐いてしまった十兵衛は、あとで思い返して、道三の術中に見事はめられた、と苦笑を洩《も》らしたものである。

「試す前にきいておこう。義竜ごときが蝮の道三に勝てるかの」

「智慧《ちえ》の不足は、兵の数で補えましょう」

義竜自身は凡将だが、大軍を恃《たの》んで攻めるから勝つ、と十兵衛は明言した。

「わしに面と向かって、伜《せがれ》を馬鹿者呼ばわりしたは、十兵衛、おぬしが初めてよ」

道三は、腹を抱えて笑った。

「では、わしは義竜に首を授けるか」

「お遁《に》げになればよろしゅうござる」

「何処《どこ》へ」

「越前など、如何」

越前国は、応仁《おうにん》ノ乱で守護斯波《しば》氏が衰退した後、守護代だった朝倉氏が実権を握り、以後、五代つづいている。当代を左衛門督《さえもんのかみ》義景《よしかげ》という。

「左衛門督が、わしを快く迎えるものか」

道三の逐《お》った土岐頼芸が今、朝倉氏に養われている。

「殺しは致しますまい。山城守さまの身柄を押さえておけば、朝倉としても美濃攻略の足掛かりとなり申そう。はなから無力の頼芸どのと違って、山城守さまの存在は巨《おお》きい」

「越前で生き恥を晒《さら》せというか」

「なんの。隠忍自重は一時のこと。朝倉義景は凡愚の人ゆえ、機をみて、またお始めになればよろしゅうござろう」

「何を始めよと云うのだ」

「山城守さまの得意芸にござる」

「わしの得意芸とな」

「齢《よわい》を重ねられて、お忘れでもありますまい」

十兵衛は腕白小僧みたいな笑みを刷《は》き、

「国盗りにござる」

と当然のように云う。これには、道三は笑った。暫《しばら》く止まらないほど大笑いした。

「その気になるところだったぞ」

「その気になられませい」

「蝮にも寿命がある」

道三は、きっぱりと云った。その顔つきにも口調にも老いを自嘲《じちょう》したようすはいささかもなく、道三はただ、自己の現実に冷徹な判断を下したにすぎぬ。

（さすがだ）

十兵衛は、この瞬間、道三の死をこの眼で見届けたいと思った。

二

十兵衛は、その後の数ケ月を、道三の側近くで過ごす。

「弘治二年（一五五六）に年が革《あらた》まった早々、義竜は一万七千余の大兵を催して鷺山へ攻めかかってまいった」

十兵衛は、さらに話をつづけた。義輝は黙然と聞き入っている。

「霞どのもご存知かと思うが、鷺山は備え薄き城」

沢《ま》して道三軍は、わずか二千七百余の寡兵である。かつては魔術的と怖《おそ》れられた道三の軍略をもってしても、数において遥《はる》かにまさる義竜軍を、防ぎきれるものではなかった。

道三は、逃れて、その北方の鳥羽川沿いに北上し、いったん北野城へ入るが、次いで鳥羽川を西へ渡渉《としょう》して、城田寺《きだいじ》城に本陣を移す。

三月最後の夜、その城田寺城内で、十兵衛はひとり、道三によばれた。十兵衛は、鷺山からの敗走中に、獅子奮迅《ししふんじん》の活躍をし、道三の命を救っている。

「十兵衛。おぬし、この老いぼれのために命を落とすは、本意ではなかろう」

道三は、十兵衛の心を見抜いていた。慥《たし》かに十兵衛は、道三の最期《さいご》を見届けたいが、おのれ自身は戦場に屍《しかばね》をさらすつもりなど、さらにない。

「ご賢察、恐れ入りまする」

十兵衛も悪びれずに、素直にこたえる。道三と十兵衛は短い日々の間に、意気投合していた。

「おぬしに初めて会《お》うたとき、わしが云うたことをおぼえておるか」

「三人目よ、と仰せられました」

「そのことよ。あとの二人の名を知りたかろう」

「おひとりは、尾張《おわり》の織田上総介《おだかずさのすけ》どのにござりましょう」

道三は、折りに触れて織田信長《のぶなが》のことを話した。道三が信長に大いなる期待を寄せていることは、その話しぶりから、容易に察せられた。だが、十兵衛には、今の信長は尾張一国を切り取るのに汲々《きゅうきゅう》としている田舎《いなか》武将、としか思えなかった。ただ廻国《かいこく》修行の長い十兵衛は、人は会ってみなければ分からぬ、ということを知っている。

「いまひとりは、察しがつきませぬ」

「つく筈《はず》はないわ。無名の御方よ」

「………………」

「霞新十郎。主取《しゅうとり》をいたす所存《しょぞん》ならば、この御方に仕《つか》えるがよい」

道三は、懐かしげな微笑を湛《たた》えて、勧めたものである。

(霞新十郎……)

北は奥羽《おうう》から南は薩摩《さつま》まで巡ってきた十兵衛も、まったく聞いたことのない名である。

「どのようなお人にござりましょう」

「おのれの眼でたしかめよ。今は、鹿島に籠《こ》もって、武者修行に励んでおらるる筈」

そうして道三が十兵衛に語った霞新十郎の風貌は、宛然《さながら》、古《いにしえ》の源平時代の貴公子を想像させた。俄然《がぜん》、興味をおぼえた十兵衛が、道三のもとを去ったのは、その翌朝の、卯月朔日《うづきついたち》(四月一日)のことである。

道三との関わりを詳《つまび》らかに語り終えた十兵衛は、路傍の草地に折り敷いた。義輝に対する臣礼である。

「どうかこの明智十兵衛めを、霞新十郎どのがご家来衆の末にお取り立ていただきたい」

好もしい十兵衛の態度に、どう応えていいのか、義輝はためらうばかりであった。

「お立ちになられよ。ご覧の通り、私は、そこもとと同じ牢々の身。家来をもつなど、とても覚束《おぼつか》ないこと」

「ご素生《すじょう》をお隠しになっておらるること、それがしには分かり申す」

霞新十郎が偽名であることは、最初に道三からその名をきいたときに、十兵衛は看破している。何故なら、道三ほどの者が、「御方」と敬するからには、無名の士である筈はない。

「わたしの素生を知れば、気落ちいたそうよ。家来とよべるほどの者は数少なく、国も城ももたぬ」

「よろしゅうござる。国も城も家来も、これから持たれればよいこと」

十兵衛は、莞爾《かんじ》としたものである。

実は十兵衛は、馬上の霞新十郎を見た瞬間、その笠《かさ》の内の顔を拝する前に隠しきれぬ尊貴の風情《ふぜい》をおぼえた。そして、笠をとった霞新十郎に文武を極めた涼《すず》やかな挙措を見た。

(これほど清々しい御方には出会《でお》うたことがない)

十兵衛は心よりそう思った。

「二人目の押しかけ家来ということに」

浮橋が義輝に笑いかけた。一人目は、もちろん石見坊玄尊《いわみぼうげんそん》である。

不思議な縁というほかはない。近江《おうみ》の坂本で真羽《まは》の消えたあの夏の日、玄尊率いる荒法師団と鬼若《おにわか》との血闘を仲裁した旅の牢人が、この明智十兵衛であることを、義輝は知る由もなかった。

「新十郎さま」

十兵衛は、懐より帛紗《ふくさ》を取り出した。

「山城守さまより預かって参りました。急ぐものではないが、必ず渡してくれよと」

受け取った義輝が、帛紗を披《ひら》いてみると、一通の書状が出てきた。

「新十郎さまの御手から、京の蛸薬師《たこやくし》裏に住む法蓮坊《ほうれんぼう》どのにお届け願いたいとの仰せにござりました」

「法蓮坊……」

「道三どのが稚児《ちご》時代の僧名にございまするな」

浮橋は、義輝と道三が鷺山城で一夜、酒を酌《く》み交《か》わしたときに出た話題を、記憶していた。

「慥か、道三どのは、妙覚寺で学んだと申されていたな」

「さようにございます」

蛸薬師といえば、室町二条にあって、妙覚寺とは通りひとつを隔てるだけである。

「どういうことだ……」

自問するように、義輝は呟《つぶや》いた。道三は、過去の自分自身に書状を認《したた》めたとでもいうのか。それとも、道三が還俗《げんぞく》した後、法蓮坊の名を嗣《つ》いだ僧が妙覚寺の近くに今もいるということなのか。後者であるにしても、義輝はそんな人間を知らぬ。

それに、何故、義輝から渡してほしいというのであろう。京とは反対の方角の、しかも鹿島という遠隔の地にいる義輝を経由するのは、おかしなことである。書状を法蓮坊なる者へ渡すだけなら、美濃から京へ人を遣わせば済むことではないか。

(わしに読めということか……)

ほかには考えられぬ。義輝は、強い胸騒ぎをおぼえた。

義輝は、書状を披き、貪《むさぼ》るように読んだ。

「道三どのは死ぬるつもりだ。これは遺言状ぞ」

書状から眼をあげた義輝が、こみあげる感情を抑えるように洩《も》らした。

「なんと」

浮橋もびっくりする。斎藤道三は、今度の義竜との戦《いくさ》には勝てなくとも、死にはすまいと思っていた。なんといっても道三は、猛毒を秘めた巨大な蝮である。その思いは、義輝も同じであったろう。

「婿殿（信長）がまだ尾張統一をしておらぬというに、死ぬのは早すぎましょうぞ」

「道三どのは四月二十日を最期《さいご》の日と決めている」

義輝は、急いで書状を畳みながら、

「浮橋。今日は幾日だ」

「四月の十六日」

「鷺山まで馬をとばして何日かかる」

「まずは四日。但し、早打《はやうち》ならばでございます」

打てば響くような浮橋の応答であった。

早打とは、騎馬による通信連絡のことをいう。各宿駅に常備された馬を乗り継いで目的地まで急行するものである。この制度は、古代駅制の伝馬にすでにみられるが、これを東海道に設けたのは鎌倉幕府であり、鎌倉―京都間を速ければ三、四日で走破した。ちなみに、江戸時代になってから、飛脚が、江戸―京都間百二十五里二十丁（約五百キロ）を、やはり最速三、四日で走り通している。

馬よりむしろ人間のほうが速く東海道を駆け抜けているが、これはもう鎌倉、江戸それぞれの幕府政権の力の違いと、交通網や道路の整備状況の差というほかはない。

翻《ひるがえ》って、義輝のころは、戦国時代である。京の足利幕府は諸国に対して無力であり、従って、早打はおろか、全国的な交通制度というものは影も形も存在しなかった。

「間に合わぬか……」

義輝は呻《うめ》いた。が、直《ただ》ちに身を翻《ひるがえ》すと、ひらりと妲己の背にまたがった。

「それがしも、お供を」

十兵衛が妲己の轡《くつわ》をつかむ。

「その書状が山城守さまの遺言状であったと察せられなかったのは、この十兵衛の不覚。察しておれば……」

もっと急いできたのに、という十兵衛の悔恨の言葉が口から出される前に、

「なんの」

鞍上《あんじょう》の義輝は、穏やかな眼をして、

「道三どのが心を見抜くなど、誰《たれ》にもできぬこと。そこもとには、何の越度《おちど》もない。

早々に書状を届けてくれたこと、心より感謝いたす」

と軽く頭を下げた。

「ならぬと仰せられても、十兵衛はお供仕《つかまつ》りまする」

十兵衛は、主人と決めた人の双眸《そうぼう》をひたと瞶《みつ》める。

応じて、義輝も、馬上より、射るような視線を十兵衛へ返した。稍《やや》あって、

「明智十兵衛」

義輝の言葉遣いが変わった。

「わしの家来になれば、命がいくつあっても足りぬぞ。それでもよいか」

「もとより、覚悟の上」

間髪を入れず、十兵衛は応じた。よし、と義輝は力強く頷《うなず》き返して、

「浮橋。馬を十兵衛に与えよ」

「かしこまって候」

浮橋は、自分の馬の手綱《たづな》を、十兵衛の手に握らせた。

「十兵衛どの。美濃まで、やつがれと、いずれが早う着くか、競い合いにござるな」

にやり、と浮橋は笑う。すでに浮橋を忍びの者と看破している十兵衛は、その言葉に驚きはしない。この男、馬より速いかもしれぬ、と本気で思った。

「われら三人で螋を救いにまいる」

義輝が宣言すると、十兵衛と浮橋は、

「応っ」

同時に闘志に満ちた鬨《とき》をあげる。

義輝は、手綱をぐいっと引いて、妲己の首を道なりへ向けさせてから、肩越しにもう一度、背後の十兵衛を見た。

「わしは、足利義輝じゃ」

素生を明かすなり、義輝は妲己の臀《しり》を、鞭《むち》で強く叩《たた》いた。妲己が、弾かれたように駆け出す。

遅れじ、と浮橋もつづく。その際、馬上の十兵衛を、ちらりと眺めやって、浮橋は微笑してみせた。

（足利義輝公……）

明智十兵衛は、息を忘れたように、暫《しば》し微動もせず、義輝主従を見送ってしまう。

数秒後、我に返った十兵衛は、

「わが運、開けたり」

歓喜の一声を高らかに発して、馬に鞭を入れた。

三

態《わざ》と申し送り候意趣《いしゅ》は、
美濃国大桑に於いて、
終《つい》には織田上総介に存分に任すべきの条、
譲状《ゆずりじょう》を信長に対し渡し遣わす。
其の節のため下口《しもくち》へ出勢《しゅっせい》眼前也。
其の方のこと、堅約の如く、
京の妙覚寺へ登られること尤《もっと》もに候。
一子出家、九族生天といへり。
此の如く調《ととの》い候も一筆泪《なみだ》ばかりなり。
よしそれも夢、斎藤山城これに至り、
法花妙体《ほっけみょうたい》の内、生老《しょうろう》病死の苦をば、
修羅場にをゐて仏果を得る、嬉《うれ》しき哉。
既に明日一戦に及び、

五体不具の成仏、疑いあるべからず。
げにや、
捨《す》てだに　此の世のほかは　なき物を
　いづくかつゐの　すみかなりけん

斎藤山城入
道三

弘治二年四月十九日
児まいる

右が、有名な斎藤道三の遺言状の文言である。

文意は以下の如く――

「わざわざそなたに手紙を書き送る訳は、ほかでもない。美濃国大桑に於いて、ついに、わが領地の譲状を織田信長に遣わし、その約によって信長が下口まで出撃してくるのは、目前のことなのだ。そなたは、かねて堅く約束した通り、『一子出家、九族生天』の教えに従って、京都の妙覚寺へ入るがよい。こうして手紙を認《したた》めているうちも、一筆ごとに泪がこぼれそうになる。それも夢である。この道三は、法花妙体の中にあって、いまや生老病死の四苦から解き放たれ、戦場において悟りを得られるだろうことを、嬉《うれ》しく思っている。明日の一戦では、五体不具になったとて成仏できることは疑いない。

まことに命を捨てるとは云いながら、この世のほかに住むところなどないのに、一体どこが死後に落ち着く所なのだろう。いや、そんなものはないのだ……」

（どういうことなのだ……）

先行する松明《たいまつ》の明かりを目当てに、山裾《やますそ》の夜道に妲己を駆けさせながら、義輝は、道三の遺言状の意味を探っている。

手に松明を掲《かか》げて、義輝の前をおのが脚で走るのは、浮橋であった。後ろには、こちらは馬上に松明を持って、明智十兵衛がつづいている。

十兵衛の騎馬は、昼間、鹿島を出るときに浮橋より貰い受けた馬ではない。その馬は乗り潰《つぶ》してしまい、早くも二頭目であった。

夜空にかかる陰暦四月の月は、朧《おぼろ》に薄絹をまとって、地上を照らすとも照らさぬとも、はっきりしない光を投げ下ろしている。

三人は今、東海道を駆けていた。といっても、まだ下総《しもうさ》国を通過中である。江戸時代以前の東海道には、房総半島諸国の道も含まれていた。

義輝は、道のことはすべて浮橋に任せきりであった。道三の命を救うことができさえすれば、どんなに障害の多い道でもかまわぬ。それより、遺言状のことである。

（おのれの死ぬる日を決めてあったとは……）

宛《あ》て名の「児まいる」の「児」とは、まだ年少の道三の末子のことであろう。この末子を、道三はすでに、美濃より落としている筈で、その護衛者が、法蓮坊という者に違いない。この法蓮坊は、或《あ》るいは、中央の情勢を報告する任を負って、京に常駐していた道三直属の腹心かもしれぬ。

宛て名のことはよい。問題は日付である。

書状を認《したた》めた年月日が「弘治二年四月十九日」と記され、「明日一戦に及」んで成仏する。つまり、四月二十日に死ぬと、ほとんど断言しているのである。

ところが、道三がこの遺言状を明智十兵衛に手渡したのは、十兵衛を城田寺城より退去させる前夜のことで、それは三月最後の夜、と十兵衛は明言した。

とすれば、道三は、十九日後には自分が濃尾平野北辺の最後の砦《とりで》ともいうべき大桑城に入っており、そこで遺書を認め、次いで翌日には、義竜と一戦して果てる、と実に明瞭《めいりょう》な予感を抱いていたことになる。

（ありえぬことではない）

と義輝は思う。ひとつのことに一意専心して修養を重ね、ある域まで達した人間は、しばしば予言者になりうる。

時代はずっと下がるが、芥川龍之介《あくたがわ》に、

「列仙伝中の人々と一緒に遊んでいる」

と評された明治の剣聖、山田次朗吉は、大正八年に、ある雑誌に載せた談話の中で、

「数年のうちに、帝都（東京）は大地震に見舞われ、七、八万人は死ぬでしょう」

と断言したことがある。四年後の関東大震災を予知したものであった。

この山田次朗吉は、あやまって強度の劇薬を飲み込んでしまいながら、

「霊肉一致すれば、劇薬も冒《おか》せぬ」

と吐き出しもせず、平然として稽古《けいこ》をつづけ、無事でいられたような人物である。

余人には測り知れぬ高処《たかみ》に達した人間には、こういうことが起こりうる。道三の場合も、徒手空拳《としゅくうけん》から一国を手に入れた乱世の異能人である。おのれの最期を克明に予感しえたとしても、さして不思議なことではない。

いずれにしても、道三が死ぬと予感したからには、華々しく一戦して、義竜をあわてさせた末に、従容《しょうよう》として死を迎えるつもりに違いない。

（それにしても、何故……）

何故、道三は、末子にあてた大事な遺言状を、義輝に託そうとしたのか。そこのところの説明がつかぬ。

たった一度の出会いで、道三が自分を気に入ってくれたことを、義輝は分かっている。

足利将軍としての義輝の助けを必要としていたのか。

いや、蝮の道三は、足利将軍の権威を頼ろうとするほど脆弱《ぜいじゃく》な男ではない。

（分からぬ……）

馬上に風を切る義輝の面上に、苦悩の色が濃くなっていく。その苦悩を振り切るように、義輝は、

「はっ、はっ」

と気合声を発して、妲己の臀《しり》を、つづけざまに鞭打った。

今は、思い悩んでいるときではない。道三はまだ死んではおらぬ。あと三日で、道三のもとへ駆けつければ、それでよい。

（死なせはせぬぞ）

この時、義輝主従の前方に、火焔《かえん》が尾を引いて、流星のように降り落ちた。一筋、二筋、三筋……。

浮橋は、それらを火矢と視認して、義輝と十兵衛に、止まれの合図を送る。

「野盗にございまするな」

十兵衛の云うが早いか、十余筋の火矢の突き立ったあたりに、右手の山の中と、左手の林の中から、わらわらと人影が現れた。二十人前後はいるであろう。

「旅の衆。夜道は物騒ぞ。行く先まで、われらが無事送り届けてつかわす」

下心のありありと窺《うかが》える野太い声が、闇《やみ》を切って飛んできた。

「大樹《たいじゅ》。やつがれが道を拓《ひら》きまするゆえ、先へまいられて、次の峠でお待ちあれ」

浮橋が、そう云って、野盗どものほうへ駆け出そうとするのへ、

「浮橋どの」

十兵衛が待ったをかける。

「ここは、新参のこの明智十兵衛に花をもたせていただきたい」

「では、手柄をお譲りいたそう」

浮橋は、にっこり笑って、あっさり引き下がった。

かつて海船政所の敷地内において、浮橋を退けた十兵衛の剣技は、尋常のものではなかった。それをもう一度、見たい、と浮橋は思ったのである。

「公方さま。ご覧《ろう》じられませい」

義輝に向かってそう大言を吐くなり、十兵衛は、大刀を引き抜き、馬蹄《ばてい》の音を轟《とどろ》かせて、野盗共めがけて突進を開始する。

十兵衛は、幼少年の日々を、若狭国小浜《おばま》の刀鍛冶《かたなかじ》冬広のもとで過ごしたが、習い覚えたのは、鍛刀の技術ばかりではない。武芸においても並々でない修行を積んだ。

「野伏《のぶせり》共、運よく生を拾うことができた者は、後々までわが名をおぼえておけい。いずれ天下に轟く驍名《ぎょうめい》ぞ」

鞍上、大音声《だいおんじょう》に見栄をきった十兵衛は、そこで一呼吸おいてから、高らかに名乗りをあげた。

「われこそは、征夷大将軍《せいいたいしょうぐん》足利義輝公が直臣、十兵衛明智光秀である」

第十章　織田信長

一

西へ大きく傾いた太陽が、怒りの形相で残光をぎらつかせている。卯《う》の花月《はな》というのに、満山の緑もそよとも動かぬ、真夏なみの烈日であった。

川の流れが赤い。その源流は、川畔の低湿地に累々《るいるい》ところがる兵士たちの屍《しかばね》であった。川中に浮かぶ死体も数えきれぬ。淀《よど》んだ空気の中には、吐《は》き気をおぼえる血臭と、まだ微《かす》かに硝煙《しょうえん》の匂《にお》いもたちこめていた。

どこからか唱名《しょうみょう》をとなえる声が、陰々と流れてくる。時宗《じしゅう》の僧であろう。

一方では、死者を悼《いた》む気持ちなど微塵《みじん》も持たぬ輩《やから》がいて、死体から刀やら具足やらを引き剝《は》がしている。こうした戦場稼ぎの野伏《のぶせり》共は、戦闘が終結したとみるや、どこからともなく現れて、金目《かねめ》のものをさっさと掠奪《りゃくだつ》していくのである。

戦いの勝敗の帰趨《きすう》は、長良川を隔てて南北に対峙《たいじ》する二つの城を眺《なが》めれば、一目《いちもく》瞭然《りょうぜん》であろう。南の稲葉山城は、土岐《とき》氏の旗を翩翻《へんぽん》とひるがえして、無傷のまま聳《そび》え立っている。対する北の鷺山《さぎやま》城は、その建物は跡形もなく、名残を示すように幾筋かの黒煙を立ち昇らせているばかりであった。

それでもまだ、散発的に銃声が響いてくる。散り散りに落ちていく鷺山勢を、稲葉山勢が追撃、掃討しているものであろう。

そのころ道三《どうさん》は、鷺山の北方の鳥羽川の流れを背にして、川畔の疎林の中に床几《しょうぎ》を据え、ひとり黙然と端座、瞑目《めいもく》していた。一方の総大将があまりに無防備な姿だが、

「わしと落ちれば、命はあるまい」

そう云《い》って、道三は、旗本衆をすべて去《い》らせたのである。

それでも旗本衆のほとんど全員が、はじめは、道三とともに死ぬと衷心《ちゅうしん》よりの叫びをあげた。これに対して道三は、

「わしは天寿よ」

と莞爾《かんじ》と破顔してみせた。

「おぬしら若き者は、これからまだまだ生を愉《たの》しまねばならぬ。それが天意というも

のぞ。この道三も天意に従うてきたからこそ、一国の主となれたのだ。わしを慕うのなら、おぬしらも野心を燃やして生きつづけよ」

こうして道三は、戦場に孤独を得た。実際、城田寺城や大桑城をめざして北上したところで、道三が逃げきれるものではない。すでにそちらにも、稲葉山勢が押し寄せており、とても道三が入城することなど叶《かな》わぬ。それどころか、途中にも敵兵は充満して、道三の姿を血眼《ちまなこ》になって探しているのである。

道三が予《かね》て感じていた通り、

(きょうはわが命の燃え尽きる日よ)

まさに、その日であった。

道三は、死ぬときはひとりで死ぬ、と思いきめていた。誰《たれ》一人たよるべき人間のいなかった徒手空拳《としゅくうけん》の身より国盗りをしてのけた男の、それは強烈な自意識と誇りによるものであった。

ひとりで死ぬといっても、それが穏やかなものになるなどと想像したことは、むろん一度もない。常に血河の流れる屍山《しざん》の頂に立ちつづけてきた男だけに、道三はいつか自分も、そこから転落死することを知っていた。

(哀れなやつよ……)

おのれを嘲《あざけ》ったのではない。道三が、哀れなやつと思うのは、伜《せがれ》の義竜《よしたつ》である。

道三は、義竜のことを、実のところ、口で云うほどには無能と思ってはいなかった。義竜の戦《いくさ》ぶりはなかなか堂に入ったものだし、心服する家臣が少なくないことも知っている。義竜が、道三を憎みながら、そのやり方を吸収することに、やぶさかでなかったことだけでも、評価してやる値打ちはあろう。

だが、義竜程度の武将は、諸国に掃いて捨てるほどいる。泰平の世ならば知らず、この麻の如く乱れた修羅の時代に、とても生き残っていけるだけの器量とはいえまい。

さらに義竜の不運は、底知れぬ力を秘めた男が隣国に生まれたことであろう。織田《おだ》信長《のぶなが》である。義竜はいずれ信長の軍門に下る、と道三は確信している。そのときこそ義竜は、道三を滅ぼしてしまったことを後悔するに違いない。

その信長だが、道三は、この婿《むこ》が今、美濃《みの》の南辺に迫っており、義竜の別働隊と銃火、刀槍《とうそう》を交えているという報告を、先刻うけた。その報《しら》せを聞いたとき、道三は、

「無理をしおって……」

と洩《も》らしたが、内心は、嬉《うれ》しくないこともなかった。

道三は、明智《あけち》十兵衛《じゅうべえ》に霞《かすみ》新十郎へ渡してくれと託した遺言状の中に、義竜との決戦では、信長が約束を守って、

と記している。しかし、これは嘘《うそ》である。

実は道三は、信長に援軍の約束などさせてはいなかった。何故なら、尾張国内にまだまだ敵の多い信長では、美濃まで長駆、率いることのできる兵力は、三千が限界だろうとみたからである。たかだか三千では、道三の鷺山勢と合わせても、漸《ようや》く稲葉山勢の三分の一にすぎぬ。それで信長が兵を損ずれば、今まで築き上げてきた信長の基盤は揺らぎ、尾張国内の敵対者に利することになる。

もとは尾張北半（中島・葉栗・丹羽・春日井の四郡）の守護代だった岩倉城主織田伊勢守信安が、信長の追い落としを画策しているのは周知のことである。信長の身内にも、敵は少なくない。実弟の勘十郎信行は、信長が織田の家督を嗣《つ》いだことに大いなる不満を蔵《ぞう》しているという。

こうした反信長の人々が、信長が美濃へ出撃した留守中を狙《ねら》って、その本拠の清洲《きよす》を急襲する危険性はかなり高いとみてよい。或いは、これらと義竜が示し合わせていることも、考えておかねばなるまい。

そこまで読める道三であり、また、

「わが夢をうけつぐ者は、上総介《かずさのすけ》（信長）をおいてなし」

「出勢眼前也」

と義輝《よしてる》の前で謳《うた》うように語った道三でもある。出撃を要請して、信長の力を削《そ》ぐような愚行を、敢《あ》えて冒す筈《はず》はなかった。

それ故に、今日の信長の美濃出勢は、信長が勝手にやったこと。だが、道三は、派兵を乞《こ》われずとも、信長はそうするだろうと思っていた。

（そういう男よ、上総介は）

道三の内心の喜びは、ここにある。この喜びが後日にあるだろうことを予期して、道三は、信長の「出勢眼前也」と遺言状に認《したた》めたのである。

信長にすれば、美濃国へは絶えず細作《さいさく》を放っているので、道三と義竜の決戦の時機を探ることなど造作もなかったであろう。

（上総介は、境川を越えられまい……）

木曾の御岳山に源を発し、後に木曾川と名称されるようになる大河を、当時のこのあたりでは境川とよんでいる。犬山の対岸の鵜沼辺《うぬまべ》から、文字通り、美濃・尾張の国境線に広く横たわって西流し、その本流は、現今と違い、墨俣《すのまた》で長良川・揖斐《いび》川と合流してから南流、桑名あたりで伊勢湾へ注いでいた。

兵力に余裕のある稲葉山勢は、濃尾国境に万全の迎撃態勢を布《し》いている。つまり信長は、道三を救《たす》けるどころか、下手をすれば国境において自軍を殲滅《せんめつ》されかねない。

（婿どのは、一目散に、帰蝶《きちょう》のやわらかい懐めざして遁《に》げ帰ろうな）

危ういとみたら、逡巡《しゅんじゅん》することなく、それこそ電撃的な速さで撤退《てったい》し、後日を期す。これもまた、信長という男であった。帰蝶というのは、信長に嫁《とつ》がせた道三の愛娘《まなむすめ》の名である。

現実に今は近くに信長軍の気配すら窺《うかが》えぬ。信長は、国境付近で苦戦を強いられているか、或《ある》いはすでに退《ひ》き鉦《がね》を打たせたかもしれなかった。

（上総介よ……）

道三の眼が瞠《みひら》かれる。

（いずれ、そなたのもとに、わが遺言状を携えた主従が現れよう。そなたら三人が力を合わせれば、天下は思いのままよ）

道三の思う主従とは、義輝と十兵衛をさす。

「お屋形さま」

あたりを憚《はばか》る密《ひそ》やかな声が、背後からかけられたのは、この折りのことである。

「その声は、小真木《こまき》源太よな」

振り返りもせず、道三は云い当てた。

小真木源太は、血槍《ちやり》をひっさげたまま、道三の前へまわり込んだ。

見るからに屈強そうなこの鎧《よろい》武者は、道三に取り立ててもらったにもかかわらず、鷺山と稲葉山が分裂すると、後者についたものである。むろん、裏切りであるなどと、道三は露《つゆ》ほども思っていない。利のある方へ即《つ》くのは、戦国武士のならいであろう。

「そちが、わが首を掻《か》くか」

道三は、薄く笑った。老いても、さすがに蝮である。その笑いには凄味《すごみ》があった。豪の者といわれる小真木源太が、恐怖にぶるっと身震いしたかと思うと、血槍を背中へまわして、その場に平伏した。

「お屋形さま、お逃げくだされい」

小真木源太は切迫した口調で勧める。おそらく、この疎林に、いますぐにでも義竜の兵が入ってくるのに違いない。

「たわけが」

道三の一喝《いっかつ》は、またしても小真木源太をびくっとさせる。すると道三は、うってかわって、人懐《ひとなつ》っこい笑顔をみせた。

「そちのお屋形は、義竜であろう」

「お、恐れ入り……」

俯《うつむ》いた小真木源太の声は消え入りそうであった。哭《な》いているらしい。

道三は、ゆっくり、周囲へ視線を廻《まわ》した。右から一人、そして左からも一人、道三の姿を視認したものか、こちらへ向かってくる。ほどなく道三は多勢に包囲されるであろう。

道三は、やおら床几を蹴《け》って、起《た》った。

「源太。わが首、授けよう」

なれど、と道三は付け加える。

「斎藤山城、死出の旅立ちは、華やかにいたそうよ」

源太、ワキをつとめよと命じて、道三は、腰に佩《は》く陣太刀《じんだち》の鞘《さや》を払った。

「孤剣斬死の舞じゃ」

応じて、小真木源太も、ぱっと起った。頰を濡《ぬ》らしたままである。

満足気に、微《かす》かに頷《うなず》いた道三の横顔を、落日の光が射し染めていた。

二

「あれが濃尾街道にございまする」

荒い息と一緒に、浮橋《うきはし》の言葉が吐《は》き出される。

「よし」

義輝は、薄暗く狭い間道から、左手下の雑木を生い茂らせた急勾配《きゅうこうばい》の斜面へ、妲《だっ》己《き》を躍らせた。

ざざざっと妲己が四肢を滑らせ、土煙を舞い上げる。義輝は、巧みに手綱《たづな》を捌《さば》いて、妲己の体勢を立て直す。

義輝の汗と埃《ほこり》にまみれた面上には、疲労の色がありありであった。双眼は不眠のために深く落ち窪《くぼ》み、顎《あご》は肉を落として尖《とが》っている。鹿島から、四日間の余を、休息もとらずに、ときに徒歩行をまじえはしたものの、ほとんど馬上の烈《はげ》しい揺れに堪《た》えてきた結果が、この姿であった。

義輝の右側に浮橋、左には明智十兵衛が、これらは自分の脚力のみを恃《たの》んで、主君に後《おく》れまいと歯を食いしばって随走している。

この二人も、呆《あき》れるほどひどい姿だ。顔が汚れて真っ黒なため、時折のぞく歯ばかりがやけに皓《しろ》く見える。着衣も、色や模様などまったく見分けられず、ぼろ布《きれ》も同然であった。

十兵衛は、馬を何頭乗り潰《つぶ》したか知れぬ。竟《つい》に馬の調達が思うにまかせず、十兵衛も浮橋に倣《なら》って自分の脚をとばすことにしたのは、三河国に入ったあたりからである。

義輝の愛馬妲己は、さすがに甲州騎馬軍団の総帥《そうすい》武田晴信《はるのぶ》が未練を残した荒馬だけのことはあった。日に数回、短い休息をとらせるだけで、疲労を回復し、どんな悪路でも力で捩《ね》じ伏せるようにして走破した。その驚異的な強靱《きょうじん》さは、かの漢の武帝の欲した、一日千里を走り、血の汗を流したという汗血馬《かんけつば》を想《おも》わせた。

義輝たちが尾張国へ入ったとき、四月二十日の太陽は、すでに中天より西へ傾き始めていた。

（道三どのは、もはや……）

不吉の思いを抱きつつも、義輝らは、東海道から濃尾街道へと闇雲《やみくも》に突き進むことはできなかった。尾張は、国中に緊張の糸を張りめぐらしたような、ただならぬ気配を立ち昇らせていたからである。

この日の朝、隣国の美濃において道三と義竜の最終決戦の火蓋《ひぶた》が切って落とされたため、道三の救援に向かうべく、織田信長が兵三千を率いて出撃している。信長は今や大浦まで進出したとの情報を、浮橋が素早く聞き込んできた。この間、城主不在の清洲城はもちろん、国内の信長麾下《きか》の各支城は、反信長派の襲撃を警戒して、主要の道に兵を備えさせている。

そんなときに、余所者《よそもの》が街道を走れば、たちまち発見されて、有無をいわさず、弓・鉄炮《てっぽう》の的にされかねまい。それで義輝らは、三河との国境に近い鳴海城《なるみ》（この当時は、今川氏の属城）のあたりから、東海道を往くのを断念し、那古野《なごや》や清洲の東北方を迂回《うかい》した。

街道から逸《そ》れた、人目につかぬ間道やけものみちを迷わずに辿《たど》るのは、浮橋の最も得意とするところであった。

義輝たちが不穏の空気をひとしお強く感じたのは、清洲の北方二里余りに位置する丹羽郡岩倉城の近くを、間道伝いに通過中のときである。背後に物の具の触れ合う音を聴いたので、直《ただ》ちに身を隠して遣《や》り過ごしたところ、総勢五十名ほどの兵の密《ひそ》やかな移動であった。

「岩倉の織田伊勢守の兵にございますな」

と浮橋が即座に云い当てた。

もとは尾張上四郡の守護代だった織田信安は、このところの信長の急激な進出に脅威をおぼえ、折りあらば、信長を駆逐《くちく》したいと考えている。これまでは北に境川ひと筋を隔てて、信長の舅《しゅうと》斎藤道三が睨《にら》みをきかせていたために、織田信安は信長と雌雄を決するのに躊躇《ためら》いがあった。

その道三が今、長良川に義竜の大軍と激突して苦戦中で、信長はこれを援《たす》けんと清洲を空にして濃尾国境へ出撃している。織田信安にとって、まさしく好機到来といえた。

「必ず義竜と示し合わせてのこと」

と推量したのは明智十兵衛である。

「あの兵どもの使命は、濃尾街道の何処かに埋伏《まいふく》して、大浦と清洲を連絡する者を悉《ことごと》く討ち取ることにござりましょう」

このとき信長が布陣している大浦の地とは、清洲の北西四里余り、境川（木曾川）支流の足近《あぢか》川畔のあたり。ちなみに大浦は、天正十四年（一五八六）の大洪水によって木曾川の河道が変わってしまったあとは、美濃国に属することになるが、この当時は尾張国中島郡の内にあった。

織田信安は、そうして先に濃尾街道を扼《やく》した上で、自身は本軍を率いて清洲を襲うつもりに相違あるまい。

「あわよくば信長をも討つつもりだな」

と義輝も思いをめぐらす。今、信長がどのような状況にあるか、それは分からぬが、いずれ清洲へ引き揚げてくるとき、織田信安の兵が待ち伏せる濃尾街道を、どうしても通ることになろう。五十人が命を棄てる気になって、街道上に信長一人めがけて襲えば、殺害するのは不可能事ではない。

「よし。まずは信長の陣へ駆け込もうぞ」

この場合、義輝は、信長に岩倉の織田信安の動きを知らせたうえで、信長からは美濃の戦況を教えてもらう。それから、道三の救出に向かうのが、最良の策であろう。

「浮橋。街道へ出よ」

「織田信安の兵が通してはくれませぬ」

「猶予はならぬ。ここまで来れば、美濃まで街道を往くのがいちばんの近道だ」

こうして義輝たちは、岩倉を過ぎたところで、間道から雑木林の急斜面を下って、濃尾街道へ跳び出したのである。

街道上の人となった義輝は、北方を眺めやった。濃尾の広大な天地は、薄暮の微光に、淡彩画のような風情《ふぜい》をみせて、静まり返っている。

義輝の背筋はぞくりとした。太陽が沈んだ途端に、遽《にわか》に膚《はだ》を急激に冷やす風が吹き始めたのである。日中の狂ったみたいな暑さといい、この気温の急低下といい、些《いささ》か異常な日であった。

「はっ」

声を大きくして、妲己の馬腹を強く蹴《け》りつづける義輝は、半里ばかり走ったあたりで、彼方《かなた》から夥《おびただ》しい軍馬の響きが近づきつつあるのを、聴いた。

この軍馬の響きは、優に百頭、二百頭を越えていよう。ということは、千、二千の軍勢がこちらへ迫っていることになる。

「おそらく信長軍かと」

追いついてきた浮橋が、義輝も思っていることを口にした。

「はや戻ってきたか」

義輝の語気には、無念の響きがあった。信長軍は美濃勢に対してなす術《すべ》もなく退却してきた、と思ったからである。

でなければ、道三の救出に成功したので、あとはひたすら遁《に》げにかかったものか。

「浮橋。岩倉の兵は、どこだ」

いま義輝らのいるところは、道の左右いずれにも水田が広がっており、兵を埋伏させる場所は見当たらぬ。

だが、三丁（約三百メートル）ほど先の右方に、椀《わん》を伏せたような小山が盛り上がっていて、道はその裾《すそ》を回り込んで、向こうへ消えている。小山と、道を隔てて向かい合うのは、桑畑のようだ。

「あの小山と桑畑の中に」

浮橋は、即座に断じた。馬を隠すのは、あの小山の木立の中しかない。桑畑のほうにも、伏兵が配置されているであろう。桑の木の根元に踞《うずくま》っていれば、この夕闇《ゆうやみ》迫る中では、街道上より発見される惧《おそ》れはない。

軍馬の響きが、急速に高まってくる。信長軍が今にも小山の裾を廻って、その姿を見せるのではないかと思われた。

「浮橋」

義輝の声音に緊張が籠《こ》もる。

「何か」

「信長が退却する際、何か決まりのようなものがあるのではないのか」

「と仰せられますと……」

「もし岩倉の兵が、信長を討つ使命をおびて伏せているのなら、あの者らは、信長が退却してくるとき、どこにその姿があるものか、予《あらかじ》め見当がついておらねばならぬ筈」

義輝の推理に、浮橋の膚《はだ》は粟立《あわだ》った。

慥《たし》かに、その通りである。日のあるうちならまだしも、こうして暗くなってからも、岩倉の兵が、行軍中の信長の居場所に見当をつけられるとしたら、そこには、何かしら信長自身の決まりのようなものがなければなるまい。

（そうじゃった）

浮橋は、信長に関する情報の中から、あることを思い出した。

「大樹《たいじゅ》。仰せの通りにございまするて。織田信長は気早き人にて、戦場へ向かうときも、戦場より退くときも、おのれただ一騎にて、真っ先駆けるときいておりまする」

織田信長という男の性急すぎた生涯を通じて、信長自身がまず跳び出し、家来共がこれを慌てて追いかけ、ある程度まで突っ走ったところで漸く軍容が整う、というのが信長軍の戦い方の一特徴であった。信長の単騎駆けで別して有名なものは、桶狭間《おけはざま》への進軍と、金ケ崎からの退却におけるそれであろう。信長と戦った数多《あまた》の武将は、信長軍の移動のあまりの速さに脅威を感じたというが、その疾風迅雷《しっぷうじんらい》の如き起動力の秘密は、信長自身の異常なまでの気早さにあったといってよい。

織田信安に遣わされた待ち伏せ部隊は、信長がいつもの通り真っ先駆けて退却してくることに賭《か》けているのに違いなかった。渠らは、先駆けの一騎のみに全員で襲いかかる決死の覚悟を秘めて、小山の木陰に、桑畑の根方に、息を殺している。

「妲己、駿足をみせよ」

義輝は、妲己の臀を思い切り鞭打った。

逸《はや》りに逸っていた妲己が、その気を爆発させるときがきた。妲己は、野性の血を滾《たぎ》らせて疾走《しっそう》を開始した。

浮橋と十兵衛も、妲己の四肢が舞い立てる土煙をまともに浴びながら、これをものともせず、その驥尾《きび》へ食らいつかんばかりの形相《ぎょうそう》で突っ走る。

背に月明を浴びて奔馳《ほんち》する義輝主従の迅影は、宛然《さながら》、月より射放《いはな》たれた三筋の矢を思わせた。

小山の裾の木立の中から、武者が三騎、跳び出してきたのは、このときである。義輝らを清洲から信長のもとへ急行する使者とみて、これを迎撃せんためなのは瞭《あきら》かであった。

義輝は、馬上に、大般若長光《だいはんにゃながみつ》の鞘《さや》を払う。

柄の短い騎馬槍をかいこんだ三騎は、縦一列となって、前走者と十間《けん》ほどの間隔を保ちつつ、駆け向かってくる。三騎が並走しないのは、それだけの道幅がないからである。

義輝と、先頭の騎馬武者とが、たちまち距離を詰め合った。

駆け違う寸前、その騎馬武者がぎょっとしたのを、義輝は感じた。おそらく妲己の長大な軀幹に愕《おどろ》いたのであろう。

明治時代以前のわが国の馬は、背丈（馬尺という。鬣《たてがみ》の付け根の骨から地面まで）五尺に満たないのが普通で、四尺五寸あれば大馬と称《よ》ばれた。だから、例えば、身長六尺三、四寸（百九十センチ強）もあったらしい加藤清正のような大男は、鐙《あぶみ》がなければ、馬に乗っても両足の爪先《つまさき》が地面を擦《こす》ったという。

妲己の馬尺は、五尺五寸あった。更に、その鞍上《あんじょう》に、長身の義輝がいる。これは、岩倉勢の騎馬武者にしてみれば、雲をつくような巨大な人馬とぶつかり合う感覚を、咄嗟《とっさ》におぼえて、恐怖したのに違いない。

それでも、その騎馬武者は、駆け違いざま、びゅっと義輝の胸めがけて槍を突き上げてきた。

だが、最初の愕《おどろ》きが、騎馬武者の槍先の動きを鈍いものにした。義輝の大般若はこれを難なく払い退《の》けた。

騎馬武者は、槍を取り落とし、そのまま義輝の後方へ走り抜けていく。その兜《かぶと》の眉庇《まびさし》の下へ何かが吸い込まれた。

「ぎゃっ」

騎馬武者は、仰のけに、鞍上から転げ落ちる。道にもんどりうって、水田までとばされたときには、すでに絶息している。眉間《みけん》に、飛苦無《とびくない》が突き立っていた。

義輝は、第二の騎馬武者の繰り出してきた槍を、柄の半ばあたりから斬《き》り飛ばした。

この者は、疾駆してきた十兵衛の、跳び上がりざまの一撃によって、頸根《くびね》から血汐《ちしお》を噴出させながら落馬する。

第三の騎馬武者は、義輝の一刀に、手綱を断ち切られ、これも鞍上より転落する憂《う》き目《め》にあった。

義輝は、待ち伏せ場所まで、早くもあと半丁（約五十メートル）ほどに迫った。今度は、小山の裾より足軽共が、わらわらと駆け出てきた。その数、十名ばかり。

岩倉勢からは、何としても、義輝らを小山の向こう側へ廻らせぬという必死さが、ひしと伝わってくる。向こう側には、こちらをめざす信長軍の先駆けの姿が見えているのに違いない。

長柄《ながえ》の槍を列《つら》ねて走り来る足軽隊の先頭が、数間の向こうへ肉薄したとき、義輝は、道から左側の水田の中へ、妲己の巨体を躍らせた。激突を期していた足軽隊は、あっと狼狽《ろうばい》した。

歩兵が騎馬武者と対する場合、なりふりかまわぬ戦法として、馬に槍をつけるのがよいとされる。義輝は、妲己ほどの名馬を、足軽共の槍先で傷つけられたくはなかった。

田植えを了《お》えたばかりの泥田の中でも、妲己の足送りは力強い。泥を高く撥《は》ね上げつつ、街道上にあわてふためく足軽隊の横を、瞬《また》く間にすり抜けていった。

その足軽隊の直中《ただなか》へ、浮橋と十兵衛が地を這《は》う鳥影にも似た迅《はや》さで突入した。たちまち乱戦となる。

「十兵衛どの。ここはまかせた」

「承知」

浮橋は、義輝のそばを離れてはならじと、この場を十兵衛ひとりに任せて、尚も走りつづける。

義輝が小山の裾を廻る道の曲がりへ差しかかった直後、浮橋は悲鳴をあげた。

「大樹」

妲己がつんのめり、義輝の五体が鞍《くら》から放り出されたのである。

三

妲己の怒りとも悲しみとも聴こえる嘶《いなな》きが、夜気をつらぬいた。その巨体は、桑畑のほうへ横倒しに転落する。

道の両側から、数人の兵が、街道上へ頭から飛び込むようなかっこうで現れて、地へ叩《たた》きつけられた。

その伏兵たちは、道に綱を渡しておき、頃合《ころあ》いをみて、左右から引っ張り上げ、妲己の前肢にひっかけたのだが、妲己の物凄《ものすご》い突進力によって、綱ごと自分たちの躰《からだ》も引きずられてしまったのである。

中空にある義輝は、高く舞い上げられたのを幸いとし、咄嗟《とっさ》に身を捩《よ》じって、足から地へ降り立った。

（むっ……）

義輝は、耳を澄ませた。ずんずん、と地を震動させるような低音の接近する中に、ひときわ大きく、甲高く明瞭《めいりょう》で、乾いた音が聴こえる。それは、ただ一騎、軍団より離れて、真っ先駆けてくる馬蹄《ばてい》の音に相違ない。

（信長か）

その馬沓《うまぐつ》が地を噛《か》む音は、すぐそこまで迫っている。

「退《の》けい」

義輝は、往く手を遮《さえぎ》る足軽共の中へ、猛然と斬り込んだ。それで血路を拓《ひら》き、小山の裾を向こうへ廻った。思った通り、一騎の速影がこちらへ突進してくるところに出くわした。わずか十間足らずの先まできている。

「来るなあ」

義輝の叫びに、馬上の武人が手綱を引き、鐙《あぶみ》に両足を突っ張った瞬間、馬は妲己が仕掛けられたのと同じ罠にひっかかっていた。

馬上の武人は、横ざまに転落した。兜《かぶと》が吹っ飛ぶ。

残りの伏兵共が一斉に飛び出し、落馬者のもとへ殺到する。その数、二十余名。

「織田上総介どのとお見受け仕った。御首級《みしるし》、頂戴」

首領とおぼしい鎧武者が、落馬者の脳天へ、初太刀をつけようとした。

流星のような一筋の銀光が、この初太刀を撥ねた。

その大般若長光の撥ね上げの一閃《いっせん》を、義輝は、袈裟《けさ》がけへと継続させて、鎧武者の頸動脈《けいどうみゃく》を引き切った。

「馬廻《うままわり》にしてやる」

ひどく耳障《みみざわ》りな甲走った声に、義輝は思わず、落馬者の顔を見た。

夜目の利く義輝には、月明かりだけで充分である。その武人は、切れ長の眼の冴《さ》え冴えとした、冷たい美丈夫であった。

（信長だ）

想像していた風貌とは異なるが、義輝はそう直感した。

それにしても、命を救ってもらった直後で、しかもまだ多勢の敵に取り囲まれているのに、礼を云うどころか、いきなり、馬廻にしてやるとは、

（一体どういう男なのだ……）

義輝は、戸惑わざるをえない。

しかし、信長にすれば、論理にかなった言葉であった。

信長は、伏兵が出現した瞬間に、岩倉勢だと看破した。そこへ、見知らぬ屈強の若者がだしぬけに救いの手を差しのべたのは、仕官のほかに何の望みがあろうや。ならば、その腕を買って、自分の護衛をつとめる馬廻衆に加えてやる。この場合、互いに利を得るから、礼を述べる必要はない。これが信長が一瞬裡に思いめぐらせたことであった。

織田信長は、思慮深い男だが、言葉にするときは、その思考過程の一切を省いて、結果だけを舌にのせるのを常としている。

慣れない者は、だから、信長という男を、理解しがたいし、誤解もする。後に、織田軍団の中で、新参の木下藤吉郎（豊臣秀吉）ばかりが破格の出世を遂げたのは、信長の極度に省略された思考を、誰よりも素早く読み取る能力に長《た》けていたからであろ

う。

義輝にしても、今は戸惑いをおぼえたが、この先、信長という男を知るにつけ、その印象が変わっていくことになる。

義輝は、浮橋、十兵衛と共に、岩倉勢の待ち伏せ隊から、信長の命を護《まも》りきった。信長自身も、陣刀を揮《ふる》って、三人ばかり斬って棄てた。その腺病質《せんびょうしつ》とも疑える痩身《そうしん》に似合わぬ、意外に放胆な太刀さばきをみせた。

生き残った待ち伏せ隊は、遁走《とんそう》にかかったが、怒濤《どとう》のように押し寄せた信長軍によって、ひと揉《も》みに揉み潰《つぶ》された。

「牛助《ぎゅうすけ》、牛助」

信長が喚《わめ》き散らしていると、三十歳前後の甲冑《かっちゅう》武者が、騎馬で駆けつけてくる。これは信長の宿老佐久間信盛である。

「牛助はここに」

佐久間信盛が大声で応じて、鞍から腰を浮かせたのへ、

「下馬無用」

と信長は制する。

「兵五百を率いて、岩倉を攻めい」

「畏《かしこ》まってござる」

直ちに佐久間信盛は、使番《つかいばん》の者たちに下知《げち》をあたえ、みずからも諸士卒の間を駆け回って、岩倉攻めの旨《むね》を伝える。

「お屋形さま、お怪我《けが》はござりませぬか」

入れ違うように走り来たった甲冑姿も凜々《りり》しい若武者たち十余名が、下馬するなり、信長の前に膝《ひざ》をつく。

「たわけが」

信長は、激怒し、鞭でもって、かれらを容赦なく打ち据えはじめた。

「何のための馬廻ぞ。この信長を、信安ごときの雑兵《ぞうひょう》の手にかけさせるつもりか」

馬廻衆は、唇を噛んで、押し黙り、信長の烈しい打擲《ちょうちゃく》をじっと堪《た》えている。

「わが命を護《まも》れ。織田信長、この世にある限り、うぬらを夢の如き栄達へ誘《いざの》うて遣わす。それを信ぜよ。心底信じて、わが命を、護って護って、護り抜けい」

凄《すさ》まじい自負心である。義輝は、わが身におきかえて、一瞬、羨望の念にかられた。

信長が、振り上げた鞭をふいに投げ棄てて、義輝のほうへ向き直る。

ただちに、小姓たちが、松明《たいまつ》をもって近寄ってきた。信長に命令されずとも、その動きで、渠らは察するのである。

火明かりに、義輝と信長の相貌が浮かびあがった。

「名は」

傲然《ごうぜん》たる口調で信長が問う。

「霞新十郎」

「偽りはやめよ」

即座に信長は看破した。おそらく信長は、十兵衛と同様、義輝の顔と風姿に、高貴の香りを嗅《か》いだのであろう。

「では、山城入道どのが縁者とだけ申し上げておく」

「舅父《しゅうと》の……」

「急ぎ助勢にまいる途次にござる」

一瞬、信長の双眸《そうぼう》に、哀《かな》しげな色が浮かんで消えた。

義輝は、はっとした。この傲岸不遜《ごうがんふそん》とみえる男にそういう感情があったのかという驚きと同時に、もしやして道三はすでに亡《な》いのではという疑いからである。

「蝮め、くたばりおったわ」

信長は怒気と一緒に吐き棄てた。

義輝は、声を失う。

「馬曳《ひ》けい」

信長が命ずるより早いか、替えの馬が急ぎ曳かれてくる。

「美濃がことは如何《いかが》なさる」

義輝は、とっさに、信長を呼び止めた。

「斬り取るわ」

信長の返辞は明快である。しかし、義輝は訝《いぶか》った。斬り取るとは、どういうことか。信長は道三より、美濃一国譲状を貰い受けたのではないのか。

義輝は、懐中より道三の遺言状を取り出した。信長に読ませてみようと、ふと思いついたのである。

「山城入道どのが末子へ宛《あ》てた遺言状にござる。ご覧になられよ」

「蝮が遺言状を……」

信長は、微《かす》かに驚いたようだが、

「似合いもせぬ」

ふっと鼻で嗤《わら》ってから、遺言状を披《ひら》いて、素早く眼を通す。

読み了《おえ》ると、信長は天を仰いで哄笑《こうしょう》した。

「蝮め、最期の毒を放ちおった」

信長は、何かを吹っ切ったような、さっぱりした顔つきになっている。傍目《はため》には分からぬが、この男は道三の死を誰よりも深く悼《いた》んでおり、それがこの遺言状の文言によって癒《いや》されたのではあるまいか。そんな思いを抱かせる、信長の表情であった。

「蝮は、この信長に、助勢を乞うたことなどない。ましてや譲状なるものは、見たことも聞いたこともないわ」

「では、この遺言状の文言は……」

義輝は、当惑する。

「織田上総介云々は、皆でたらめよ」

そもそも、と信長は云う。

「たとえ美濃一国譲状なるものがあったとしても、そのようなもの、尻拭《しりふ》きの紙ほどの値打ちもない。国は譲り譲られるものではなく、奪い奪われるものよ。それをいちばんよく知るのが、蝮ではないか」

なるほど、信長の言葉通りであるのが、この乱世である。義輝は、道三という人間を、信長ほどには理解していなかったことを、いま信長によって思い知らされた。

「大事は、美濃国主たる斎藤山城守が、実子への遺言をもって、家督者に、この上総介信長を指名したと匂《にお》わせていることよ」

当時のごく常識的な感覚として、遺言に背《そむ》く者は、死骸敵対の罪の意識に苛《さいな》まれると信じられていた。この場合の違背者は、云うまでもなく斎藤義竜である。義竜がこれより五年後に三十五歳の若さであっけなく病没したとき、そのことが頻《しき》りに取り沙《ざ》汰《た》された。

「この遺言状さえあれば、道三亡き後の美濃攻めの大義が立つ。美濃の武士どもは、真の家督者でない義竜に、不安をおぼえよう」

つまり、道三の遺言状は、義竜と美濃国にじわりじわりと回る毒液のようなものなのだ、ということが義輝にも理解できた。

信長は、道三の遺言状を手早く畳むと、おのが懐中に入れてしまった。

「お返し下されましょう」

義輝の後ろから、十兵衛がやや険を含んだ声で、信長を咎《とが》める。

「よいのだ、十兵衛」

と義輝に制せられて、十兵衛はやむなく引き下がった。

「名をきかせい」

信長が十兵衛に興味を示す。

「明智十兵衛光秀」

胸を張って、十兵衛は名乗ったが、信長は、そうか、とも云わぬ。十兵衛は、さすがに廻国の修行者だけあって、信長を実見して、これは世評に云う、うつけ者どころか、

(ただならぬ大将)

と心中で認めざるをえなかったが、人間としては、

(厭《いや》なやつだ)

という思いが沈潜した。

「その遺言状は、京都蛸薬師《たこやくし》に住む法蓮坊《ほうれんぼう》という者に、いずれお渡し願いたい」

義輝は信長の目をまっすぐに見てそう頼んだ。

「法蓮坊だな。約束しよう」

信長も偽りのない眼差《まなざ》しを返す。

義輝が道三の遺言状の扱いを、信長の意にまかせたのは、道三自身がそれを望んだに違いないと気づいたからである。

道三は、おのれの生前、死後にかかわらず、遺言状を託した義輝が、最初にこれを見せる相手を違《たが》えないという確信があったのに違いない。その相手とは、即ち、信長である。

義輝にすれば、道三の遺言状は、かねて興味をおぼえていた信長に、身分を明かさず会うことの、またとない媒介となってくれる。更に、道三の真意を測りかねるような文言を、信長ならば解き明かしてみせるだろうと義輝が考えることも、道三の計算の内に入っていたのではないか。

もうひとつ、道三の遺言状に託した思惑の白眉《はくび》は、道三自身が見込んだ、

「三人の若造」

を対面させることだった、と今にして分かる。

道三の思い描いた通りの道を、義輝は進んだ。十兵衛も信長も道三の掌《て》のうちだったといえる。

「蝮め、彼岸よりこっちを眺《なが》めて愉《たの》しんでおろうな」

義輝の思ったことを、代弁するように呟《つぶや》いたのは、意外にも信長であった。信長は、すでに馬上にある。

自分が早く尾張を統一しておれば、こんな形で道三を死なせずにすんだ、と信長は後悔している。そして、本来ならば道三に引導を渡すべきは自分であったとの思いが、信長の胸中にあるのが義輝には察せられた。

鞍上《あんじょう》の信長を見上げて、義輝は云った。

「上総介どのが尾張一国をわがものとされたとき、再度、相見《あいまみ》えたく存ずる」

「…………」

信長は、黙って見返す。が、稍《やや》あって、弓をもて、と馬廻の者に命じた。

渡された弓に矢をつがえるなり、信長は、一瞬、義輝の眉間《みけん》へ狙《ねら》いを定めた。

浮橋と十兵衛が、即座に反応して、身構える。が、義輝は、二人の動きを、さっと手を挙げて制した。手を挙げた以外は、義輝は微動もせぬ。

信長は、にこりともせず、狙いを義輝の頭上へ移すと、ひょうと射放った。

ぶん、という弦音が義輝の耳に残る。瞬間、義輝は、信長が標的としたものが何かを悟って、急激に見返った。

桑畑の道寄りのあたりに倒れているその標的の傍らには、松明を掲げた足軽が一人いて、そのあまりの巨体に嘆声を洩《も》らしているところであった。遽《にわか》に飛来した矢が、標的の急所に突き刺さり、若い足軽は、ひゃあ、と悲鳴をあげて、ひっくり返る。

「何をなさる」

浮橋と十兵衛が同時にあげた驚愕《きょうがく》と怒りに満ちた叫びであった。信長の矢に射殺《いころ》された標的は、妲己である。

「稀《まれ》に見る駿馬《しゅんめ》も、脚を折っては、どうにもならぬ」

厳然たる信長の叱咤《しった》であった。実際、浮橋があとで検《あらた》めたところ、妲己は双の前肢《ぜんし》ばかりか、左の後肢も骨折していた。罠にかかったこともあるが、この数日間の酷使が妲己の脚の骨を蝕《むしば》んだのであろう。

骨折で苦しむ馬は殺してやるのが慈悲なのである。

それを知らぬ浮橋と十兵衛ではないが、信長の唐突なやり方は、妲己の所有者たる義輝への礼を欠いている。

「おぬしらのお主《しゅう》には……」

と信長は、向き直った義輝の双眸《そうぼう》にひたと視線を当てた。

「愛するものを殺せぬ」

これは、義輝をひ弱いと断じたものか、或いは信長自身が持ち合わせぬ美質を認めたゆえのものか、いずれとも判然としがたい。だが、少なくとも義輝という人間の核心をついた一語であるといえよう。

（抜き身のような男……）

信長の鋭利さに、義輝は、正直、背筋の寒くなる思いがする。その思いが、妲己に矢が命中したとき燃え熾《さか》った怒りの火を、消してしまった。

これは信長流の感謝のしるしかもしれぬ。義輝が随身を望まぬと分かるや、信長は別の礼の仕方を咄嗟《とっさ》に思いついた。それが、義輝の愛馬を苦痛より解放してやることだったのではないか。

（よし）

義輝は、おのれを奮い立たせると、

「御免」

ひと声かけて、腰間《ようかん》から白光を噴かせた。とは、誰の眼にも映っていない。周囲の人々は、信長も含めて、鐔鳴《つばな》りの音を聴いたばかりである。

信長の手にある弓の弦が、ぷつんと音たてて切れた。今度は信長の家来たちが色めき立つ。

「その弓、わが愛馬の墓前に供《そな》えさせていただきたい」

義輝の声に乱れはなかった。

「名誉なことだ」

この信長の返辞に、家来衆は、息を呑《の》むほど愕《おどろ》いたといってよい。渠《かれ》らは皆、信長が霞新十郎を斬り棄てるときめつけていた。

信長は、馬上ながら、ほとんど丁重な仕種《しぐさ》で、弓を義輝に手渡した。馬好きでは人後に落ちぬ武将だった信長は、妲己の価値を千金にも替えがたいものと分かっていたのであろう。

信長は、周囲の家来たちを眺めやる。

「清洲は岩倉勢に囲まれておろうぞ。後ろ巻きして、蹴散《けち》らしてくれるわ」

つづけい、と信長は、れいによって真っ先駆けて跳び出した。

「お屋形さまに後れるなあ」

夜の街道を延々と埋め尽くしていた信長軍は、若々しい鯨波《とき》をぶちあげた。

濃尾街道を清洲めがけて突っ走る織田信長は、このとき二十三歳。

妲己の傍らでひっくり返っていたのが、慌てて街道へあがり、痩《や》せた脛《すね》をとばし始めた足軽は、木下藤吉郎、二十歳。

路傍に身を避けて、すでに闇《やみ》に消えた信長の残像へ、尚《なお》も射るような視線を当てている明智光秀は、二十九歳であった。

武士という獰猛《どうもう》で潔《いさぎよ》い種族が、もっとも峻烈《しゅんれつ》に血湧《わ》き肉躍らせた戦国時代。これを、もし武家政権七百年史の青春期と称《よ》ぶことが許されるのなら、渠《かれ》らはまさしく今、掛け値なしに、青春の日々を生きている。

信長軍は去った。兵数三千に近い軍団が、狂奔《きょうほん》ともいえる速さで、義輝主従の視界から消え去った。

義輝は、遠ざかる信長軍の兵馬のざわめきを、天へ駆け上がる竜の奇声と聞いた。

（竜を御《ぎょ》してみせる）

その決意を秘めて、下弦の月を仰ぎ見る足利義輝もまた、二十一歳の若き血汐《ちしお》をふつふつと滾《たぎ》らせていた……。

本書は2011年11月に刊行された徳間文庫『剣豪将軍義輝㊥孤雲ノ太刀』の新装版です。

徳間文庫

剣《けん》豪《ごう》将《しょう》軍《ぐん》義《よし》輝《てる》 中

孤雲ノ太刀

〈新装版〉

2022年11月15日 初刷
著者 宮《みや》本《もと》昌《まさ》孝《たか》
発行者 小宮英行
発行所 株式会社 徳間書店
東京都品川区上大崎三-一-一 〒141-8202
目黒セントラルスクエア
電話 編集〇三(五四〇三)四三四九
販売〇四九(二九三)五五二一
振替 〇〇一四〇-〇-四四三九二
印刷 大日本印刷株式会社
製本

ISBN978-4-19-894794-1 (乱丁、落丁本はお取りかえいたします)

宮本昌孝

ふたり道三　中

風雲の志を抱いて美濃に来た油商人・松波庄九郎は捕らわれた友を救うため、一度は野心も命も捨てかけた。だが美濃随一の武将・長《なが》井《い》新《しん》左《ざ》衛《え》門尉《もんのじょう》（おどろ丸）がなぜか助勢を申し出る。庄九郎に若き日の己と友の姿を見たおどろ丸は、庄九郎を息子と知らず、助けたのだ。この時から庄九郎は、おどろ丸を「美濃の王」にすべく奔走する。権謀術数、暗躍する忍者軍団……乱世に生き残るのは誰か？

徳間文庫の好評既刊

宮本昌孝

海王 上

蒼波ノ太刀

剣豪将軍として名高き足利第十三代将軍義《よし》輝《てる》が松《まつ》永《なが》弾《だん》正《じょう》の奸計により斃《たお》れてから十二年。ひとりの少年が、織田信長の戦勝に沸く堺の街に姿を現した。少年の名は海王《ハイワン》。蒼海の獅子と呼ばれた倭寇《わこう》の頭領・五峰王直《ごほうおうちょく》の孫として育てられた少年は、自らが将軍義輝の遺児であることを知らない。だが運命は、少年に剣を取らせた。信長、秀吉はじめ戦国の英傑総出演！　壮大な大河ロマンついに開幕！